산속의 가을 저녁 山居秋暝

빈 산, 새로 내린 비 막 갠 뒤
날 저물자 가을이 깊어졌다
밝은 달 소나무 사이로 비치고
맑은 샘물은 돌 위로 흐른다
대나무 숲 시끄럽게 빨래 하는 아낙네들 돌아가고
연꽃 요동치게 고깃배가 내려가네
봄날의 향기로운 꽃 없어진들 어떠리
은자만 절로 머물만 한 것을

空山新雨後 天氣晚來秋 明月松間照 清泉石上流
竹喧歸浣女 蓮動下漁丹 隨意春芳歇 王孫自可留

太極劍解

태극
검해

태극검해(太極劍解) 4

한성수 新무협 판타지 소설

초판 1쇄 찍은 날 § 2005년 7월 18일
초판 1쇄 펴낸 날 § 2005년 7월 28일

지은이 § 한성수
펴낸이 § 서경석

편집장 § 문혜영
편집책임 § 장상수
편집 § 서지현 · 최하나

펴낸곳 § 도서출판 청어람
등록번호 § 제1081-1-89호
등록일자 § 1999. 5. 31
어람번호 § 제2-0650호

주소 § 경기도 부천시 원미구 심곡1동 350-1 남성B/D 3F (우) 420-011
전화 § 032-656-4452 팩스 § 032-656-4453
http://www.chungeoram.com
E-mail § eoram99@chollian.net

ⓒ 한성수, 2005

ISBN 89-5831-636-5 04810
ISBN 89-5831-524-5 (세트)

太極劍解

한성우 新무협 판타지 소설

Fantastic Oriental Heroes

4

마공(魔功)과 독공(毒功)

태극검해

도서출판 청어람

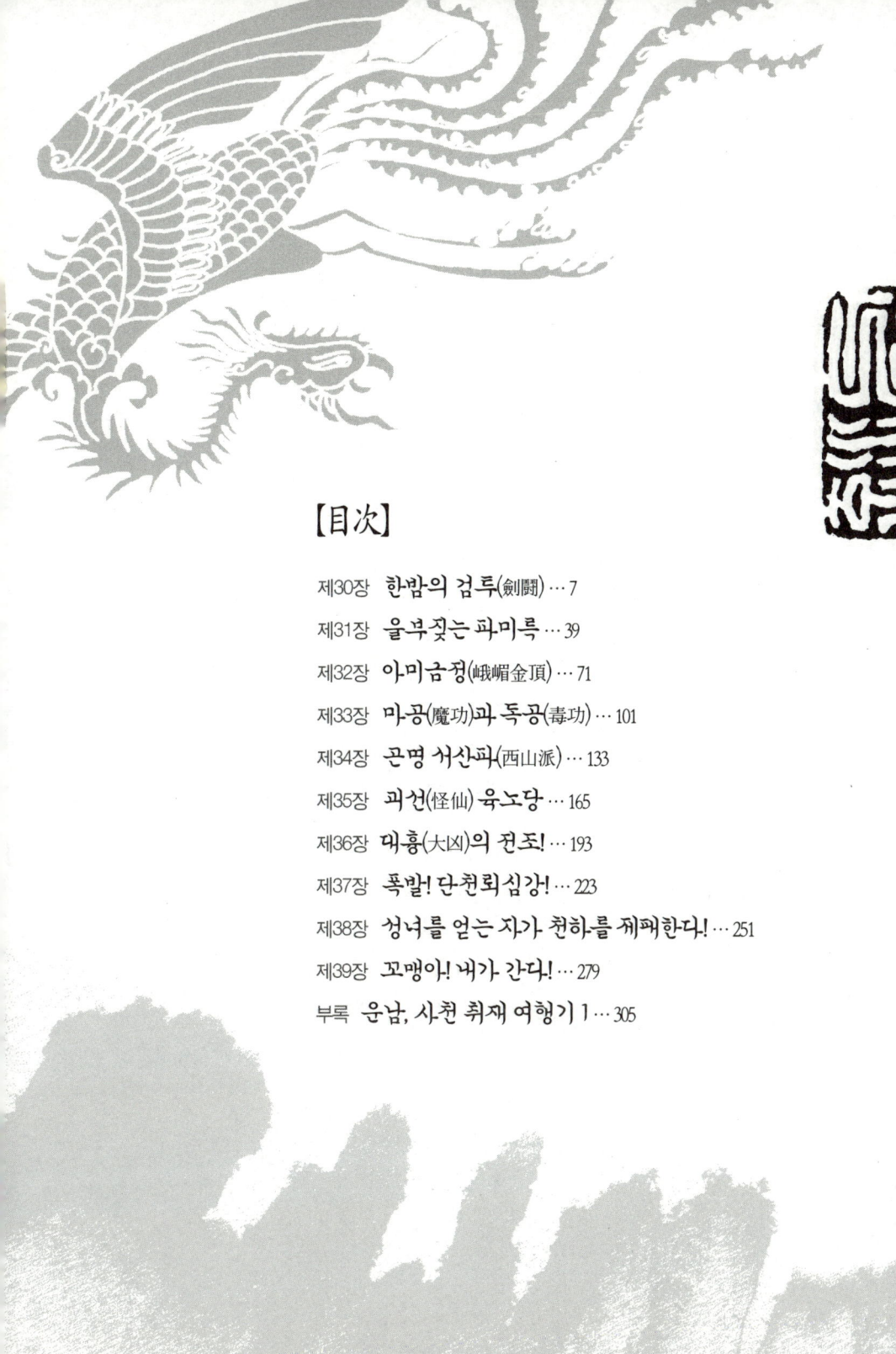

【目次】

第三十章 ◆ 한밤의 검투(劍鬪)

한밤의 검투(劍鬪)

깊은 밤.

멀리서 들려오는 은은한 범종 소리에 진자운은 반개하고 있던 눈을 스륵 떴다.

그러자 그의 바로 코앞에 가부좌를 틀고 앉아 넓은 코평수를 활짝 개문하고 있던 파미륵 역시 눈을 떴다. 그의 후덕해 보이는 얼굴에 묘한 미소가 감돌았다.

"크크크. 진 소협, 어째서 갑자기 눈을 뜨는 것인가? 숨결이 요동치는 걸 보니, 아침에 봤던 계집아이라도 찾아가고 싶어진 게 아닌가?"

"계집아이?"

"자네한테 묘한 눈길을 던지던 아이 말일세."

진자운은 파미륵이 말하는 사람이 은여영임을 깨닫고 입가에 피식 미소를 띠었다. 과거 사천광불시절 색승으로도 꽤나 이름이 높았던 눈앞의 마두가 여자 얘기를 꺼낸 건 이번이 처음은 아니다.

"포대화상 주제에 걸핏하면 여자 얘기를 꺼내는 걸 보면 정말 웃기지도 않소!"

"본불이 여자 얘기를 꺼내는 게 뭐가 이상하다는 건가?"

"자신의 툭 튀어나온 아랫배를 보면 뭔가 켕기는 게 없냐는 거요."

"툭 튀어나온 아랫배라……."

파미륵이 자신의 펑퍼짐한 뱃살을 눈으로 살피곤 축 늘어진 턱살을 손가락으로 만지작거렸다. 진자운의 말을 듣고서야 자신의 절대 여인들에게 인기없을 신체 구조에 대해 생각하게 된 모양이다.

그러나 그는 곧 턱살을 출렁거리며 웃었다.

"크흐흐, 그러고 보니 언젠가부터 여인에 대한 욕구가 씻은 듯 사라졌구나. 본불은 부처님에게 갈 때가 돼서 그런가 했더니, 이유는 다른 곳에 있었어."

"호오, 그럼 예전에는 포대화상의 몸이 그렇게 출렁거리지 않았다는 것이오?"

"아무렴!"

파미륵은 손바닥으로 자신의 넓적다리를 때리곤 실눈에 잔뜩 힘을 주었다.

"과거 사천을 휩쓸고 다니던 시절, 본불을 따르는 신도들은 모두 아리따운 계집들이었다네. 그때 본불은 반안이나 송옥을 뛰어넘을 정도로 수려한 외모에 화려한 언변, 절륜한 방중술의 삼절(三絶)로 유명했거든."

"수려한 외모에 화려한 언변, 절륜한 방중술?"

진자운은 한마디를 내뱉을 때마다 고개를 가로저었다. 현재 파미륵의 모습을 보면 십수 년 전이라 한들 수려한 외모를 가지고 있었다는 걸 전혀 인정할 수 없었다.

파미륵이 그 모습에 나직이 코웃음 쳤다.

"흥, 어찌 자네 같은 삶의 이치조차 모르는 애송이가 본불의 심모원려를 이해할 수 있겠는가. 본불은 본래 불도에 한평생을 바친 학승(學僧)이었으나, 죄 많은 미모를 가지고 태어난 탓에 일찍이 파계를 한 것일세."

"죄 많은 미모를 타고난 색마였기에 그런 것일 테지요."

"본래 육욕(肉慾)이란 칠정육욕 중에서도 가장 끊기 어렵다지 않던가. 어찌 주변의 수많은 유혹을 젊은 시절의 본불이 끊을 수 있었겠는가 말야."

"하긴, 다른 중이나 도사들은 포대화상처럼 모두 송옥과 반안 같은 얼굴을 타고나지 못하긴 했겠구려."

진자운의 계속되는 빈정거림에도 불구하고 파미륵은 자신의 과거에 대한 예찬을 포기하지 않았다.

"그 뒤 본불은 천하의 수많은 외롭고 의지할 곳 없는 여인들에게 육보시를 하고 다녔다네. 한 여인에게만 본불이 마음을 허락한다면 어찌 세상의 수없이 많은 여인들의 마음이 섭섭치 않겠는가. 때문에 본불을 시기하는 중생들이 있었음에도 참으로 좋은 세월을 보내고 있었건만, 재수없게 아미파의 회월이란 비구니를 만나게 된 것이야."

"한 가엾은 여인에게 포대화상이 강제로 육보시를 하려는 걸 우연찮게 발견하셨다고 하던데?"

"흥, 어찌 세상에 그리 공교로운 일이 있겠는가. 그 못된 비구니는 본불을 계속 쫓아왔을 뿐이야."

"……."

진자운은 그건 또 무슨 소리냐는 눈빛을 던졌다.

그와 파미륵은 몇 가지 협약을 맺은 뒤 아미산으로 향하는 동안 그다지 깊이 있는 대화를 나누지 않았다. 서로 간에 꺼리는 바가 있어서 내심을 있는 그대로 털어놓지 못했기 때문이다.

그런데 갑자기 무슨 바람이 불었는지 파미륵이 주저리주저리 과거에 대해 늘어놓고 있었다. 진자운으로선 흥미진진함을 넘어 잔뜩 호기심이 끓어오르지 않을 수 없는 건 당연하다.

진자운의 눈빛을 받은 파미륵이 씁쓰레한 표정으로 말을 이었다.

"아까도 말했다시피 본불은 타고난 미남자로 만독문에 몸을 의탁해 불괴기공을 익히기 전까진 몸매 역시 늘씬했다네. 한마디로 잘난 얼굴과 풍채를 겸비한 진정한 사내대장부였지. 하지만 아미파의 장문인인 회월 같은 무서운 비구니가 이 몸에게 마음을 뺏겼으니……."

"뭐요?"

깜짝 놀라 자신도 모르게 소리를 지른 진자운이 잔뜩 눈살을 찌푸려 보이자 파미륵이 어깨를 가볍게 으쓱해 보였다.

"회월은 아미파의 장문인이네. 그런 존귀한 신분을 지닌 비구니가 문파의 큰일들을 제쳐 놓고 어찌 색승으로 이름 높은 본불을 그리 오랫동안 뒤쫓아 다녔겠는가?"

"그럼 설마 하니 회월 대사태가 포대화상에게 반하기라도 했다는 거요?"

"사실 먼저 작업을 건 건 본불이었다네. 그 당시 회월은 중년의 비구니이긴 했지만, 얼굴은 이십대를 갓 넘은 듯하고 꽤나 아름다운 자태를 지니고 있었거든. 하지만 아미파의 여승이란 걸 알고 재빨리 발을 뺐는데…….”

“그 뒤 수작을 걸었던 포대화상을 계속 쫓아왔다는 거요?”

“흥, 한마디로 재수 옴붙은 거지. 그런 무지막지한 비구니에게 육보시를 하겠다는 생각을 했었다니…….”

‘이런 후안무치한 늙은 중!’

진자운은 내심 가볍게 탄식했다. 회월 대사태가 어째서 존귀한 아미파 장문인이란 신분으로 파미륵 추격에 열을 올렸는지 이해할 수 있을 것 같았기 때문이다.

그때 흘러간 영광의 과거를 더듬으며 몇 마디 불평불만을 쏟아내고 있던 파미륵의 실눈에서 한 가닥 섬광이 일었다. 마치 사람이 변한 것 같은 표정 변화와 더불어.

“크흐흐. 진 소협, 역시 자네는 아직 멀었구만.”

“갑자기 뭐가 멀었다는 거요?”

“사내로서의 매력 말이네.”

진자운은 무슨 자다 개풀 뜯어 먹는 소리냐는 듯 파미륵을 바라봤다. 그러자 파미륵이 입가에 실실거리는 미소를 띤 채 말했다.

“보통 이때쯤 되면 계집애가 찾아와야 정상이거늘, 찾아오란 계집애는 찾아오지 않고 쉰내나는 늙은 것들만 찾아왔지 않은가. 그러니 자네의 사내로서의 매력이 형편없다는 반증이란 말일세.”

“그러니 포대화상은 자신이 남성적인 매력에서 날 이겼다고 말하고 싶은 것이오?”

“군이 본불이 자네같이 색도조차 모르는 애송이와 승부를 겨룰 생각은 없네만…….”

“그래, 내가 졌소!”

"인정하는 건가?"

"당신의 뻔뻔함과 두터운 얼굴에 졌다는 거요!"

진자운은 한마디 톡 쏘아붙이고는 가부좌를 틀고 앉은 자세 그대로 발가락을 곰실거렸다. 마침 방바닥을 슬금거리며 기어다니던 개미 한 마리가 발가락 사이에 찰싹 달라붙은 것과 동시의 일이다.

틱!

은은한 달빛이 흘러드는 창문 밖으로 개미가 튕겨 날아갔다. 그저 재수 옴붙은 개미의 팔자소관으로 치부할 만한 일이다. 특별할 만한 건덕지라곤 눈을 씻고 찾아봐도 없었다.

그러나 개미가 날아간 창문 쪽을 실눈으로 힐끔 바라본 파미륵의 얼굴 근육이 다시 푸들하고 움직였다. 평소와 같이 후덕해 보이는 미소와는 담을 쌓은 듯한 비웃음이 그의 입가에 걸려 있었다.

"쯔쯧, 그냥 무던히 기다리고 있으면 될 것을……."

"시끄럽소!"

진자운은 파미륵의 결코 작지 않은 뇌까림을 중간에서 잘랐다. 그의 도발 아닌 도발이 어떤 움직임을 만들어냈기 때문이다.

"관세음보살!"

개미가 날아간 방향에서 울려 퍼진 불호성에는 은은하지만 심후한 내력이 실려 있었다. 웬만한 소인배나 잡졸이라면 온몸에서 식은땀을 뿌리고 다리가 후들거릴 정도의 위력.

진자운이 슬며시 자리에서 일어서자 파미륵이 실눈을 감으며 중얼거렸다.

"그럼 잘해보게나. 본불은 이곳에서 진 소협이 가져올 좋은 소식을 기다리고 있을 테니까."

"갑자기 진중한 척하기는……."

진자운은 파미륵을 한차례 바라본 후 창문 밖으로 신형을 날렸다.

진자운과 파미륵에게 배정된 거처는 지객당에서도 꽤나 후미진 곳이었다. 두 사람이 여승들의 문파인 아미 복호사에 발을 들여놔선 안 되는 사내였기 때문에 내려진 결정이다.

숙소를 빠져나온 진자운은 빠른 걸음으로 움직여 단숨에 불호성이 울려 퍼진 장소에 이르렀다. 지객당과 대웅보전의 중간쯤 되는 장소였다.

'절정고수인가?'

진자운은 마치 그를 기다리고 있었던 듯 달빛이 미처 닿지 않는 담 그림자를 등지고 서 있는 여승을 힐끔 바라봤다.

여승은 얼굴이나 자태가 뚜렷하게 보이진 않지만, 주변의 어둠과 자연스레 동화되어 있는 모습이 당당했다. 의심의 여지가 없는 절정고수임에 분명하다.

진자운이 천천히 포권해 보였다.

"소생은 무당파의 속가제자인 진자운이라 합니다. 노사태께서는 뉘신지요?"

순간 노사태라 불린 여승의 얼굴이 달빛 아래 모습을 드러냈다.

"빈니는 회난(晦難)이라 하네."

'아미파의 오대장로!'

진자운은 회난의 꼬장꼬장해 보이는 얼굴을 살피며 눈살을 가볍게 찌푸렸다.

금정에 장문인인 회월 대사태가 폐관하고 있는 사이 아미파의 전권은 오대장로의 수중에 들어가 있었다. 그중 한 명이 야밤에 찾아왔으니, 작은 일일 수 없다.

"대명은 익히 들었습니다."

진자운이 다시 정중하게 허리를 숙여 보이자 회난의 입가에 작은 주름이 떠올랐다.

"이 산골에 틀어박힌 노니에게 대명이랄 것이 어디 있겠는가. 대명이라 함은 무릇 항주 무림맹에서 천하의 군웅들을 제압한 진 시주 같은 젊은 영걸에게 어울리는 것을."

"그저 운이 좋았을 뿐입니다."

"운 역시 실력이 없인 이룰 수 없는 일일 터."

진자운의 입에 발린 겸양을 한마디로 잘라낸 회난이 슬쩍 한 걸음 앞으로 나섰다. 그러자 한 가닥 숨을 막히게 하는 기운이 진자운의 전신을 압박하며 파고들었다.

휘오오!

진자운의 옷자락이 맹렬히 흔들렸다. 회난이 일으킨 무형의 잠력이 일으킨 변화였다.

그러나 진자운은 포권한 자세 그대로 버틸 뿐이었다.

그는 평소처럼 바로 발끈해서 반격을 가하지 않았을뿐더러, 무학의 이치에 따라 뒤로 물러서지도 않았다. 회난이 자신의 실력을 살피는 것뿐이라는 걸 직감적으로 깨달았기 때문이다.

과연 철벽과 같은 진자운의 모습에 회난이 암경(暗勁)처럼 쏘아 보낸 무형지기를 거둬들였다. 그녀는 진자운의 무공 수준이 최소한 자신에 필적할 정도이며, 크게 양보하는 마음을 가졌다는 걸 눈치챘다.

스륵!

전신을 압박하던 무형지기가 사라지자 진자운이 그제야 반보 뒤로 물러섰다. 회난에게 양보하는 김에 아예 아부를 퍼붓기로 작정한 것이다.

"노사태께서 너그러운 마음으로 손속에 사정을 두신 점 감사합니다."

"그런……"

이번에는 진자운의 입에 발린 말이 통했다.

회난은 연속된 아부에 결국 입가에 부드러운 미소를 머금었다. 평소 꼬장꼬장하기로 아미파 내에 소문이 자자한 그녀의 성정을 아는 자가 본다면 입을 다물지 못할 변화였다.

"천하에 보기 드문 기남이며 훌륭한 품성을 지닌 무림의 후기지수란 옥성의 말을 믿지 않았더니, 과연 무당파에서 다시 인재가 나온 것 같네."

"그건 옥성 사태가 후배에게 너무 심한 과찬을 한 것입니다."

"그렇지 않네. 내 보기에 진 시주는 이미 젊은 나이임에도 무공이 절정지경에 올라 있을뿐더러, 품성 또한 겸양과 협기를 동시에 갖췄다네. 강호에 사룡과 삼봉이 있어 후기지수 중 으뜸이라 하나 진 시주에 비한다면……"

회난은 천천히 고개를 가로저었다. 그녀가 흐린 뒷옛말은 듣지 않아도 능히 짐작이 가능할 터였다.

'역시 늙은이들이란 아첨에 약하단 말씀이야!'

내심 히죽 웃은 진자운이 다시 몇 마디 겸양의 말을 뻔뻔스레 내뱉으려는데, 회난이 갑자기 입가에 걸려 있던 미소를 거뒀다.

"그런데 빈니는 한 가지 이해할 수 없는 일이 있다네."

"무슨 일이신지……?"

"어째서 명문정파인 무당파의 당당한 후기지수인 진 시주가 천하에 다시없을 마두와 함께 본 파에 방문한 것인지 궁금하단 거네."

"…포대화상을 말씀하시는 겁니까?"

"사천광불. 아니, 이젠 독불이라 불린다고 하였던가? 빈니가 말한 자는 파미륵이란 간악한 요승(妖僧)이라네."

회난의 목소리가 살짝 올라갔다. 그러자 미리 약속되어 있었던 것일까?

우르르!

마치 어둠 속에서 제방을 무너뜨리며 밀려드는 격류처럼 대웅보전 부근에서 십수 명이나 되는 여승들이 달려나왔다.

달빛에 번뜩이는 도기와 검광.

여승들은 단숨에 진자운의 주변을 에워쌌다. 질서정연한 모습이 오랫동안 손발을 맞춘 진세를 펼친 게 분명했다.

'이것들이!'

진자운은 절로 찌푸려지는 눈살을 가까스로 참았다.

여태까지 입술에 침을 발라가며 살가운 말을 하고 낯가죽 두텁게 겸양을 떨었다. 잠시 속이 뒤틀렸다고 모든 노력을 수포로 돌아가게 할 순 없었다.

그때 완벽하게 진세가 갖춰지는 모습을 살핀 회난이 얼굴에 떠오른 노기를 잠시 누그러뜨리고 말했다.

"진 시주는 본 파의 홀대에 너무 노여워하지 마시게. 앞서 말했다시피 빈니로선 반드시 알아봐야 할 일이 있어서이니."

"어찌 노사태께서 하시는 일에 후배가 감히 토를 달겠습니까. 다만 포대화상, 아니, 독불 파미륵과 제가 동행한 것에 대해선 오해가 있으신 것 같습니다."

"오해?"

"그렇습니다."

회난은 눈빛으로 진자운에게 어서 말하라 재촉했다. 진자운이 열과 성의를 다해 떤 아부와 아첨이 만들어낸 결과물이었다.

그 모습에 한차례 어깨를 으쓱해 보인 진자운이 준비해 뒀던 말을 끄집어냈다. 유루사를 미끼로 파미륵을 꼬여 사로잡은 일과 그 뒤의 경과 등을 자신에게 유리하도록 각색해 늘어놓기 시작한 것이다.

효과는 확실했다.

진자운이 설명을 대충 끝내자 회난의 안색은 눈에 띌 정도로 온화해졌고, 주변에 진세를 펼친 아미파 여승들의 얼굴엔 감탄의 기색이 가득했다.

그냥 진실만을 늘어놓는다 해도 요 며칠 진자운이 사천에서 펼친 활약은 대단했다. 그야말로 이야기 속의 협객이나 다름없다고 할 정도였다.

그런데 거기에 진자운의 그럴싸한 언변과 과장이 덧붙여지자 순진한 아미파 여승들로선 입이 가볍게 벌어지지 않을 수 없었다. 그녀들로선 한 편의 멋진 이야기를 들은 것이나 다름없었다.

진자운이 설명을 끝내자 나직이 한숨을 토한 회난이 인자한 안색을 한 채 말했다.

"정말 대단한 일을 했구만. 빼어난 무공이나 담대한 마음도 대단하지만, 천하에 대마두인 파미륵 같은 자를 개심시켜 본 파까지 데려올 수 있었다니……."

"포대화상이 생각했던 것보다 뼛속까지 악에 물든 자가 아니었기 때문에 가능한 일이었습니다."

"그건 그렇지가 않네. 그 사악한 요승과 빈니는 당년에 서로 손속을 겨룬 일이 있다네. 놀랍게도 사천무림인들의 합공을 벗어나 운남의 만독문에 들어갔기에 오랫동안 마음이 불편했는데, 진 시주 덕분에 천하의 악을 제거하게 됐으니 이 얼마나 다행스런 일인가?"

말을 끝낸 회난이 천천히 손을 들어올렸다. 그러자 여태까지 얌전히 진세를 이루고 있던 여승들이 바람같이 움직이기 시작했다. 지객당 쪽이었다.

'이런!'

대번에 회난의 의중을 읽은 진자운이 재빨리 신형을 뒤로 뽑아 올렸다, 여승들의 앞을 가로막기 위해서.

스윽.

진자운은 바람을 가르는 칼날처럼 여승들의 앞을 가로막아 섰다. 뒤늦게 신형을 날린 회난을 제외하곤 아미파 여승들로선 감히 흉내조차 내지 못할 신법.

"진 시주!"

"진 시주!"

아미파 여승들이 일제히 재게 움직이던 걸음을 멈췄다. 그들의 앞을 가로막은 진자운에게서 한 가닥 범접키 어려운 기운이 흘러나왔기 때문이다.

진자운보다 한발 늦은 회난이 앞으로 나섰다.

"진 시주, 이게 뭐 하는 짓인가?"

진자운이 일시 여승들의 발길을 묶어놓기 위해 방출한 기세를 풀지 않고 대답했다.

"노사태께서는 제 말을 좀 들어주십시오."

회난의 눈가에 작은 주름이 일었다.

"설마 하니, 진 시주는 파미륵이란 요승을 살려주자고 빈니에게 말하려는 것인가?"

"그렇습니다."

"그건 안 되네!"

단호한 대답이었다, 어떤 타협도 있을 수 없다는.

그러나 진자운은 세상에 타협하지 못할 일은 없다는 생각을 가진 사람이었다. 더불어 자신이 한 약속은 반드시 지켜야 성이 차는 더러운 성격이기도 했다.

눈살을 가볍게 찌푸린 진자운이 말했다.

"노사태, 제가 불문에 대해 잘은 모르지만, 대자대비(大慈大悲)란 말은 알고 있습니다."

"대자대비……."

"그렇습니다. 소를 잡던 칼을 놓고 돌아서면 백정이나 살인자 역시 부처가 될 수 있다고 하지 않습니까? 그런데 어찌 노사태께서는 크게 과거를 뉘우치고 그동안의 은원을 풀기 위해 온 늙은이를 죽이려 하시는 겁니까?"

"세상에는 부처님의 광대한 자비로도 계도되지 않는 말종들이 있다네. 진 시주가 붙잡아온 파미륵이란 요승과 같이."

"반드시 파미륵을 죽여야겠다는 뜻입니까?"

"그렇네. 그러니 진 시주는 그만 빈니의 앞에서 물러나시게."

꿈틀!

진자운의 눈꼬리가 치켜 올라갔다. 더 이상 참지 못하고 여태까지 쓰고 있던 가면을 벗은 것이다.

"저는 파미륵에게 약속했습니다. 얌전히 제 뒤를 쫓아오면 아미파와의 은원을 풀고 개심하는 데 도움을 주겠다고."

"진 시주의 그런 마음은 갸륵하네만……."

"그러니 노사태께서 오늘 파미륵을 죽이고자 하신다면, 저는 불경을 저지를 수밖에 없습니다."

"설마 자네는 그 요승을 위해 아미파와 적을 지겠다는 건가?"

"그럴 수밖에 없다면……."

진자운은 무형지기를 좀 더 강하게 끌어올렸다. 자신의 단호한 결의를 그런 식으로 표현한 것이다.

그러자 문득 보채는 어린애를 타이르는 듯하던 회난의 얼굴에 노기가 어렸다.

'젊은 나이에 높은 성취를 이뤘을뿐더러 사람됨이 바르게 보여 좋게 봤거늘!'

회난이 다시 손을 들어올렸다. 좀 전과 같이 진세로 진자운을 제압하려는 심사.

그때 진자운이 툭 내뱉듯 제안했다.

"오래전부터 아미파의 난피풍검법(亂披風劍法)과 복호신장(伏虎神掌)이 무림일절이란 말을 들었습니다. 오늘 노사태께서 후배의 견식을 넓혀주시는 게 어떻겠습니까?"

"빈니와 손속을 겨루자는 뜻인가?"

"오늘 서로의 의견이 분명하니, 무림의 법칙에 따르자는 뜻입니다."

회난의 얼굴에 깃든 노기가 더욱 짙어졌다.

"이곳에는 빈니를 제외하고도 열여덟 명의 일대제자가 있다네. 과연 자네가 이 모두를 이길 성싶은 건가?"

"어찌 노사태께서 후배를 다수로 강박하시겠습니까?"

"그야 도리가 아닐 테지. 하나 불존께서 말씀하시길, 내가 지옥에 들어가지 않으면 뉘가 있어 들어가겠느냐고 하셨네. 빈니가 오늘 천하의 대마두를 제거하기 위해 오랜 청명을 더럽히는 걸 주저치는 않을 것이네!"

회난이 슬쩍 발을 구르자 다시 진세가 갖춰졌다. 처음보다 삼엄한 것이 이미 진자운을 적으로 여기고 있는 게 분명했다.

이때 진자운의 얼굴엔 더욱 강인한 기운이 떠올랐다. 천생의 억압받으면 받을수록 용수철처럼 튀어오르는 성격이 뜨거운 피와 함께 끓어오른 것이다.

슥!

반보를 움직이는 것만으로 노도와 같은 진세의 기운을 일소시킨 진자운이 히죽 웃었다.

"노사태, 그럼 무얼 망설이시는 겁니까?"

"진 시주……."

"저는 한 번 입 밖에 낸 말을 번복하는 법을 모릅니다!"

"……."

회난은 문득 아미파 전체와도 싸울 듯한 진자운을 바라봤다. 이미 그녀의 얼굴에는 방금 전까지 보였던 노기가 씻은 듯 사라져 있었다. 눈앞의 진자운이 내뿜는 당당한 기운에 한 가닥 부끄러움을 느꼈기 때문이다.

'허어, 어찌 저리 당당할 수 있는가! 빼어나구나, 빼어나! 과연 본 파

에도 이와 같은 기상을 지닌 제자가 있다고 쉽사리 말할 수 없구나!'

내심 나직이 한숨을 토한 회난이 다시 손을 들어올렸다. 그러자 당장에라도 진자운을 향해 계도와 검을 내려칠 듯하던 여승들이 진세를 넓히며 사방으로 흩어졌다.

여전히 일사불란한 움직임이나 몇몇 진세의 중심을 이루는 여승들의 얼굴에는 의혹이 어려 있었다. 회난의 의중을 짐작치 못하겠다는 표정들이다.

그때 처음의 서너 배쯤 넓어진 진세의 중심으로 회난이 천천히 이동했다. 진자운의 무형지기 속으로 걸어 들어간 것이다.

채앵!

회난은 허리춤에 매달고 있던 한 자루의 고검을 빼 들었다. 무림 중에 불영선검(佛影禪劍)이라 불리는 아미파 최고의 검사가 먼저 출검에 들어간 상황.

스아아!

진자운은 자신의 무형지기를 가르며 천천히 파고드는 검기에 흠칫 어깨를 떨었다. 바로 반격에 들어가려던 몸을 고정시키려다 생긴 변화였다.

스윽!

진자운이 느릿하게 한 걸음 뒤로 물러섰다. 검기의 쇄도를 피하기 위함이다.

그러자 회난의 얼굴에 다시 감탄의 기색이 떠올랐다. 진자운의 무공과 자제력이 자신의 예상을 뛰어넘는다는 생각을 한 것이다.

휘릭!

진자운의 상반신 전체를 노리고 있던 검봉을 한차례 회전시키며 거뒤들인 회난이 담담한 눈빛을 한 채 말했다.

"진 시주는 아직도 결심을 철회할 생각이 없는 것인가?"

"그렇습니다."

"그럼 만약 빈니와의 대결에서 패한다면 어찌하겠는가?"

"저는 최선을 다하지 못할 것을 두려워할 뿐이지, 패배를 두려워하진 않습니다."

"그렇구만."

미미하게 고개를 끄덕인 회난이 안색을 추상같이 굳힌 채 말했다.

"금일 진 시주가 빈니의 검을 꺾는다면 파미륵이란 요승의 처리는 자네에게 일임하기로 하겠네. 그러니 진 시주 역시……."

"노사태에게 패한다면 파미륵을 아미파에 넘기도록 하겠습니다."

"당연히 그래야겠지."

다시 고개를 끄덕인 회난이 검봉을 가슴 쪽으로 끌어당겼다. 진자운을 바라보는 그녀의 눈빛이 형형하게 빛났다.

"진 시주는 검을 뽑도록 하게! 빈니가 천하제일이라 불리는 무당의 검을 상대해 보겠네!"

우웅!

회난의 검신이 나직한 검명을 토했다. 그러자 주변에 늘어선 채 진세를 흩뜨리지 않고 있던 여승들 중 검을 들고 있던 몇몇의 눈빛이 진지해졌다.

회난은 아미파 제일의 검사이자 검술교두였다. 그런 그녀가 먼저 발검했을뿐더러 검명마저 일으켰다. 앞으로 벌어질 일이 보통 중요한 게 아니란 건 자명한 사실이었다.

'회난 사백께서 저리 신중하게 검을 뽑으시다니!'

'옥성 사자 일행을 구해줬다던데 소문만큼 대단한 남잔가 보네!'

'아아……'

진자운을 바라보는 여승들의 눈빛은 사뭇 뜨거웠다.

호기심과 관심이 그득한 눈빛들이었다.

그 와중 자연스레 일권파의 자세를 취하려던 진자운은 눈살을 가볍게 찌푸렸다. 눈앞의 오만한 노사태의 검을 권각으로 받겠다고 했다간 다시 노발대발할 게 뻔했기 때문이다.

'어쩐다?'

진자운은 아미산으로 향하는 동안 줄곧 연습한 태극혜검을 떠올리곤 등 뒤에 비끄러매 놨던 삼아검 중 귀아검을 빼 들었다.

스룽.

평범한 청강장검인 귀아검.

순간적으로 쏟아져 내리던 달빛을 검신으로 흘러내리게 한 진자운의 검봉이 정중하게 회난을 향했다.

"후배가 사용할 검법은 본 파의 육대검법 중 하나인 태극검입니다."

"태극검? 설마 벌써 태극혜검을 전수받았단 말인가!"

"운이 좋았을 따름입니다."

"운으로 무당파의 절대검학을 연마할 순 없는 노릇인 것을. 빈니는 본 파의 난피풍검법으로 상대하겠네!"

회난이 가슴에 모으고 있던 검봉을 진자운 쪽으로 향했다. 선배가 후배를 가르치는 지도 비무가 아니라 동수끼리의 대결임을 천명한 것이다.

"오게!"

회난이 크게 소리쳤다.

       *   *   *

파미륵은 한동안 방바닥을 긁으며 데굴거렸다.

과거 만독문에서 유루사와 다루파를 양옆에 끼고 있을 때는 생각은 있으되 감히 행하지 못하던 나태하고 무료하기 짝이 없는 모습이다.

사실 파미륵은 사천광불 시절부터 꽤나 게으르고 나태한 삶을 영위하던 사람이다. 불도에 뛰어든 사람답지 않게 여인을 탐하고 풍류를 즐기긴 했으되, 세상의 이권이나 명예, 성취욕 따위완 완전히 담을 쌓고 있었다.

활짝 웃어주는 여인과 굶지 않을 정도의 재물.

그 정도가 파미륵이 원하는 유일무이한 것이었다.

절정에 도달한 무공은 어쩌다 보니 잘난 사부들을 둔 탓에 연마하게 된 것일 뿐, 그의 인생에 있어 큰 가치를 지니진 못했다. 아미파가 주동이 된 사천무림인들에게 개같이 쫓겨 죽음 직전까지 몰린 것도 타고난 천성 탓이 크다 할 수 있었다.

그러니 지난 십수 년간이 파미륵의 인생 중 가장 열심히 무공을 연마하고 세상에 대한 원한을 불태운 때라 할 수 있었다.

그는 그동안 평생 인연이 없을 것 같던 충성스런 수하들을 얻었을뿐더러, 무서운 주군을 모시고 꽤나 분주한 나날을 보냈다. 자신의 타고난 천성을 완전히 역행해 온 것이다. 진자운에게 완벽하게 깨지기 전까진 분명 그랬다.

뒹굴.

파미륵은 지극히 게으른 자세로 바닥을 뒹굴며 입가에 배실거리는 웃음을 띠었다. 진자운에게 모든 걸 맡기고 있는 현재의 자신이 너무나 마음에 들었기 때문이다.

'이렇게 된 이상 그 애송이 녀석이 만독문에서 마교의 성녀를 구하는 걸 도와준 이후에도 찐드기처럼 달라붙어야겠다. 그 녀석과 성녀의 관계가 보통이 넘는 것 같으니, 앞으로 마교에서 한자리 차지할 건 자명한 사실이니까……'

홀로 염두를 굴리며 좋아하던 파미륵의 눈가가 갑자기 꿈틀거렸다. 얼마 전 진자운을 밖으로 불러냈던 기척 외에 새로운 움직임 하나를 포착했기 때문이다.

스륵.

파미륵은 언제 방바닥을 긁고 있었냐는 듯 재빨리 자세를 바로 했다. 그는 후덕한 미륵불의 모습으로 돌아가 정신을 집중시켰다. 새로운 움직임의 정체를 파악하기 위함이다.

'호오?'

파미륵은 금세 움직임의 정체를 파악하고 입가에 요악스런 미소를 만들어냈다. 갑자기 재밌는 생각이 들었다.

슥.

파미륵의 거구가 갑자기 가부좌를 풀고 움직였다. 자신의 예상이 맞는지를 확인하기 위해서였다.

"아!"

은여영은 갑자기 자신을 덮쳐 온 거영에 놀라 입을 가볍게 벌렸다. 그러나 그녀는 비명을 터뜨리는 데 실패했다. 어느새 지척에 이른 거영에게 완맥을 제압당했기 때문이다.

"과연 소낭자로구나!"

"······."

잔뜩 겁먹은 얼굴이 됐던 은여영의 커다란 눈동자가 몇 차례 깜빡였다. 목소리가 낯설지 않을뿐더러, 단단히 조여졌던 완맥에서 스륵 힘이 빠져나가고 있었다.

"저기······."

은여영의 완맥에서 손을 떼고 뒤로 한 걸음 물러선 파미륵이 턱살을 떨며 웃어댔다.

"크흐흐, 이렇게 늦은 야밤중에 낭군을 만나러 오다니, 참으로 대담한 소낭자가 아닌가?"

"그, 그게 무슨······."

은여영이 자신도 모르게 말을 더듬었다. 파미륵의 음흉한 눈빛과 말이 뜻하는 바가 무엇인지 짐작했기 때문이다.

파미륵이 실실 웃음을 흘려대며 말했다.

"그럼, 진 소협을 만나러 온 게 아니란 건가?"

"당연하죠!"

"그러엄?"

파미륵의 얼굴에는 은여영의 말을 전혀 믿을 수 없다는 표정이 떠올라 있었다. 반문 비슷한 걸 던진 건 어디까지나 요식 행위에 불과했다.

은여영 역시 그 점을 알고 낯을 가볍게 붉혔다. 현 상황에선 어떤 변명을 한다 해도 파미륵이 믿어주지 않으리란 생각을 한 것이다.

그녀는 잠시 침묵을 지키다 새침한 표정으로 입을 열었다.

"사실 제가 이곳에 온 건 진 소협을 만나기 위해서예요."

"그렇군."

은여영이 변명을 포기하자 파미륵은 더 이상 놀리는 표정을 짓지 않았다. 처음 예상했던 것과 같은 남녀상열지사(男女相悅之詞:남녀의 연애 행각)와 관계없이 상황이 흘러간다는 걸 직감적으로 눈치챘기 때문이다.

그런 파미륵에게 고마움을 느낀 은여영이 얼굴에 감돌던 새침한 기색을 누그러뜨리고 말을 이었다.

"진 소협과 노화상께서는 지금 위험에 빠졌어요."

"아미파의 오대장로 중 누군가가 내 얼굴을 알아본 모양이로군."

"그걸 어떻게……."

"본불은 과거 그 꼬장꼬장한 할망구들과 안면이 좀 있었다네. 그때와는 몸집이나 얼굴이 꽤나 달라졌지만, 늠연한 기도까지는 숨길 수 없었던 게지."

'늠연한 기도?'

은여영은 잠시 기가 막히다는 표정으로 파미륵을 바라봤다. 눈앞의 미륵불을 닮은 포대화상에게 어떤 늠연한 기도가 있는지 전혀 감을 잡을 수 없었기 때문이다.

물론 현 상황에서 그런 게 반드시 중요한 건 아니다.

은여영은 재빨리 고개를 한차례 흔들어 보였다.

그때 두 겹으로 접혀진 턱살을 열심히 손가락으로 더듬고 있던 파미륵이 입가에 음흉한 미소를 담았다.

"그런데 아미파의 일대제자인 소낭자가 어째서 그런 사실을 알려주려 이곳에 온 것일까나?"

"그, 그건……."

"역시 진 소협에게 반한 거구만!"

"그렇지 않아요!"

은여영의 얼굴이 다시 새침하게 변했다. 그러나 과거 수많은 여인들과의 뜨거운 관계를 자랑하는 요승에게 그런 모습은 귀여운 앙탈에 불과했다.

"뭐, 소낭자와 진 소협 간의 연애에 본불은 끼어들 생각이 없다네."

"그러니까 저와 진 소협 간에는……."

"아아, 그 문제는 일단 넘어가기로 하고!"

은여영의 안간힘을 다한 부정을 한마디로 묵살한 파미륵이 갑자기 실눈 가득 정광을 일으켰다.

"애석하게도 이미 일은 벌어졌다네."

"예?"

"진 소협이 벌써 아미파 고수들에게 이끌려 지객원 밖으로 나갔다는 걸세."

"그, 그런……."

은여영이 자신도 모르게 발을 굴렀다. 진자운이 위험에 빠졌으리란 생각이 들자 가슴이 뛰었다. 여태까지 단 한 번도 느껴본 일이 없는 감정이었다.

그 모습을 냉정하게 살핀 파미륵이 얼른 제안했다.

"그래서 본불은 이제부터 진 소협의 뒤를 쫓아가 볼까 하는데, 소낭자의 생각은 어떠한가?"

"저, 저요?"

"그래. 그냥 이대로 발길을 돌려 처소로 돌아갈 건지, 아니면 본불과 함께 진 소협을 찾아갈 건지를 결정하란 걸세."

"……."

은여영은 다시 침묵에 들어갔다. 그만큼 파미륵의 갑작스런 제안은 쉬이 결정할 수 없는 문제였다. 밤중에 몰래 지객당으로 숨어드는 것과는 차원이 달랐다.

'오늘 이곳에 온 것만으로도 나는 사문에 큰 죄를 지은 셈이다. 그런데 다시 눈앞의 정체를 알 수 없는 노화상과 함께하는 모습을 다른 사람들한테 들킨다면, 죄는 배가되는 셈이다. 하지만 진 소협이 위험한데 모른 척한다는 것도 마음에 걸리는구나.'

오랜 갈등 끝에 마음을 정한 은여영이 천천히 고개를 끄덕여 보였다.

"저는 노화상과 함께하겠어요."

"이걸로 결정됐다!"

가볍게 손뼉을 친 파미륵이 흐뭇한 표정으로 웃어 보였다.

*　　　　　*　　　　　*

퍼앵!

열여덟 개나 되는 현란한 검영(劍影)을 일으키며 진자운을 찔러 들어가던 회난의 검봉이 가벼운 떨림을 보였다.

칠허삼실(七虛三實)!

아미의 자랑인 난피풍검법의 검의(劍意)를 십분 발휘한 공격은 그 순간 무위로 돌아갔다. 진자운의 귀아검이 만들어낸 몇 개의 원이 현란한 변화의 허초는 무시하고, 숨겨진 실초만을 골라 분쇄했기 때문이다.

그러나 난피풍검법의 무서운 점은 허초가 허초로만 끝나지 않는다

32   태극검해

는 데 있었다. 처음엔 허초였던 초수가 시전자의 능력에 따라 바로 실초로 변할 수 있다는 의미다.

쇄액!

마치 스스로 생명이라도 얻은 듯 회난의 검봉이 곧바로 예리한 검기를 쏟아냈다. 방금 전 진자운이 만들어낸 원과 원 사이를 찌르는 공격이다.

지익!

진자운의 소맷자락이 길게 찢겼다. 회난의 기습적인 검기가 스치고 간 자리였다. 처음으로 두 사람 간의 팽팽한 대치가 무너지는 순간이다.

회난 같은 절정고수가 그 같은 기회를 놓칠 리 없다.

파라락!

회난의 승포 자락이 가볍게 흩날렸다. 그녀가 이미 힘을 잃은 검봉을 다시 앞으로 밀며 신형을 날린 것이다.

검기난파(劍氣難破)!

난피풍검법의 절초가 진자운의 상반신 전체를 노렸다. 종이나 횡의 변화 대신 인체의 중혈만을 노리는 일점일격의 공격. 검기점혈의 경지에 오르지 못한 자라면 쉽사리 사용할 수 없는 수법이다.

'불승불패(不勝不敗)의 원원도도(元元道道)를 검기점혈로 깨뜨리겠다?'

진자운은 내심 회난의 격렬한 공격에 감탄했다. 아무리 그의 태극혜검이 아직 진경에 이르진 못했다 하나 상대는 살기가 적은 불가의 검법이었다. 삼대요결 중 하나인 원원도도가 난피풍검법에 깨지리라곤 전혀 예상치 못했다.

파파팟!

회난의 검기가 눈앞을 어지럽혔다.

진자운은 더 이상 불승불패에 연연해선 안 된다는 걸 깨달았다. 이미 원원도도가 깨진 이상 회난과 아미파의 체면을 봐줄 수 없는 상황이 된 것이다.

쩌릉!

일순 면면부절하게 회난의 검기를 막아내던 귀아검의 움직임이 둔중해졌다. 검봉이 가벼운 떨림을 보이더니, 묵직하고 압도적인 압력을 일으키기 시작했다.

중검무봉이었다.

지잉!

쾌속하게 검기를 뿌려대던 회난의 검봉이 빠르게 뒤로 튕겨졌다. 마치 보이지 않는 장벽에 가로막힌 듯한 형국.

"태극혜검의 중검무봉이구나!"

검에 대한 조예가 깊은 회난의 입에서 가벼운 탄성이 터져 나왔다. 원원도도가 태극혜검의 피륙에 불과하다면, 중검무봉은 골격이라 할 수 있었다. 같은 위치의 삼대요결이라 하나 위력 면에선 천양지차라 할 수 있는 것이다.

파파팟!

회난은 검기난파를 검하만변(劍下萬變)으로 바꿨다. 극에 이른 변화로써 중검무봉의 강경함을 누그러뜨리려는 의도.

그러나 본래 압도적인 힘으로 상대를 제압하는 건 진자운의 가장 큰 특기였다. 일시 유유한 흐름에 중점을 둔 원원도도에서 벗어난 그의 중검무봉에서 막강한 기세가 일었다.

힘으로 변화를 제압하는 수법!

진자운의 귀아검이 연달아 회난의 검기를 때렸다. 그리고 튕겨냈다. 그와 함께 그의 신형이 앞으로 전진하기 시작하자 회난이 이를 견디지 못하고 연신 뒤로 물러섰다. 그녀의 검하만변이 중검무봉에 완벽하게 제압된 것이다.

'어찌 이리 어린 나이에……!'

단지 몇 걸음이었다. 그러나 진자운의 검에 눌려 뒤로 물러선 회난의 안색은 참혹할 정도로 일그러져 있었다. 이미 자신이 패했음을 그녀는 직감하고 있었다.

하나 이곳은 아미파였다.

이대로 무당파의 속가제자에게 패할 순 없었다.

카캉!

결국 견디지 못하고 진자운의 귀아검을 받은 회난의 얼굴이 엄숙하게 굳어졌다. 그녀는 자신이 평생 쌓아 올린 내력을 일시에 방출해 진자운을 제압하려 했다.

물론 진자운이 이를 눈치채지 못할 리 없다. 검과 검이 부딪치는 순간, 회난의 내심을 눈치챈 진자운이 재빨리 귀아검을 손에서 놓았다. 중검무봉을 거둔 것이다.

"엇!"

회난은 갑작스런 변화에 경악했다. 생사전에 임해 검사가 검을 포기할 수 있다는 걸 그녀는 꿈에서조차 상상치 못했기 때문이다.

그 순간 진자운의 식지가 번개같이 회난의 풍부혈(風府穴)을 노리며 뻗어졌다.

찌직!

지검무 태극!

진자운의 식지에서 일어난 검기에 풍부혈을 점혈당한 회난의 검이 바르르 떨렸다. 그리고 갑자기 벼락같은 굉음과 함께 그녀의 검이 폭발했다.

파창!

회난의 평생 내력이 모인 검의 폭발!

주변에 진세를 펼치고 있던 여승들의 입에서 짧은 비명이 터져 나왔다. 진자운에게 제압당해 동작을 멈춘 회난으로선 절체절명의 순간을 맞은 것이나 다름없었기 때문이다.

그 순간 천지사방으로 비산하는 검편을 향해 진자운이 재빨리 빼 든 월아검으로 원원도도를 펼쳐 냈다.

차차창창창!

삽시간에 수십 개나 만들어진 크고 작은 원 속으로 수백 개가 넘는 검편들이 몰려들었다.

빨려들었다.

원원도도의 면면부절한 검기는 일시 강력한 흡입력을 일으켜 밖으로 터져 나가던 검편들을 모조리 가둬 버렸다.

"아!"

"아아아!"

방금 전 비명을 터뜨렸던 여승들이 일제히 소리를 질렀다. 검투 내내 우세를 보이던 회난의 갑작스런 패배에 대한 당혹감보다 눈앞에서 펼쳐진 진자운의 믿기 힘든 무위가 그녀들을 더욱 놀라게 만들었다.

그러는 동안 진자운의 원원도도에 휘말려든 검편들은 점차 한데 모아지더니, 서로 달라붙기 시작했다. 그리고 점차 원형의 철구로 변해

갔다.

　'하아, 진 시주는 처음부터 빈니를 봐주고 있었구나! 어리석은 빈니는 그것도 모르고……'

　내심 나직한 탄식을 터뜨린 회난이 말없이 고개를 떨궜다. 욱신거리는 풍부혈의 통증과 찢어진 호구의 쓰라림조차 그녀의 부끄러움을 가려주진 못했다.

◆ 第三十一章 ◆

울부짖는 파미륵

울부짖는 파미륵

"크하하! 아미일검(峨嵋一劍)이라 불리는 불영선검이 일패도지(一敗
塗地)했구나!"

사람의 기분을 매우 언짢게 만드는 대소가 터져 나온 건 지객당 쪽
이었다.

'이 목소리는……'

회난은 지객당 쪽으로 시선을 던지다 눈살을 크게 찌푸려 보였다.
미륵 같은 얼굴과는 달리 입가에 비웃음이 가득한 파미륵을 발견했기
때문이다.

"요승이 빈니를 희롱하는 것이더냐!"

회난이 일갈하자 파미륵이 다시 입가에 비웃음을 담았다. 마치 가뜩
이나 진자운에게 패해 체면을 구긴 회난의 심경을 박박 긁어 큼지막한
부스럼이라도 만들고 싶다는 기색이 얼굴에 역력했다.

물론 그 같은 일은 진자운이 바라는 바가 아니다.

'빌어먹을 인간!'

파미륵에게 밉살맞은 시선을 한차례 던진 진자운이 원원도도로 만들어낸 철구를 그쪽으로 휙 내던졌다.

쇄액!

철구는 비웃음에 전력을 다하고 있던 파미륵의 안면을 노리고 파고들었다. 거의 포환과도 같은 위세를 품고서.

콰직!

재빨리 좌수를 들어 철구를 받아 든 파미륵이 실눈을 한껏 치켜뜬 채 진자운을 쏘아봤다.

"이게 뭐 하는 짓인가!"

진자운이 퉁명스레 말을 받았다.

"그 주둥이 좀 다물란 의미요."

"뭐!"

"왜, 여기서 다시 한판 붙어볼 작정이오?"

진자운은 월아검의 뾰족한 검봉을 파미륵에게 향했다. 마치 덤빌 테면 덤벼보라는 모습이다.

그러나 이미 진자운에게 패한 일이 있는 파미륵이 진짜 다시 싸우고 싶은 마음이 있을 리 없다.

"크흠, 성질머리 하고는……."

파미륵이 말끝을 흐리며 고개를 옆으로 팽 돌리자 회난의 얼굴에 가벼운 놀람이 떠올랐다.

'내, 진 시주가 요승을 제압했다는 말을 믿지 않았었는데, 지난바 빼어난 무공이나 요승이 그를 대하는 태도로 볼 때 사실인가 보구나!'

회난은 진자운의 당당한 모습을 바라보며 내심 고개를 끄덕였다. 여태껏 마음속에 담고 있던 의혹이 풀리자 방금 전의 패배 따윈 크게 신경이 쓰이지 않았다.

"진 시주, 정말 대단하네!"

"예?"

"지난바 무공도 무공이지만, 진실로 저 간악한 요승을 제압했으니 무림의 홍복인가 하네."

"……"

진자운은 쌍류를 떠날 당시 자신을 배웅하던 옥성과 마찬가지의 얼굴이 된 회난의 시선에 낯이 뜨뜻해져 옴을 느꼈다. 이런 종류의 기대 어린 눈빛은 그가 전혀 원하는 바가 아니었다. 부담스럽기만 했다.

그때 잔뜩 삐친 얼굴을 하고 있던 파미륵이 툴툴거리며 말했다.

"그런데 어찌 이런 소란이 일었는데도 다른 장로들의 모습이 보이지 않는 것이지? 설마 하니 아미파에 불영선검만이 남아 있단 말인가."

회난이 무심한 눈빛을 파미륵에게 던졌다.

"요승은 걱정할 것이 없소이다. 회명(晦鳴)과 회정(晦貞) 사매는 장문인과 함께 금정에 거하고 있으니까."

"그럼 정파 무림맹에는 회자(晦慈)와 회지(晦智) 사태가 갔겠구만?"

"그렇소."

"크크크, 오대장로 중 가장 무공이 약한 두 사태를 무림맹에 보낸 걸 보니, 아미파도 제법 하는구만."

"그건……"

"뭐, 어차피 본불은 더 이상 만독문의 행사에 상관치 않기로 했으니 그리 놀란 얼굴을 할 필요는 없소이다."

회난의 말을 중간에서 자른 파미륵이 진자운에게 시선을 던졌다.

"진 소협, 그렇지 않은가?"

"그런 목소리로 날 부르지 마시오. 징그럽소!"

"크흐흐, 내 다정한 목소리가 싫다면야 어쩔 수 없지. 그럼 진 소협, 오늘밤의 일은 어찌 일단락되는 것인가?"

"그건 당연히 노사태님의 명을 따라야 하지 않겠소!"

"흠, 그런가?"

"그렇소!"

진자운이 확언하자 파미륵이 회난에게 시선을 던졌다. 구워 먹든 삶아 먹든 마음대로 하라는 표정이었다.

그러자 잠시 파미륵을 매섭게 바라보던 회난이 입가에 가벼운 한숨을 담았다. 마음 같아선 당장에라도 눈앞의 파미륵을 요절내고 싶었으나 아미 장로로서 진자운과 한 약속이 있었다. 이제 와서 약속을 깰 수는 없었다.

"약속한 바와 같이 빈니는 요승의 처리를 진 시주에게 일임하겠네."

"감사합니다."

"하지만 아미파와 요승 간에 얽힌 은원은 매우 깊다네. 이번엔 진 시주와 무당파의 체면을 봐서 그냥 넘어가겠지만, 후일 남은 빚을 청산할 때가 올 것이네."

"그건……."

"그게 싫다면 진 시주는 날이 밝는 대로 요승과 금정에 올라 장문인을 설득해 주시게. 장문인께서 명을 내리신다면 본 파의 제자들로선 따르지 않을 도리가 없지 않겠는가?"

회난의 말이 끝난 순간 파미륵이 버럭 소리 질렀다.

"이 못된 비구니야! 금정에는 회월과 두 명의 장로가 있으니, 본불더러 거기에 제 발로 올라가 얌전히 목숨을 바치라는 뜻이냐!"

회난이 차가운 표정으로 냉소했다.

"사천이 좁다며 휘젓고 다니던 사천광불이 무당파의 청년 협객에게 패하더니 간담마저 작아지신 것 같소?"

"무어라!"

"그게 아니면 어찌 진 시주가 애써 구명해 주려 하거늘 그리 소인배처럼 미리 겁을 집어먹는 것이오?"

"격장지계(激將之計:상대 장수의 감정을 결정적으로 자극시켜 의도하는 방향으로 이끄는 계책. 흔히 성격이 급한 적장을 상대로 사용한다)로다! 격장지계야!"

파미륵은 절대 속지 않겠다는 듯 소리를 질러댔다. 푸짐한 온몸의 살들이 부르르 떨리고 있었다.

그러나 그런 파미륵을 회난은 외면했다. 그녀가 시선을 던진 건 진자운이었다. 그에게 결정권을 넘겼다는 뜻이다.

'역시 늙은 생강이 매운 것인가?'

내심 혀를 찬 진자운이 천천히 고개를 끄덕였다.

"노사태의 명에 따르겠습니다."

"그래 주시겠는가?"

"포대화상도 이번 기회에 아미파와의 은원을 확실히 매듭짓고 싶을 거라 생각됩니다."

"그렇구만."

회난의 말이 떨어진 순간 파미륵이 다급히 부인의 목소리를 냈다.

그러나 진자운과 회난은 어느새 그를 무시하고 있었다. 두 사람에게 파미륵은 아예 없는 사람이었다.

"나는 허락하지 않았다!"

파미륵의 구슬픈 외침이 야천을 떠돌았다. 마치 자신의 존재를 알아 달라는 어린애의 칭얼거림처럼.

"망할 비구니! 못된 애송이!"

파미륵은 금정을 오르며 투덜거리기를 멈추지 않았다. 진자운에게 설복당해 새벽부터 험하디험한 아미산을 오르게 된 일이 아직도 분해 죽겠다는 얼굴이다.

그러자 그의 옆을 따라 걸으며 아미산의 구비구비 이어진 산세를 살피고 있던 진자운이 피식 웃어 보였다.

"포대화상은 회월 대사태를 만나는 게 무서운 모양이로군."

"뭐라!"

파미륵이 분노 섞인 눈빛을 던지자 진자운이 어깨를 가볍게 으쓱해 보였다.

"아, 그러고 보니 어쩌면 포대화상은 지난번에 내게 했던 거짓말이 발각되는 걸 두려워하는 걸지도 모르겠는걸?"

"본불이 언제 거짓말을 했단 말인가?"

"회월 대사태에 관해 떠들어댔던 그 거짓말을 말하는 거요."

"그건 절대 거짓말이 아닐세! 본불은……."

"거야 올라가 보면 알 일이고."

파미륵의 말을 중간에서 자른 진자운이 한차례 빙글거리곤 금정까지의 안내를 맡은 은여영에게 소리쳤다.

"은 소저, 금정은 아직 먼 것이오?"

한참을 앞서 걷고 있던 은여영이 고개를 돌렸다. 그녀의 고운 아미는 살짝 찌푸려져 있었다.

"금정은 아미산의 정상을 일컫는 말이에요. 눈앞으로 보이는 구름의 바다를 두 차례 건너야 도착할 수 있으니 두 분은 좀 더 바삐 움직여야 해요."

"알겠소이다."

진자운은 말을 끝낸 것과 동시, 신형을 날려 은여영의 지척에 이르렀다. 거의 순간적으로 대여섯 장의 거리를 단축한 것이다.

그 모습에 잠시 놀란 표정이 된 은여영이 입가에 나직한 한숨을 담았다.

"역시 세상에는 천재나 기재 같은 사람들이 있군요."

"천재나 기재?"

"그래요. 진 소협 같은 분들 말예요."

"나 같은 사람들이라……."

진자운은 갑자기 팔짱을 끼더니 고개를 옆으로 갸웃해 보였다. 뭔가 고민에 빠진 듯한 모습이다.

그러다 고개를 가볍게 가로저어 보인 진자운이 말했다.

"은 소저는 뭔가 잘못 알고 있소이다."

"예?"

"세상에 나, 진자운 같은 사람은 없다는 말이오. 은 소저와 같은 사람이 없는 것처럼."

"그건……."

잠시 말끝을 흐린 은여영의 얼굴에 엷은 자조의 기색이 떠올랐다.

"진 소협은 젊은 나이로 천하에 명성을 떨친 분이에요. 그러니 진 소협 같은 사람이 없다는 건 맞는 말일지도 모르지만, 저같이 평범한 계집애가 없다는 건 좀 말이 안 되는 것 같네요."

"뭐, 내가 명성을 좀 떨친 건 사실이오. 하지만 은 소저가 평범한 계집애란 말은 별로 믿음이 안 가오만?"

"후후, 진 소협은 저에 대해 잘 모르시잖아요."

"그건 은 소저 역시 마찬가지요."

"……."

은여영은 말없이 진자운을 바라봤다. 진자운이 하는 말은 마치 여인에게 수작을 거는 사내의 말과 다름없었기 때문이다.

그때 금정에 오르고 싶지 않다는 마음을 웅변하듯 어슬렁거리며 두 사람을 뒤쫓아온 파미륵이 심술궂게 중얼거렸다.

"흥, 자고로 아미산은 불문의 성지로 존엄한 곳이거늘, 어린것들이 겁도 없이 연애를 하고 있다니!"

"그게 무슨……."

가뜩이나 진자운의 말에 혼란스런 표정을 짓고 있던 은여영의 안색이 붉게 물들었다. 파미륵이 내뱉은 말의 의미를 그녀는 충분히 짐작하고 있었다.

그러자 파미륵이 건수라도 잡았다는 듯 입가에 음흉한 미소를 띠었다. 어떻게든 은여영을 몰아붙여 마음속의 울화를 풀려는 의도였다.

"그리고 보니, 어젯밤 소낭자는 처소로 잘 돌아갔는가? 진 소협이 걱정된다며 잘도 본불을 쫓아오더니, 회난 사태를 발견하곤 뒤도 돌아보지 않고 달아나 내심 서운했다네."

"……."

은여영의 얼굴이 당장에라도 폭발할 것처럼 붉게 달아올랐다. 파미륵이 갑자기 간밤의 일을 공개하리라곤 꿈에도 상상치 못했던 것이다.

"못된 화상!"

파미륵 쪽을 원망스레 노려본 은여영이 바람같이 금정 쪽으로 신형을 날렸다. 더 이상 진자운과 얼굴을 마주 대할 수 없었기 때문이다.

뜻밖이기는 진자운 역시 마찬가지다. 그는 잠시 머쓱한 표정을 짓고 있다 자신도 모르게 이를 드러내며 웃었다. 은여영 같은 미녀에게 관심을 받았다는 게 기분 나쁠 리 없다.

퍽!

파미륵의 옆구리를 주먹으로 때린 진자운이 빙글거리며 말했다.

"포대화상, 내 남자로서의 매력이 떨어진다고 했던가?"

"크흠, 그래 봤자 소싯적의 본불에 비하면 아직 한참이나 멀었네!"

"회월 대사태 앞에서도 그리 당당할 수 있는지 내 지켜보겠소."

"회월 비구니는……."

파미륵은 뭐라 변명을 늘어놓으려다 얼른 입을 다물었다. 그때 단번에 두 사람과의 거리를 십여 장으로 벌린 은여영의 새된 목소리가 들려왔다.

"어서들 따라오지 않고 뭐 하는 거예요!"

'이크!'

진자운이 움찔한 표정을 짓자 파미륵이 언제 약세를 보였냐는 듯 너털웃음을 터뜨렸다.

"크흐흐, 화났구나! 화났어!"

"흠."

두 사람은 서로의 얼굴을 한차례씩 바라보곤 은여영 쪽으로 신형을 날렸다. 더 이상 은여영을 화나게 해서는 곤란하단 판단을 내린 것이다.

세 사람은 서로 앞서거니 뒷서거니 하며 금정에 올랐다. 파미륵에게 화가 난 은여영이 입을 꾹 다물었기에 중간에 걸리적거릴 일은 없었다.

저 멀리 금정이 가까워져 오고 있었다.

와운선원(臥雲禪院).

아미산의 정상인 금정에 위치한 사찰이 만들어진 시기는 당나라 시대 이전까지 거슬러 올라간다. 불문의 성산이라 불리는 아미산의 수많은 사찰 중에서도 복호사와 더불어 쌍벽이라 할 만한 역사이다.

그 와운선원의 상방은 삼 년 전부터 아미산에서 가장 삼엄한 경비 하에 놓여져 있었다. 아미 전체 불문의 수장이라 할 수 있는 아미 복호사의 장문인 회월 대사태의 면벽이 이뤄지고 있는 장소가 바로 이곳이었기 때문이다.

따릉!

사자의 얼굴을 한 풍경이 맑은 소음을 내었다.

한줄기 불어온 바람의 자락이 남긴 흔적이다.

한 평이 조금 넘는 승방에 앉아 눈을 반개하고 있던 회월 대사태의 짙푸른 청미가 가볍게 꿈틀거렸다. 파르라니 깎은 머리 뒤로 흘러내리던 정막이 일시 깨졌다.

'관세음보살! 어찌 본니의 마음에 갑자기 파탄이 일었단 말인가! 설마 하니 다시 마구니[魔君]가 찾아온 건 아닐 테지? 그래, 그럴 리가 없다!'

강한 부정은 긍정과 다름없다. 오랜 수련 끝에 물아일체(物我一體)의 경지를 눈앞에 둔 회월 대사태의 미간 사이로 작은 수심이 떠올랐다. 과거 마구니에 현혹되었던 기억이 새록새록 되살아나고 있었다.

그때 승방 바깥에서 조심스런 목소리가 들려왔다.

"장문인의 청수를 깨게 되어 죄송합니다."

"……."

회월 대사태는 잠시 대답하지 않았다. 대신 입가에 떠돌고 있던 한숨을 살짝 토해냈다. 마음속을 어지럽히고 있던 마구니가 실체로 다가왔음을 느낀 것이다.

침묵이 길게 이어지자 다시 목소리가 들려왔다.

"손님이 찾아왔습니다."

"…뉘신가?"

"아미제일적입니다."

'역시 그런 것인가!'

회월 대사태는 다시 한숨을 토해냈다.

폐관 중인 아미 장문인의 청수를 깨게 만들 만한 일은 세상에 별로 없다. 그런데 그것이 사람의 방문이라면 대충 짐작이 가는 바였다. 그녀의 질문은 처음부터 요식 행위에 불과했다.

스륵.

회월 대사태의 가사 자락이 흔들렸다.

거의 석 달 만에 그녀가 자리에서 일어선 것이다.

그 시각, 와운선원 앞에는 드디어 금정에 도착한 진자운 일행과 한 명의 여승이 대치하고 있었다. 여승은 와운선원에서 회월 대사태의 폐관수련을 돕고 있는 두 명의 오대장로 중 한 명인 회정이었다.

진자운은 금정 아래를 따라 도는 운해(雲海)를 구경하는 척하며 슬금슬금 파미륵에게 시선을 던졌다.

금정에 오르기 전까지만 해도 태연자약 후안무치하던 파미륵이다. 그래서 내심 감탄하는 마음이 없지 않았는데, 지금 그의 모습은 마치 뒷마려운 강아지와 다름없었다. 다 늙어빠진 주제에 옛 정인을 만나려니—물론 회월 대사태가 인정할 리 없는 사실이지만—속이 타는 모양이다.

진자운은 입가로 비집고 나오려는 웃음을 간신히 참았다. 당장에 파미륵을 잡아죽이고 싶다는 표정을 노골적으로 내비치고 있는 눈앞의 회정 때문이었다.

그때 회정이 사숙의 평소답지 않은 살벌한 기세에 크게 안색이 창백해져 있던 은여영에게 차갑게 말했다.

"회난 사자께서 그냥 널 와운선원에 보내진 않았을 터! 서찰을 내놓거라."

"여기……."

은여영이 얼른 종종걸음으로 회정에게 다가가 품 안에서 꺼내 든 서찰을 내밀었다.

탁!

매가 병아리를 낚아채듯 서찰을 가져간 회정이 재빨리 그 안의 내용을 훑어봤다.

이미 진자운이 입에 발린 말로 일의 전후사정을 설명했음에도 꽤나 예의없는 행동이었다.

[포대화상, 저 노니의 모습은 회난 사태보다 더한데, 왜 그런 것이오?]

진자운이 슬그머니 전음으로 묻자 파미륵이 입술 근육을 가볍게 실룩거렸다.

[과거 본불한테 한 대 얻어맞은 일이 있다네.]

[여자를 때렸단 말이오?]

[어쩔 수 없었다네. 연이은 합공으로 힘들었기 때문에 상대도 보지 않고 손을 휘두른 게 하필 회정의 가슴을 강타했거든.]

[비겁한 변명이오.]

진자운은 한마디로 파미륵을 비꽜다. 갈수록 아미파와 파미륵 간의 은원을 해결하기가 곤란해진다는 생각이 들었기 때문이다.

그때 서찰의 내용을 꼼꼼히 살핀 회정이 진자운에게 미미하게 고개를 끄덕여 보였다.

"과연 정파의 기둥인 무당파에서 또 다른 기재를 내렸구려. 회난 사자를 이리 감복시키셨다니…….."

"과찬의 말씀이십니다. 후배는 그저 회난 노사태님의 명을 받들었을 따름입니다."

"과연 그럴까요?"

회정의 대답 속에는 작은 가시가 담겨 있었다. 아무리 진자운이 아미일검인 회난에게 극찬을 받았다곤 하나 함께 온 동행이 파미륵이었다. 보는 시선이 고울 리 없는 건 당연하다.

그와 같은 사실은 진자운 역시 알고 있다.

그는 잠시 회정의 안색을 살피고 침묵을 지켰다. 회난을 대할 때완 다른 방도를 강구해야겠다는 판단을 내린 것이다.

그때 진자운 일행의 방문을 받은 뒤 바로 와운선원 안으로 사라졌던 회명이 모습을 드러냈다.

파미륵에 대한 노기와 경계심을 여실히 드러내고 있는 회정과 달리 회명은 평범한 얼굴에 초탈한 듯한 기운을 풍겼다. 진자운이 만나본 아미파 오대장로 중 가장 고승에 가까워 보이는 모습이었다.

"관세음보살. 장문인께서는 놀랍게도 폐관을 깨고 시주님들을 만나겠다고 하셨습니다."

"커흠!"

놀라 숨을 들이킨 이는 파미륵이었다.

금정을 오르며 보였던 자신감과는 크게 상반된 모습.

그는 어쩌면 회월 대사태가 절대 폐관까지 깨고 자신을 만나지 않으리라 자신하고 있었는지도 모른다.

'그게 아니라면, 진짜 회월 대사태와 저 포대화상 간에는 남들이 모르는 개인사가 있을지도 모르겠구나.'

진자운은 내심 염두를 굴리며 일이 예상보다 재밌게 돌아간다고 생각했다. 비록 억지를 부려 금정까지 파미륵을 데려왔지만, 진짜 폐관에 든 회월 대사태가 접견을 허락할 줄은 몰랐다. 그래서 몇 가지 비책을 강구하고 있었는데, 일이 너무 쉽게 진행되고 있었다.

그때 파미륵의 놀라는 모습을 담담하게 바라보고 있던 회명이 진자운에게 시선을 던졌다.

"무당파의 진 시주는 빈니를 따라오도록 하시지요. 거처를 마련해 드리겠습니다."

"예?"

"장문인께서는 먼저 파미륵 시주를 만나겠다고 하셨습니다. 그러니 진 시주께서는 좀 기다려 주셔야겠습니다."

'역시!'

진자운은 자신의 예상이 맞았다는 생각과 함께 파미륵의 복잡해진 안색을 힐끔 바라봤다.

지나칠 정도로 능청스럽고 여유만만하던 그가 잔뜩 긴장한 표정을 하니 기분이 좋아졌다. 그와 한 약속은 둘째 치고 일단 과거의 정인인 회월 대사태한테 혼쭐이 났으면 하는 생각이 들었다.

진자운이 잠시 대답이 없자 회명이 얼굴에 다소 미안한 기색을 담았다.

"본래 본 파에 커다란 은혜를 베푼 진 시주를 이렇게 대하는 건 도리가 아닙니다만, 장문인께서 명하신 터라 결례를 저지르게 되었습니다. 용서해 주세요."

"아닙니다. 후배가 노사태의 명에 따르는 건 당연한 일이지요."

"그리 이해해 주시니 감사합니다."

회명이 여전히 파미륵을 노려보고 있는 회정에게 꾸짖는 눈빛을 던지곤 말했다.

"그럼 나는 진 시주를 모실 테니 회정은 파미륵 시주를 장문인께 안내하도록 하게나."

"예."

회정은 회명에게 합장해 보이고 파미륵에게 말했다.

"빈니를 따르시지요."

"아니, 저기 그게……."

파미륵이 허둥대며 진자운에게 시선을 던졌다.

어떻게 좀 해보라는 구원의 눈빛이었다.

그러나 진자운은 슬쩍 그의 도움 요청을 무시했다. 현재의 상황이 너무 재밌게 돌아간다는 생각이 들었기 때문이다.

"그런데 회명 노사태님, 한 가지 부탁을 드려도 되겠습니까?"

"진 시주는 말하세요."

"저는 이번이 아미산의 초행입니다. 금정을 오르며 아미산의 빼어난 풍광에 감탄했습니다."

"빈니가 듣기로 무당 역시 대단한 명산이라고 하더군요."

"무당에는 무당의 멋이 있고 아미에는 아미만의 풍미가 있다고 봅니다."

"그렇겠지요."

"그래서 말인데, 갑갑한 방에서 시간을 보내기보다는 금정의 여기저기를 거닐어보고 싶습니다."

"으음, 그 점을 빈니가 미처 생각해 보지 못했군요."

미미하게 고개를 끄덕여 보인 회명이 멀찍이 떨어져 서 있던 은여영에게 시선을 던졌다.

"여영아, 너는 지금부터 진 시주를 모시고 금정 곳곳을 구경시켜 드리거라. 내 다른 일이 생기면 부를 터이니."

"저기, 그건……."

"진 시주는 비록 속가지만 무당파의 제자시니라. 남녀의 구별은 따로 둘 필요가 없다."

회명의 목소리는 부드럽지만 한 가닥 위엄이 담겨 있었다. 은여영으로선 감히 거스를 수 없는 게 당연하다.

"…예."

은여영이 별수없이 고개를 조아려 보이자 회명이 여전히 표정이 좋지 않은 회정에게 가볍게 눈살을 찌푸려 보이곤 말했다.

"회정은 이곳에 있는 것이 좋겠다."

"사자……."

"파미륵 시주는 빈니가 장문인께 모시겠다."

"……."

회정은 대답 대신 합장한 채 고개를 숙여 보였다. 회명이 자신의 수양 부족을 탓한 것임을 알고 있었기 때문이다.

결국 파미륵은 도살장에 끌려가는 황소마냥 회명의 뒤를 따르게 됐다.

[잘해 보슈!]

진자운이 염장을 지르듯 던진 전음에 파미륵의 얼굴이 와락 일그러졌다. 평소 같으면 얼른 맞받아쳤을 터인데, 그는 입을 꾹 다문 채 대꾸조차 하지 않았다.

'첫날밤을 맞은 신부처럼 긴장한 포대화상이라…….'

진자운은 히죽거리며 파미륵을 바라보다 시선을 은여영에게 던졌다.

고승다운 회명의 태도와 파미륵의 안절부절못하는 모습을 보고 마음이 크게 즐거워진 터다. 이젠 슬슬 시간을 죽일 거리에 신경을 기울일 때였다.

"은 소저, 잘 부탁하오."

"예."

은여영이 살짝 고개를 숙여 보였다.

금정에는 와운선원만이 있는 게 아니다.

기기묘묘한 바위와 절경이 있고, 깎아지른 듯한 절벽 사이를 흐르는 구름의 강이 있었다.

그중에서도 가장 큰 구경거리는 새벽, 동 터올 무렵 볼 수 있는 아미 금정이었다.

마치 부처님의 후광과도 같다는 아미산 제일의 절경에 대한 설명을 은여영에게 전해 들으며 진자운은 금정 이곳저곳을 거닐었다.

보통 사람이라면 이만한 높이의 산에 오르면 숨이 가쁘고 머리 속이 울리며 속이 울렁거린다. 일명 고산병이라 불리는 증세를 앓게 되는 것이다.

그러나 진자운은 산에서 오래 생활했을뿐더러, 절세의 내공을 연마한 사람이었다. 처음에는 귓속이 다소 멍멍한 느낌이 들었으나 금세 적응할 수 있었다. 은여영의 뒤를 따르는 그는 평소와 전혀 다름없는 모습이었다.

그 모습이 신기했으리라!

사뿐사뿐 바위 사이를 거닐던 은여영이 진자운에게 고개를 한차례 갸웃해 보였다.

"진 소협, 무당산 역시 아미산처럼 높은가요?"

"그렇진 않은 것 같소이다."

"그런데 어찌 이처럼 금정에 처음 오르고도 멀쩡할 수 있지요? 아무리 무공이 고강한 사람도 처음 이곳에 오르면 어지럼증을 느끼곤 하는데……"

"그렇소이까?"

"예, 저나 제 동생인 여설이 역시 처음 금정에 올랐을 때 심한 어지럼증을 느꼈어요."

은여영은 말을 끝낸 것과 동시, 슬쩍 신형을 돌려 진자운에게 다가섰다. 아미파의 비전인 비운추월(飛雲追越)을 펼쳐 보인 것이다.

진자운은 뒤로 물러서지 않았다.

대신 그는 시선을 절벽 근처로 던졌다.

평생 처음 보는 분홍빛 꽃이 절벽에 뿌리를 박고 위태롭게 매달려 있었다.

"이런 곳에도 꽃이 피는가⋯⋯."

은여영의 시선이 진자운의 뒤를 좇았다.

"저 꽃의 이름은 두견화예요. 해발이 낮은 곳에서는 보이지 않고, 오히려 높은 곳에 꽃을 피우지요."

"혹시 영약?"

"예?"

"이런 곳에서 자라는 꽃이라면 천고의 영약이⋯⋯."

"그럴 리가 없잖아요."

"먹어보셨소?"

"그건 아니지만⋯⋯."

"흠."

진자운은 잠시 손가락으로 턱 밑을 쓰다듬다 느닷없이 신형을 날렸다. 두견화가 피어 있는 절벽을 향해서.

"앗!"

은여영은 자신도 모르게 비명을 질렀다. 그러나 그 순간 바람같이 두견화 한 송이를 꺾어 든 진자운이 절벽을 발로 밟고서 신형을 비틀어 뛰어올랐다.

휘릭!

진자운의 신형이 공중에서 대여섯 번이나 회전했다.

절정에 이른 제운종.

진자운이 다시 금정으로 올라서자 은여영은 그제야 놀란 가슴을 두 손으로 감싸안았다. 하도 크게 놀라 두근거리는 가슴이 아직 진정되지 않고 있었다.

"맛이 있으려나?"

진자운은 구름 때문에 촉촉이 물기에 젖어 있는 두견화 한 잎을 따 씹어먹었다. 진짜 영약이라도 먹는 듯 신중한 얼굴이다.

그러나 그는 곧 바닥에 몇 번이나 침을 뱉었다.

"퉤퉤! 뭔 맛이 이러냐? 생긴 건 멀쩡하게 생겨가지고……."

"풋!"

은여영은 자신도 모르게 웃음을 터뜨리곤 다시 키득거리기 시작했다. 또래의 소녀답게 웃음보가 한 번 터지자 쉽사리 진정되지 않았다.

그 모습에 히죽 입가에 웃음을 띤 진자운이 두견화 한 송이를 은여영에게 내밀었다.

"이건 먹을 게 못 되니 은 소저나 가지시오."

"…예?"

"애써 따온 건데 이대로 버리긴 아깝지 않겠소?"

"그렇지만……."

"그렇게 빡빡하게 굴지 말고 받아요."

진자운은 억지로 두견화를 은여영에게 안겨줬다. 그리고 갑자기 신형을 날려 근처의 큼지막한 바위로 뛰어올랐다. 주변의 경치가 한눈에 내려다보이는 장소였다.

"후우, 정말 좋구나!"

진자운의 탄성은 거짓이 아니었다. 진짜로 한눈에 내려다보이는 아미산의 광경은 보통 절경이 아니었다. 평생 이와 같은 광경을 보지 않고 죽는다면 억울해할 만한 것이었다.

'꼬맹이 녀석이 서호십경을 보고 좋아했는데, 언제 이곳에도 데려와 야겠군.'

진자운은 갑자기 자신을 잔뜩 고생하게 만들고 있는 담화연을 떠올 리곤 입가에 흐릿한 미소를 담았다.

그는 떼 잘 쓰고 잔머리 잘 굴리는 어린 마교의 성녀가 갑자기 무척 이나 보고 싶었다. 내심 내색하진 않았지만, 그녀의 존재는 어느새 진 자운의 가슴속 깊이 각인되어 있었다. 여태까지 만난 여인들과는 전혀 다른 의미로.

그때 은여영이 풀쩍 뛰어오르더니, 바위에 앉아 발을 까닥거리고 있 는 진자운 곁으로 다가왔다. 평소의 그녀와는 다른 대담한 행동이었 다.

"……."

진자운이 상념에서 벗어나 시선을 던지자 은여영이 안색을 가볍게 붉히며 말했다.

"뭘 그리 골똘히 생각하시는 거죠?"

진자운의 시선이 은여영의 머리 쪽으로 향했다. 그가 건네준 두견화 는 어느새 그녀의 머리를 어여쁘게 장식하고 있었다.

진자운이 히죽 웃었다.

"잘 어울리오."

"정말요?"

"꽃이 은 소저를 장식하는 것인지, 은 소저가 꽃을 장식하는 건지 모 를 정도요."

"그런……."

은여영의 안색이 좀 더 붉어졌다. 부끄러운 한편 기쁨을 감출 수 없다는 표정이다.

진자운이 자신의 옆 자리를 손으로 가리키고 말했다.

"여기 앉으니, 아미산의 모습이 한눈에 보이오. 정말 장관이오."

"이곳이야말로 명당이죠."

은여영은 대담하게 진자운 옆 자리에 쪼그려 앉았다. 처음 그를 대할 때와 많이 달라진 모습이었다.

그 점을 아는지 모르는지 진자운이 빙글거리며 말했다.

"아미파의 산세가 이처럼 훌륭하니, 은 소저나 자은 누이 같은 총명하고 아름다운 여협들이 나오는 것 같소이다."

"자은 누이……?"

"아, 은 소저에게는 사질이 되겠군요. 소생과 자은 누이는 성도에서 만나 금란의 결의를 맺었소이다."

은여영의 아미가 살짝 찌푸려졌다.

"금란의 결의라면, 의남매를 맺었다는 건가요?"

"그렇소이다. 만독문의 독인들과 싸우던 도중에 우리는 생사를 함께 했지요."

"그… 렇군요."

은여영의 대답에는 떨떠름한 기색이 완연했다. 본래 그녀는 사질인 자은에 대해 잘 알고 있었다. 천성이 순진하고 착한 자은과 쌍둥이 동생인 은여설은 아미파에서 가장 사랑받는 귀염둥이였기 때문이다.

'그런데 진 소협은 여설이도 알뿐더러 자은과는 의남매를 맺었다고 한다. 과연 이런 사람한테 내가 눈에 차기는 하는 걸까?'

은여영의 얼굴이 어두워졌다.

그녀는 평소에도 성격이 어두운 데다 동생 은여설에 대한 병적인 열등감을 지니고 있었다.

철이 든 이후 처음으로 마음에 든 이성을 만난 터에 다시 잠들어 있던 열등감이 고개를 들자 마음속 한 켠에서 참을 수 없는 감정이 충동적으로 솟구쳤다.

"진 소협은 자은 같은 아이를 좋아하시나요?"

"물론이오."

진자운은 은여영을 바라보지도 않고 대꾸했다. 그러자 은여영이 느닷없이 상체를 그에게 들이대며 소리쳤다.

"그럼 저는 어떤가요!"

"뭐……."

"저는 어떻게 생각하시냐고요!"

은여영이 대담하게 소리치며 진자운 쪽으로 파고들었다. 압박해 왔다.

그와 함께 혹 하고 파고든 방향.

진자운은 일순 정신이 아찔해져 옴을 느꼈다. 어느새 은여영의 작은 얼굴이 코앞까지 다가와 있었다. 젊은 혈기에 충동이 일지 않을 수 없다.

그러나 진자운은 순간적으로 은여영을 와락 끌어안고 싶은 자신의 욕망을 억눌렀다. 그리고 은여영의 간절함이 담긴 눈빛을 외면했다. 근처에 아미파의 장문인을 비롯한 오대장로들이 있는데 사고를 칠 순 없는 게 당연하다.

'제기랄…….'

내심 가볍게 욕설을 터뜨린 진자운이 허벅지를 바늘로 찌르는 심정으로 말했다.

"…은 소저는 좋은 여자요."

"좋은 여자……."

"그렇소."

은여영의 눈빛이 번뜩였다. 그녀는 집요한 표정을 한 채 진자운을 살피며 목소리를 높였다.

"단지 그뿐인가요! 진 소협에게 저는 단지 그뿐인 거냐고 묻는 거예요!"

'이 아가씨야! 그럼 나한테 당장 뭘 바라는 거냐!'

진자운은 살짝 자신의 허벅지를 손가락으로 꼬집었다.

아팠다, 눈물이 날 정도로.

덕분에 미쳐 날뛰려던 마음의 평정을 되찾은 진자운이 갑자기 손을 뻗어 은여영의 동그란 어깨를 거머쥐었다. 아주 살짝이. 이렇게 된 이상 은여영의 폭주하는 마음을 아예 단단히 붙잡는 편이 낫다고 판단한 것이다.

효과는 바로 나타났다.

방금 전까지만 해도 진자운을 눈빛만으로 태워 죽일 듯하던 은여영의 안색이 창백하게 질렸다. 잠깐 잃고 있던 이성이 돌아오자 처녀의 두려움이 고개를 든 게 분명하다.

덜덜덜…….

진자운의 손끝으로 은여영의 떨림이 전해져 왔다. 두려움과 미지에의 공포가 뒤섞인 떨림이다.

히죽.

그제야 천천히 은여영의 어깨에서 손을 뗀 진자운이 그녀의 흑백이 또렷한 눈동자에 자신을 담으며 말했다.

"아직까지 은 소저와 나는 함께한 시간이 부족하오. 그래서 서로에게 서툴고 어색하기만 한 것이오. 하지만 앞으로 우리가 함께할 시간은 충분하다고 생각하오."

"……."

"은 소저는 내 생각이 틀렸다고 생각하는 것이오?"

은여영은 천천히 고개를 가로저었다. 진자운의 한마디 한마디가 그녀의 영혼에 지워지지 않을 화인으로 새겨졌음에 분명하다.

그때 갑자기 은여영에게 바짝 붙어 있던 진자운이 그녀에게서 떨어졌다. 그리고 앉아 있던 바위에서 펄쩍 신형을 날렸다. 산 위를 노니는 바람만이 쉬어가는 와운선원 쪽에서 작은 소란이 일어난 것과 동시의 일이었다.

"진 소협……."

은여영은 진자운을 쫓아 신형을 날리려다 털썩 바위 위에 주저앉았다. 방금 전 너무나 긴장한 탓에 다리에서 힘이 풀려 버린 것이다.

쇄액!

진자운은 바람처럼 금정의 바위 사이를 뛰어넘었다. 그 속도는 감히 최고라 할 만했다. 그만큼 진자운의 마음이 다급하다는 반증이기도 하고.

그렇게 진자운이 막 와운선원 앞에 도착하기 직전이다. 그의 앞을 가로막는 회색 그림자 하나가 있었다.

파파팡!

눈앞을 어릿하게 만드는 장영에 놀란 진자운의 신형이 크게 한 바퀴

돌았다. 앞으로 치달리던 기세를 다른 쪽으로 돌리기 위해 방향을 바꾼 것이다.

거의 무의식 중에 펼친 임기응변!

진자운의 발끝이 금정의 만년거암에 깊은 홈을 패게 만들었다. 그만큼 한순간 그가 일으킨 기운은 막강했다.

그러자 진자운을 향해 복호신장 중 절초인 폭호귀산(暴虎歸山)을 펼친 회정의 노안에 가벼운 놀람의 기색이 떠올랐다. 그녀 평생에 이와 같이 난폭하고 강렬한 신법을 본 바가 없었기 때문이다.

"내 회난 사자의 말을 믿지 않았거늘……."

나직이 혀를 차는 회정을 향해 진자운이 눈살을 가볍게 찌푸려 보였다.

"어찌 노사태께서는 소생을 공격하신 겁니까?"

회정이 얼굴에서 놀란 기색을 지웠다.

"진 시주는 먼저 어째서 갑자기 와운선원 쪽으로 달려왔는지에 대해 설명해야 할 것이오."

진자운이 회정 뒤편에서 회명과 마구 싸우고 있는 파미륵을 힐끔 곁눈질하고 대답했다.

"그야 저기서 날뛰고 있는 포대화… 파미륵을 막기 위함이 아니겠습니까."

"진정 요승 파미륵의 광태를 막기 위해 달려왔다는 거요?"

"그럼 설마 하니 소생이 파미륵을 도와 노사태들을 공격이라도 할 거라 생각하신 겁니까?"

진자운이 어처구니없다는 표정을 지어 보이자 회정이 얼굴을 가볍게 붉혔다. 같은 구대문파에 속한 무당파의 제자인 진자운을 의심한 게 지나쳤다는 생각이 들었기 때문이다.

그러나 당당한 아미파의 장로가 진자운 같은 후배 앞에서 체통을 잃을 순 없는 일이다. 그녀는 언제 안색을 붉혔냐는 듯 위엄 넘치는 표정으로 말했다.

"본 파에 대한 진 시주의 호의는 감사히 생각하겠네. 하지만 요승 파미륵을 제압하는 건 빈니와 회명 사자만으로도 충분하다네. 굳이 진 시주의 손까지 빌 것까진 없다고 보네."

"소생 역시 파미륵이 두 분 노사태의 합공을 이겨낼 정도로 강하진 않다고 생각합니다."

"그렇다면 된 것이네. 진 시주는 본 파의 손님이니 뒤로 물러서서 요승이 제압당하는 거나 지켜보는 게 나을 것이네."

"……."

진자운은 잠시 침묵을 지켰다. 회정의 말에 완전히 동조하거나 반박할 말이 없었기 때문이 아니다.

그는 눈앞에서 천지가 진동하도록 싸우고 있는 회명과 파미륵 간의 싸움에 주목했다. 회명이 파미륵에게 완전히 수세에 몰려 자신의 앞을 가로막고 서 있는 회정이 달려갈 수밖에 없게 될 때를 기다렸다.

그런 진자운의 기다림은 그리 오래지 않아 끝났다. 파미륵에 맞서 거의 호각지세로 싸우고 있던 회명이 갑자기 뒤로 밀리기 시작했기 때문이다.

"이런……."

회정은 진자운의 예상대로 움직였다. 바로 파미륵으로부터 회명을 구원하기 위해 신형을 날린 것이다.

그러나 그녀보다 빠른 사람이 있었다. 기회만을 노리고 있던 진자운이었다.

쇄쇄에!

발끝으로 땅을 박차는 것과 동시, 회정을 뒤로 제쳐 버린 진자운이 단숨에 파미륵과의 거리를 단축했다. 처음부터 이때만을 기다린 사람처럼.

콰쾅!

진자운은 바로 손을 썼다. 경고 따윈 없었다.

그는 밀종 대수인에 밀려 연신 뒤로 물러서던 회명을 짓쳐 들어가던 파미륵의 엄청난 몸을 파산경으로 날려 버렸다. 만근거암을 산산조각 낼 듯한 기세를 담고서.

"…관세음보살!"

회명의 입에서 신음과 같은 불호가 터져 나왔다. 진자운의 맹렬한 돌격과 무지막지한 파산경을 눈앞에서 목도한 그녀의 놀람은 보통이 아니었다.

그러나 진자운은 이미 파미륵과 생사대전을 벌이며 그가 익힌 불괴기공의 지독함을 온몸으로 경험한 바 있었다. 갑작스런 파산경만으로 파미륵을 제압하리란 기대는 애초에 하지 않았다.

타탁!

파산경과 불괴기공의 격돌로 인해 일어난 반진력을 진각으로 해소시킨 진자운의 신형이 가볍게 공중으로 뛰어올랐다. 바닥에 널브러진 파미륵에게 다시 일격을 먹이려는 의도였다. 일단 시작한 이상 끝장을 보려는 생각.

'응?'

진자운은 일권파를 펼치며 파미륵에게 떨어져 내리려다 가볍게 눈살을 찌푸렸다. 바닥에 대자로 뻗은 파미륵의 실눈에 맺힌 물기를 발견한 것이다.

진자운은 주먹에 운집했던 기운을 재빨리 되돌렸다.

무언가 이유가 있으리란 생각을 한 것이다.

콰릉!

진자운의 일권파는 파미륵의 바로 옆 자리를 때렸다.

돌덩이가 튀어오르고 기파가 사방으로 퍼져 나갔다. 그 정도로 강력한 일격이었다.

돌 바닥에 박힌 주먹을 들어올리며 진자운이 파미륵을 바라봤다. 세상에서 가장 후안무치한 색승이 갑자기 어린애처럼 훌쩍이기 시작한 까닭을 알아야만 했다.

"뭐요! 설마 실연이라도 당한 거요?"

"크큭!"

입술을 가볍게 비죽거린 파미륵이 두 눈에서 닭똥 같은 눈물을 줄줄 흘리기 시작했다. 마치 구멍 뚫린 제방과 같았다.

"…맞구만."

진자운의 확인이 떨어진 것과 동시였다. 파미륵이 절정고수이자 대마두의 체면도 잊고 그 커다란 몸을 버둥거리며 울부짖기 시작했다.

"크흐흑! 회월이 날 한 번 쳐다보곤 아무런 말도 하지 않았다! 아무런 말도 하지 않았어!"

"그거야……."

진자운은 지금의 당신 몸을 보면 알 수 있지 않느냔 뒷말을 꿀꺽 삼켰다. 이미 정신적으로 사망 선고를 받은 파미륵을 두 번 죽일 필요는 없었기 때문이다.

'허어, 후안무치한 색승을 단번에 이런 꼴로 만들다니! 회월 대사 태… 무섭군! 무서워!'

진자운은 조금 다른 종류의 감탄을 터뜨리며 와운선원 쪽을 바라봤다. 엄청난 소란에도 불구하고 굳게 닫혀 있는 대문 안쪽에선 어떠한 기척도 느껴지지 않았다.

눈앞의 상황은 명약관화했다.

회월 대사태가 과거 묘한 애증 관계 하에 있던 파미륵을 냅다 발로 걷어찬 것이다.

"크흐흑, 회월! 회월……."

"아, 정말!"

나직이 투덜거린 진자운이 짜증 섞인 목소리로 말했다.

"그만 질질 짜시오! 천하의 뭇 여인들을 울렸던 색승이라면 색승다운 모습을 보여야지! 회월 대사태가 지금 이 모습을 보면 뭐라고 그러겠소!"

"큭!"

회월 대사태가 언급되자마자 파미륵이 울음을 멈췄다. 그 역시 최후의 자존심만은 지키고 싶었던 것이다. 아무리 과거의 미모는 먼지처럼 사라져 정인에게조차 가차없이 버림을 받는 처지가 됐지만.

第三十二章 ◆

아미금정(峨嵋金頂)

아미금정(蛾眉金頂)

파미륵의 갑작스런 광태 혹은 광란—버림받은 늙은이의 절규—덕분에
진자운과 회월 대사태의 독대는 늦은 저녁 무렵에야 이뤄졌다.

와운선원의 선실.

장방형으로 된 독특한 구조의 방 안에 들어서자마자 진자운은 정중
하게 고개를 숙여 보였다. 방의 중간을 가로지른 발 저편에 좌정해 있
는, 회월 대사태로 보이는 중년 여승을 발견했기 때문이다.

'허?'

진자운은 숙였던 고개를 들어올리다 눈에 이채를 띠었다.

안력을 집중하자 그와 회월 대사태 중간에 내려진 발은 전혀 소용이
없었다.

회월 대사태의 나이를 초월한 듯한 청려한 모습이 그대로 드러났다.
나이만 젊다면 진자운조차 반할 만큼 아름답고 단아한 자태이고, 제자

인 옥성보다도 젊어 보이는 얼굴이었다.

진자운이 잠시 넋을 빼놓고 바라보자 회월 대사태의 잔주름 하나 없는 아미가 가볍게 찡그려졌다.

"무당파의 제자답지 않은 자제력이 아닌가!"

'뭐, 그래 봤자 속가제잔걸…….'

진자운은 속으로 버르장머리없이 대꾸한 후 씩 웃었다.

"잠시 포대화상, 아니, 파미륵이란 대마두가 어째서 아미파에 그렇게 집착했는지에 대해 생각해 봤을 뿐입니다."

"흥, 늙은 것이나 어린것이나……."

회월 대사태는 불문 고승답지 않은 중얼거림과 함께 진자운에게 바로 질문을 던졌다.

"진 시주가 본 파의 제자들을 파미륵이란 악승에게서 구해줬다고 들었네. 그 점은 빈니가 무척 감사하는 바이네."

"구대문파는 한집안 식구와 마찬가지가 아니겠습니까? 당연히 할 일을 했을 뿐입니다."

"그런가?"

"예."

"그럼 빈니가 그 일에 대해선 더 이상 재론치 않겠네."

"……."

한마디로 진자운이 적당히 겸양하며 잘난 척할 기회를 뺏은 회월 대사태의 아름다운 안색에 서리가 내렸다.

"그런데 진 시주는 어째서 본 파에 아미제일적을 데리고 온 것인가? 빈니는 진 시주의 심중을 묻고 싶어 따로 독대를 청한 것이네."

올 것이 왔다고나 할까?

당연히 회월 대사태가 이와 같은 질문을 던질 것에 대비하고 있던 진자운이 눈에 힘을 담았다.

"거기엔 개인적인 사정과 공적인 일이 함께 포함되어 있어 대사태께 한마디로 설명하기가 곤란합니다."

"개인적인 사정과 공적인 일? 공적인 일이란 무림맹과 관련있는 일인가?"

"그렇습니다."

진자운이 별다른 고민 없이 대답하자 회월 대사태의 눈가에 작은 주름이 생겨났다. 진자운이 무림맹과 맹주인 불패신권 각원 대사를 방패로 삼은 이상 공적인 일이 무엇인지 물어보기가 어려워진 것이다.

진자운이 그런 회월 대사태의 내심을 모를 리 없다.

그는 방어에서 벗어나 공격에 나서기로 마음먹었다.

"공적인 일은 무림맹과 만독문 간에 있을 정마대전에 관계된 일로, 대사태께도 전말을 모두 말하긴 곤란합니다. 그렇지만 개인적인 사정이라면 얼마든지 물어주시길 청하는 바입니다."

"진 시주의 개인적인 사정 속에 빈니가 포함되어 있는 것인가?"

"그렇습니다."

회월 대사태가 한숨과 함께 고개를 끄덕여 보였다.

"그럼 말해 주시게."

진자운의 눈에 담긴 기운이 조금 더 강해졌다. 지금부터가 파미륵과 아미파 간의 묵은 은원을 푸느냐 마느냐의 중대 기로였다. 약간의 실수도 있어선 안 됐다.

살짝 입가에 침을 묻힌 진자운이 말했다.

"파미륵은 앞으로 제가 맹주님의 명을 수행하는 데 중요한 사람입니다."

"예상했던 바네."

"그렇기 때문에 그를 제압한 후 꽤나 많은 뒷조사를 했고, 그가 앞으로 개심하여 정파무림에 커다란 도움을 줄 수 있는 방도를 생각해 냈습니다."

"그게 본 파와 아미제일적 간의 화해란 말인가?"

"그게 첫 번째요, 두 번째는……."

진자운은 일부러 말끝을 흐렸다. 회월 대사태의 안색을 살피기 위함이었다.

그러나 그의 기대와 달리 회월 대사태의 청려한 얼굴에는 침묵만이 내려앉아 있었다. 눈앞의 세월을 잊은 듯한 아름다움을 간직한 여승이 당최 어떤 생각을 하는지 읽어내긴 불가능했다.

'강적이군.'

진자운은 내심 히죽 웃고 말을 이었다.

"그동안 파미륵은 대사태님을 꼭 다시 한 번 만나보고 싶었던 것 같습니다."

"그건 또 무슨 의미인가?"

"그는 아미파로 오는 도중 제게 계속 과거 대사태님께 잘못한 게 많다는 말을 했습니다. 입에 발린 말이 아니라 진심으로요. 그러니 대사태께서는 그를 다시 한 번 만나서 과거의 악연을 끊는 것이 어떻겠습니까?"

"과거의 악연이라……."

회월 대사태는 나직이 말을 받고는 미미하게 고개를 흔들어 보였다.

결코 진자운이나 파미륵의 생각과 같진 않다. 그녀가 파미륵을 다시 만나길 꺼려하는 건 그가 불괴기공을 익히느라 과거의 영준한 모습을 완전히 잃어버렸기 때문이 아니다. 이미 수양이 깊은 경지에 오른 그녀에게 모든 사물의 겉모양은 그다지 큰 의미가 될 수 없었다.

다만, 그녀는 낮에 독대를 하자마자 능글맞게 웃으며 찝쩍거리던 파미륵의 태도에 면벽으로 쌓은 수양이 뒤흔들리는 걸 느꼈다. 그 넙대대한 면상에 복호신장을 날리고 싶은 걸 가까스로 참았을 정도였다.

'죄과로다! 죄과로다! 한때 맺은 악연의 고리가 어찌 이토록 질기더란 말인가!'

내심 탄식을 토해낸 회월 대사태가 살짝 내렸던 눈꺼풀을 가볍게 떨어 보이며 말을 이었다.

"진 시주의 뜻은 빈니가 충분히 알아들었네. 하지만 아미제일적과 아미파 간의 은원은 깊고도 깊다네."

"부처님의 자비로도 해결할 수 없을 정도입니까?"

"그건……."

"제가 본 파미륵은 과거 한때 잘못에 빠져 마두가 됐을지는 모르나, 현재 개심의 모습을 충분히 보이고 있습니다. 그 역시 아미파에 갖고 있는 은원의 깊이가 그리 적지는 않을 터인데, 어찌 대사태께서는 마음을 열지 않는 것입니까? 진실로 서로가 서로를 미워하고 원망하는 죄악의 고리를 끊지 않고 후대까지 남기실 작정이십니까!"

"죄악의 고리를 후대에 남긴다……."

"그렇습니다! 지금 이 순간이 기회입니다! 파미륵과 아미파, 아니, 대사태님 간의 죄악과 악연의 고리를 끊을 수 있는!"

진자운은 자기 자신조차 믿지 않는 바를 열변했다. 강변했다. 스스로에게 최면을 건 것이다.

그 열정적인 모습이 회월 대사태의 마음을 결국 돌려놓았다.

그녀는 망연히 진자운을 바라보다 평생 후회할지도 모를 대답을 하고 말았다.

"그래, 진 시주의 말이 옳네. 진정 아미제일적, 아니, 파 시주가 사(邪)를 버리고 정(正)으로 돌아섰다면, 불문의 제자인 빈니가 이를 거부할 순 없는 노릇이지. 없는 노릇이고말고."

'됐다!'

살그머니 주먹을 불끈 쥐어 보인 진자운이 터져 나오려는 광소를 참고 조용히 물었다.

"그럼 다시 파미특을 만나보시겠습니까?"

"……."

"대사태."

연이은 진자운의 재촉에 회월 대사태의 고개가 기어이 끄덕여지고 말았다. 마치 스스로 지옥에 들어가는 관세음보살과 같은 얼굴을 하고서.

밤.

아미산의 정상인 금정의 밤바람은 꽤나 매서웠다. 뭇 고봉들조차 고개를 숙일 정도의 높이니 당연하다.

진자운과 회월 대사태의 독대가 이뤄지는 동안, 전신혈도가 제압된 채 회명, 회정 양대 고수의 감시를 받고 있던 파미특의 얼굴에 일순 화색이 깃들었다. 와운선원 안에서 결코 다시는 얼굴을 마주 대할 일이 없을 줄 알았던 회월 대사태가 모습을 드러냈기 때문이다.

"회월……."

파미륵은 그저 자기 자신만이 들을 수 있을 정도의 작은 중얼거림과 함께 안색을 가볍게 붉혔다. 갑자기 회춘이라도 한 것 같은 얼굴이다.

그때 파미륵 앞으로 걸어온 회월 대사태가 회명과 회정에게 물러날 것을 명령했다.

회명과 회정으로선 전혀 예상치 못했던 일!

그러나 장문인의 권위는 절대적이다.

회명과 회정이 물러섰다. 다시 회월 대사태와 파미륵의 독대가 이뤄지게 된 것이다. 서로 얼굴에 가면을 쓰고 만났던 첫 번째와는 달리 허심탄회한 속마음을 드러낼 준비를 한 채로.

슬그머니 뒤로 물러서 있던 진자운에게 다가온 회명과 회정이 동시에 의혹 섞인 눈빛을 던졌다. 과거 파미륵을 아미제일적으로 규정했던 회월 대사태의 마음을 어찌 돌려놨는지 궁금하기도 했으리라.

'하지만 노사태들은 그냥 모르는 편이 나을 것이오. 꼬장꼬장한 당신들이 본래는 두 사람이 서로에게 마음을 두고 있었고, 부부 싸움이란 칼로 물 베기란 말을 듣는다면 어찌 기가 막히지 않겠수?'

내심 피식 웃은 진자운이 의뭉스레 시선을 동쪽 하늘로 던지며 중얼거렸다.

"두 분 노사태님, 언제쯤 되면 아미금정을 볼 수 있을까요?"

"그보다, 진 시주……."

단도직입적인 질문을 던지려는 회정에게 진자운이 히죽 웃어 보였다.

"저는 이번에 아미금정을 꼭 보고 아미산을 떠나고 싶군요."

"진 시주, 지금 중요한 건 그런 게 아니잖는가. 어째서 장문인께서……."

"회정, 그만 하시게."

낮과 같이 회정을 중간에서 제지한 회명이 진자운에게 부드러운 미소를 던졌다.

"진 시주, 하늘에 별이 맑은 걸 보니 금정의 불광(佛光)을 보지 못하는 일은 없을 거라 생각됩니다."

"그렇습니까?"

진자운이 회명에게 물색없이 웃어 보였다.

진자운은 아미금정을 볼 수 있었고, 파미륵은 회월 대사태와 진지한 대화를 나눈 뒤 과거의 은원을 풀었다.

파미륵과 회월 대사태 모두 비로소 지나간 세월과 다시 올 수 없는 젊음을 느끼고, 과거는 과거 속으로 흘려보내는 게 좋다는 걸 깨달은 결과였다.

─여태까지의 모든 은원을 불문에 붙이는 대신, 요승 파미륵은 평생 다시는 아미산 근처에 올 수 없다!

다음날 새벽같이 금정에서 내려온 진자운에 의해 아미파 장문인 회월 대사태의 엄명은 복호사에 전달되었다. 과거의 은원은 잊되, 아미파의 자존심은 지키겠다는 의미였다.

물론 명목상 그렇다는 뜻이다.

진자운은 회월 대사태의 명령을 받아 읽고는 떨떠름한 표정이 된 회난을 바라보며 터져 나오려는 웃음을 간신히 참았다. 회난은 금정에 올라간 파미륵이 이렇게 아무 일 없이 돌아오리란 생각은 하지 않았을

게 분명하기 때문이다.

그는 자신이나 파미륵과의 재견 시 전혀 감정의 흐트러짐을 보이지 않던 회월 대사태를 생각하며 내심 고개를 가로저었다.

'쳇, 결국 이렇게 될 걸 늙은이들이 고집들은! 뭐, 나야 덕분에 꼬맹이의 행방과 구해낼 방도를 알 수 있게 됐으니 손해 본 장사는 아니었지만……'

어쨌든 과거 회월 대사태와 파미륵 간에 어떤 연애사가 있었는지는 정확히 모르겠지만, 한마디로 단언하긴 힘든 일이었음에는 분명하다.

그때 어깨를 축 늘어뜨리고 있는 파미륵을 못마땅하게 바라본 회난이 진자운에게 말했다.

"그럼 진 시주는 어찌할 셈인가? 파미륵 시주는 당장 본 사에서, 아니, 아미산에서 떠나야만 하는데……."

"포대화상과는 아직 함께 해야 할 일이 남았으니, 오늘 같이 떠나겠습니다."

"만독문과 관계된 일인가?"

"그렇습니다."

진자운의 대답을 들은 회난의 입술이 조그맣게 달싹였다. 전음을 발휘한 것이다.

[빈니는 진 시주가 정파무림을 위해 중대한 임무를 맡은 걸 알고 있다네. 아무리 장문인의 말대로 요승이 과거와 많이 달라졌다곤 하나 사람의 본성은 쉬이 바뀌지 않으니 매사에 조심해야 할 것이네.]

[명심하겠습니다.]

"그럼 빈니를 비롯한 아미파의 위아래는 진 시주의 보중을 빌겠네."

"노사태의 배려에 감사드립니다."

진자운은 회월 대사태뿐 아니라 회난 역시 자신의 거짓말을 그대로 믿는 걸 내심 즐거워하며 고개를 숙여 보였다. 어차피 몇 번씩이나 무림맹주인 각원 대사의 명령을 팔아먹은 거 끝까지 밀어붙일 생각이었다.

그러자 진자운에게 한차례 부드러운 미소를 던져 준 회난이 은여영에게 명령했다.

"여영아, 금정에 갔다 오느라 힘이 들겠지만, 한 번 더 수고해야겠구나. 날이 어두워지기 전에 두 분 시주를 아미산 밖까지 모셔다 드리거라."

"예."

은여영은 평소보다 조금 더 어두워진 얼굴로 고개를 숙여 보였다. 그녀로선 이렇게 빨리 진자운과 헤어지게 될 줄은 꿈에도 생각지 못했던 일이었기 때문이다.

"크윽……."

파미륵은 아미산을 내려가며 마치 처음으로 사랑에 빠진 젊은이처럼 혼이 빠진 채 흐느적거렸다.

그에겐 앞서 걸어가는 진자운이나 은여영 따윈 안중에도 없는 듯했다. 아직도 오랜만에 만난 회월 대사태의 청려한 모습이 눈앞에 어른거려 발걸음이 쉬이 떨어지지 않는 것이다.

그러나 진자운은 금정에서 모든 은원이 풀린 이후 그에 대한 관심을 접고 있었고, 은여영의 경우 심사가 복잡하여 다른 데 신경을 기울일 새가 없었다.

'나는 진 소협을 이대로 떠나보내야 하는 건가…….'

은여영은 하산(下山) 중간중간 진자운의 옆얼굴을 몰래 훔쳐보며 입가에 나직이 한숨을 달았다.

그녀가 금정에서 보였던 대담함은 어디까지나 상황이 만들어낸 발작 비슷한 것이었다. 극히 소심한 성격을 지닌 그녀로선 이 상황에서 먼저 입을 떼기란 여간 힘든 게 아니었다.

그런 은여영의 애타는 내심을 읽은 것인가?

별다른 말이 없던 진자운이 갑자기 시선을 그녀에게 던졌다.

"은 소저, 두견화는 어찌했소이까?"

"예? 아, 그건……."

"역시 불문의 제자답게 땅에라도 묻어준 거요? 은 소저와 무척 잘 어울렸는데 아쉽군요."

"……."

은여영이 대답하지 않자 진자운은 더 이상 묻지 않고 앞서 걸어가기 시작했다. 처음부터 별다른 생각 없이 건넨 질문이었기 때문이다.

은여영은 진자운의 뒷모습을 바라보며 나직이 한숨을 내뱉었다. 그리고 자신의 가슴 어림을 가볍게 쓰다듬었다. 하얀 비단 손수건 안에 고이 모셔놓은 두견화가 들어 있는 장소였다.

그때 언제 넋이 빠져 있었냐는 듯 파미륵이 갑자기 은여영에게 종종걸음으로 다가와 나직이 휘파람을 불었다.

휘이이!

"아! 뭐, 뭐예요!"

잠시 놀란 표정을 지었던 은여영이 눈꼬리를 샐쭉하게 치켜 올리자 파미륵이 입술을 얄궂게 꿈틀거렸다.

"크흐흐, 소낭자가 용기가 없구나."

"용기가 없다니, 그게 무슨……."

파미륵이 재빨리 손가락 하나를 은여영의 입술에 가져다 댔다. 그리고 앞서 걸어가는 진자운 쪽을 힐끔 바라봤다. 뭔가 몰래 할 얘기가 있는 것 같은 모습이다.

은여영은 비명을 지르려다 입을 꽉 다물었다. 파미륵의 의도가 궁금했기 때문이다.

그러자 파미륵이 다시 매우 수상쩍은 표정으로 웃고는 전음으로 말했다.

[소낭자는 그냥 본불의 말만 듣고 있어야 하네. 본불의 말을 알아들었으면 고개를 끄덕이게나.]

끄덕끄덕.

은여영이 고개를 끄덕여 보이자 파미륵의 눈이 실실 웃음을 만들어 냈다.

[소낭자는 진 소협이 마음에 들었을 것이네. 하지만 지금 헤어지면 사실 앞날을 기약하긴 힘들겠지. 이 넓은 천하에서 다시 진 소협이 아미산으로 돌아온다는 건 기약할 길이 없는 일일 테니까.]

은여영의 얼굴이 심각하게 굳어졌다. 파미륵의 말이야말로 그녀가 가장 걱정하고 있는 바였기 때문이다.

파미륵의 전음이 이어졌다.

[그래서 말인데, 본불이 앞으로 소낭자를 도와줄 생각인데, 소낭자는 본불을 믿을 수 있겠는가?]

은여영의 입술이 '어떻게요?' 란 입 모양을 해 보였다. 그녀는 아직 전음입밀의 수법을 펼칠 정도의 내공이 없었다.

[본불은 앞으로 저 진 소협과 계속 함께하게 되네. 그러니 소낭자에

대한 많은 좋은 이야기를 해줄 수 있을뿐더러, 진 소협을 다시 아미산으로 오게 일을 꾸밀 수도 있을 것이야. 물론 공짜로는 해줄 수 없는 일이지만 말야.]

은여영의 얼굴이 살짝 찡그려졌다. 파미특의 제안은 꽤나 매력적인 것이었으나, 그 의도가 의심스러웠다. 망설임이 생기지 않을 수 없다.

그때 파미특이 커다란 상반신을 흔들며 얼굴에 뻔뻔한 표정을 만들어냈다.

[뭐, 소낭자가 본불과 거래를 하기 싫다면 어쩔 수 없는 일이고.]

약자의 위치에 있는 은여영이 얼른 파미특에게 달라붙으며 다급하게 '할게요! 할게요!' 란 입 모양을 만들어냈다.

'걸렸다!'

내심 쾌재를 부른 파미특이 과거 순진한 아가씨들을 속일 때와 마찬가지의 음험한 미소를 입가에 만들어냈다.

[잘 듣게. 앞으로 본불이 종종 아미산으로 사람을 보낼 걸세. 그러면 소낭자는 그 편으로 회월 대사태에 대한 소식을 전해주게나. 건강이나 기타 사소하고 자질구레한 거라도 상관없네.]

은여영의 얼굴이 다시 찡그려졌다. 장문인인 회월 대사태의 일거수일투족을 알려달라는 파미특의 요구가 너무나 뻔뻔하고 변태스러웠기 때문이다.

그러자 파미특이 안색까지 상기시키며 윽박질렀다.

[본불은 그저 회월 대사태가 무탈한지만이라도 알고 싶을 뿐이네. 그리 어려운 일도 아니잖는가!]

움찔!

은여영은 소심한 성격답게 어깨를 가볍게 떨었다. 강하게 나오는 상대에겐 항시 보이곤 하는 약세를 드러낸 것이다.

결국 그녀가 어쩔 수 없다는 듯 고개를 끄덕여 보였다. 여전히 기분이 썩 내키진 않았지만, 파미륵이 내건 조건은 거절하기엔 지나칠 정도로 매력적이었다.

"그럼, 이것으로 결정됐다!"

느닷없이 버럭 소리를 지른 파미륵이 은여영에게 손을 내밀었다. 손바닥을 부딪쳐 맹세를 하자는 의미였다.

짝! 짝! 짝!

파미륵과 은여영의 손바닥이 세 번에 걸쳐 부딪쳤다. 이젠 빼도 박도 못하는 일이 되었다.

그때 두 사람이 머뭇거리는 동안 홀로 한참이나 앞서 걸어갔던 진자운이 짜증 섞인 목소리로 소리쳤다.

"두 사람, 좀 빨리 걸어야 하지 않겠소? 난 산속에서 밤을 보내고 싶진 않소이다!"

"진 소협, 가, 갈게요……."

"크크크, 원, 진 소협 자네도 성격 한번 불난 망아지마냥 급하기도 하구만!"

파미륵의 이죽거림에 진자운의 눈꼬리가 치켜 올라갔다. 아미산에 올 때까지만 해도 길을 재촉하고 또 재촉했던 건 파미륵이었다. 이제 제 볼일 다 봤다고 안면몰수를 하는 모양새가 마음에 들리 없다.

[도로 금정으로 돌아가 회월 대사태님께 포대화상 당신은 아직도 전혀 개심하지 않았고, 앞으로도 그럴 여지란 눈곱만큼도 없다고 할까요?]

[그, 그럴 필요는 없다네!]

[그럼 앞으론 적당히 내 화를 돋우는 편이 나을 것이오. 회월 대사태님은 날 당신보다 더 신뢰하고 있으니까.]

[끄응.]

파미륵을 한마디로 제압한 진자운이 운남 쪽으로 짐작되는 하늘을 힐끔 바라봤다.

그는 간밤 파미륵과 회월 대사태 간의 화해를 바라보며 부쩍 담화연을 생각하게 되었다. 그 자신조차 깜짝 놀랄 만한 변화, 여태까지 한 번도 느껴보지 못한 충동적인 감정에 사로잡힌 것이다.

'진 소협……'

담화연을 만나러 지금 당장 운남에 가고 싶다는 내심을 우회적으로 표현한 진자운을 바라보는 은여영의 눈빛이 기묘한 열기를 발산했다.

*   *   *

운남.

만독문은 전통적인 운남 무림의 강자들인 사강파 중에서도 최강이라 손꼽히는 곳이다.

사람이 모여 사는 곳 중 대부분이 고산 지대인 운남에서도 오지랄 수 있는 애뇌산(哀牢山) 부근의 열대삼림에 터전을 잡은 묘족 특유의 독공 덕분이다.

천하제일독(天下第一毒)!

사천의 당가는 인정치 않지만, 내심 천하인들이 수긍할 수밖에 없는 만독문의 저력이고 힘이었다. 만독문은 이 천하에서 가장 두렵고 무서운 힘을 바탕으로 당금에 이르러선 운남 무림을 넘어 천하 전체로 눈을 돌리고 있었다.

"이 망할 놈의 땡중 녀석이!"

만독문 총단의 심부인 독룡대전(毒龍大殿)에서 울려 퍼진 노성에는 천하를 몽땅 떨게 만드는 힘이 담겨 있었다. 만독문 역사상 전무후무(前無後無)한 절대고수이자 독중지성(毒中之聖)인 독조 갈홍경이 바로 노성의 주인공이었다.

노성만으론 성이 차지 않았던 것이리라!

갈홍경이 독룡대전의 가장 높은 곳에 위치한 태사의에서 벌떡 일어섰다. 그러자 주변에 도열해 있던 만독문의 절정독인들이 일제히 바닥에 넙죽 엎드렸다. 감히 분노한 갈홍경의 독중지안(毒中之眼)과 눈을 마주칠 자신이 없어서였다.

'어이쿠! 늙은이가 화났다!'

'몸 사리자, 몸 사려!'

독룡대전에 모인 독인들 중 십대고수에 속하는 자들은 엎드린 자세에서 서로를 바라보며 한숨을 눌러 참았다.

만독문의 십대고수라면 천하 전체를 놓고 봐도 상대할 자들이 얼마 없는 절정고수들이다. 그런 그들이 갈홍경의 일갈에 굴욕적일 정도로 오체투지를 해야 하니, 한심한 마음을 금할 수 없는 건 당연하다.

물론 그렇다고 해서 감히 갈홍경 앞에서 고개를 뻣뻣이 들 만한 담량을 지닌 자가 있을 리도 없다.

그런 간이 배 밖으로 나온 자들은 이미 수십 년도 더 전에 갈홍경의 독수(毒手) 아래 모조리 한 줌의 독수(毒水)로 녹아내린 지 오래이다. 이제 와서 간 크게 나설 자가 있을 리 만무하다.

백발에 보통 사람보다 머리 하나쯤 작은 체구.

독사를 닮은 세모꼴의 눈.

그리고 얄팍한 입술.

생긴 모습 그대로 성격 나쁜 늙은이인 갈홍경은 수하 독인들을 벌벌 떨게 만든 채 한동안 식식대며 넓디넓은 독룡대전 안을 홀로 배회했다.

그가 더운 숨결을 뿜어내며 걸어갈 때마다 근처에 엎드린 독인들의 얼굴이 황토 빛으로 물들었다. 평생을 독공 연마에 보낸 그들조차 갈홍경의 숨결에 깃든 독기를 견디긴 힘겨웠다.

"끄으······."

"문주님, 자비를······."

독인들 중 몇 명이 대전 바닥을 손으로 긁다가 입에서 게거품을 물었다. 만독문 내에서도 그리 작은 위치에 있지 않은 자들이나 여지없었다.

그때 독룡대전을 서성이던 갈홍경이 느닷없이 신형을 날렸다.

스으.

갈홍경이 내려선 곳은 만독문 십대고수 중 한 명이자 서열 삼위인 혈음마도(血陰魔刀) 귀미태 앞이었다.

'헉!'

귀미태는 갈홍경의 잿빛 신발을 바라보며 등줄기로 식은땀을 주르륵 흘렸다. 방금 전 갈홍경에게 몰래 내뱉었던 불평이 들켰나 하는 마음이 들어서였다.

"네가 파미륵을 본좌에게 천거했던 녀석이었던가?"

"그, 그게······."

귀미태는 고개를 들어 뭐라 변명을 늘어놓으려다 몸을 움찔 떨었다.

갈홍경의 잿빛 신발이 이미 얼굴 높이로 치켜 올라가 있었다.

퍽!

귀미태의 안면이 짓밟혔다.

전혀 사정을 봐주지 않은 일격!

귀미태의 신형이 독룡대전 한 켠으로 무참히 날아갔다. 호신강기를 일으키지 않은 그의 얼굴은 이미 피투성이로 변해 있었다. 만독문 서열 삼위란 직위가 무색해지는 상황이다.

그때 다른 문도들과 마찬가지로 머리를 조아리고 있던 십대고수의 우두머리인 독중독인 갈정립이 고개를 치켜들었다. 이쯤에서 나설 사람은 자신밖엔 없다는 걸 그는 알고 있었다.

"존엄하신 만독문의 절대독존이시여! 부디 노여움을 거두시옵소서!"

"누구냐!"

갈홍경의 시선이 대전에서 유일하게 고개를 치켜든 갈정립을 향했다. 그러자 자신의 부친이자 스승이자 주군인 갈홍경에게 다시 머리를 조아린 갈정립이 재차 목소리를 높였다.

"본래 독불 파미특은 무공만 그럴듯할 뿐, 아무짝에도 쓸모가 없는 자였습니다!"

"그 아무짝에도 쓸모 없는 땡중을 본 문에 받아들인 건 본좌니라! 네가 감히 본좌의 결정이 잘못됐다고 말하고자 함이더냐!"

"어찌 제가 감히……."

"그럼 어떤 의미로 너는 그런 말을 지껄인 것이더냐?"

갈홍경의 목소리에는 칼날이 담겨져 있었다. 친혈육이자 후계자인 갈정립이라 해도 결코 자신의 권위에 대항치 못하게 하겠다는 태도였다.

‘위험······.’

‘위험하다!’

귀미태를 비롯해 갈정립을 지지하는 십대고수들 중 일부의 얼굴에 가벼운 우려의 기색이 떠올랐다.

그들이 아는 바 갈홍경은 결코 자신의 친혈육이라 하여 손속에 사정을 두지 않았다. 오히려 가까울수록 더욱 엄하고 혹독하게 다루는 사람인 것이다.

물론 갈정립은 기억조차 나지 않는 어린 시절부터 부친인 갈홍경에 의한 지독한 수련을 참아낸 사람이었다. 갈홍경의 성격을 모를 리 만무하다.

펵!

마치 찧듯이 이마를 대전 바닥에 박은 갈정립이 목소리 높여 말했다.

"절대독존이시여! 제가 어찌 감히 만독의 제왕이신 독존께 불경을 저지를 생각을 할 수 있겠습니까? 제가 말하고자 한 진의는 독불 파미륵이 이번에 저지른 어리석음이 결코 만독문이나 독존의 존엄을 해치진 못한다는 뜻이었습니다."

"만독문과 본좌의 존엄을 해치진 못한다?"

"그렇습니다. 그 요승이 비록 본 문의 십대고수에 속한다곤 하나 어디까지나 외부에서 영입된 고수에 불과합니다. 그러니 그에 의한 사천무림 교란 작전의 실패가 본 문과 독존의 명성에 흠집을 내는 일은 없을 것이라 사료됩니다."

"흥! 과연 사천무림의 덜떨어진 녀석들도 그리 생각하겠느냐?"

여전히 냉소에 차 있으나 갈홍경의 목소리에선 좀 전까지의 노기가 조금 가셔져 있었다. 그러자 갈정립이 그 순간을 놓치지 않고 말했다.

"이미 본 문은 포악한 야생의 대지나 다름없는 운남 무림의 대부분을 장악한 터입니다. 무림맹에 주력을 파견한 사천무림의 잡졸들 따윈 특별히 신경 쓸 필요가 없다고 봅니다."

"이번에 파미륵이 벌인 황당한 일 때문에 당가와 아미파가 손을 잡고 사천정의련(四川正義聯)이란 걸 조직하고 있다고 들었다."

"그래 봤자 독불 파미륵이 이끌고 간 본 문의 삼류독인들에게조차 쩔쩔맨 잡졸들의 모임에 불과합니다. 만약 독존께서 명만 내려주신다면, 제가 당장 휘하의 십대독인들을 이끌고 단신으로 그곳으로 달려가 모조리 없애 버리겠습니다!"

어느새 갈정립은 상체를 절반 이상 바닥에서 들어올리고 있었다. 최고급의 대리석으로 된 대전 바닥을 부순 그의 이마는 흠집조차 없이 말짱했다. 방금 전 갈홍경 앞에서 벌벌 떨고 있던 모습과는 완전히 대조적인 압도적인 기도가 그에게서 넘실거렸다.

'립아의 독공이 그새 더욱 깊어졌구나!'

문득 갈홍경의 세모꼴 눈이 살짝 반달 모양을 이뤘다. 냉혹한 그에게도 자식에 대한 부정은 남아 있는 것이다.

그러나 잠시의 침묵 끝에 갈홍경은 고개를 가로저었다. 갈정립의 의견에 대한 묵살이었다.

"확실히 무림맹으로 주력이 빠져나간 사천무림에서 만들어진 정의련은 그다지 큰 문제가 될 것이 없다. 네 말대로 잡졸이라 해도 과언은 아니다. 하지만 지난 수백 년간 본 문에 맞서 싸워온 당문은 눈엣가시나 다름없다. 결코 쉽사리 볼 수 없어. 그렇기 때문에 독불을 보내 당문을 쓸어버리려 한 것인데……."

갈홍경은 방금 전처럼 화를 내지 않았다. 단지 어금니를 가볍게 사려 물었을 뿐이다. 이미 갈정립과 대화하는 사이 불같이 끓어올랐던 노화가 사그러들었기 때문이다.

그러자 귀미태는 소매로 얼굴에 묻은 피를 닦았고, 나머지 십대고수들 또한 하나둘 눈치를 봐가며 고개를 들었다. 오랫동안 성질 더러운 갈홍경을 곁에서 모시고도 살아남은 그들의 무공 못잖은 심기와 잔머리를 보여주는 순간이다.

그때 갈정립이 갈홍경의 눈치를 살피며 고했다.

"절대독존이시여! 그럼 사천정의련과 존엄한 독존의 명령을 어기고 행적을 감춘 독불 파미륵은 어찌 처리하시려 하십니까?"

'역시 소문주다!'

'대단하다!'

고개를 든 십대고수들은 갈홍경의 심기를 적당히 맞추곤 원하는 대답을 유도해 내는 갈정립의 언변에 내심 찬사를 보냈다.

이처럼 대담한 행동은 그들로선 감히 꿈조차 꿀 수 없는 일이었다. 천하에 보기 드문 절정고수라 해도 목숨은 하나밖에 없기 때문이다.

일시 독룡대전의 모든 이목이 갈홍경에게로 향했다. 이젠 성질 부리고 화낼 것 다 냈으니 독존답게 뾰족한 방책을 제시하란 의미였다.

잠시 영악하다 못해 징그럽기까지 한 아들 갈정립에게 시선을 던진 갈홍경이 천천히 태사의 쪽으로 걸어가며 손을 위로 들어 보였다.

화가 다 풀렸으니 그만 오체투지를 풀라는 의미였다.

"독존의 은혜가 하늘과 같사옵니다!"

"독존 만세!"

그저 입술만 달싹이는 귀미태와 십대고수들에 비해 오늘도 갈홍경의 분노로부터 살아남는 데 성공한 독인들의 얼굴에는 희색이 가득했다. 방금 전 갈홍경의 분노성이 터져 나왔을 때만 해도 자칫 오늘은 목숨을 부지하기 힘들지도 모른다는 생각을 하고 있었기 때문이다.

태사의에 좌정한 갈홍경이 휘하 독인들을 찬찬히 훑어봤다. 그의 무심한 시선은 안색이 그다지 좋지 않은 귀미태 앞에서 고정됐다.

"귀미태, 독불을 제거할 자신이 있느냐?"

"독존께서 명만 내려주신다면!"

"독불의 서열은 비록 팔위에 불과하지만, 지난바 무공은 소문주인 립아와 백 초 이상을 겨룰 수 있을 정도다."

"진작부터 한번 겨뤄보고 싶었습니다."

이를 갈 듯 말하는 귀미태를 바라보는 갈홍경의 입가로 흐릿한 미소가 번져 나왔다.

"독불의 불괴기공은 본좌가 전수해 준 것이다. 치명적인 약점을 가르쳐 줄 테니, 그의 목을 가지고 돌아오라!"

"존명!"

귀미태의 복명에 미미하게 고개를 끄덕여 보인 갈홍경의 시선이 역시 십대고수이자 서열 사위인 백독마군(百毒魔君) 마득파를 향했다.

"마득파는 당가와 아미파가 주축이 된 정의련을 맡도록 하라! 독수살단(毒手殺團)의 지휘권을 줄 테니, 사천에 남은 독불 휘하의 암흑독인들을 수습하고 당가와 정의련을 멸문시키도록 하라!"

"독수살단을 마득파에게!"

"독수살단을!"

독룡대전 안이 시끄러워졌다. 독수살단은 만독문 최강의 정예로서 여태까지 문주인 갈홍경의 직속 삼단 중 하나였다. 소문주인 갈정립도 아니고 서열 사위인 마득파에게 맡긴다는 건 파격적인 일이었다.

마득파 역시 그 점을 의식한 듯 슬쩍 시선을 갈정립에게 던지곤 갈홍경에게 말했다.

"독존, 독수살단을 속하에게 맡기시겠다니, 마득파는 무거운 신임에 감사드릴 뿐입니다. 하지만 만독문 역사상 삼단의 지휘권은 문주로부터 소문주로 이어져 왔습니다. 한 번도 예외는 없었습니다. 어찌 마득파가 함부로 독수살단의 지휘를 맡을 수 있겠습니까? 당가와 정의련은 제 휘하의 백독마(百毒魔)들을 이끌고 가서 쓸어버리겠습니다!"

"백독마만으론 정의련의 애송이들은 몰라도 당가를 큰 피해 없이 멸문시키기엔 부족하다! 본좌가 생각하는 바가 있으니 마득파는 독수살단을 맡도록 하라!"

갈홍경이 재차 내린 명령이었다. 여기에서 거부란 목숨을 걸지 않고선 있을 수 없는 일이다.

"존명!"

마득파가 복명하자 갈홍경이 다시 독룡대전에 모인 휘하 독인들에게 눈빛을 번뜩이며 말했다.

"얼마 전 만독문은 오랜 봉문에서 벗어나 대리 점창파를 쓸어버렸다. 이제 다시 정파 무림맹으로 정예가 빠져나간 사천무림을 치는 것으로 천하정벌의 시발점을 삼을 것이다! 먼저 사천무림을 초토화하고, 정파 무림맹을 치리라!"

"독존 만세!"

"독존 만세!"

방금 전까지 갈홍경이란 공포에 떨고 있던 독룡대전 안은 단숨에 독인들의 열광적인 부르짖음으로 가득 찼다. 오랜 세월 운남의 삼림 속에서 독공을 연마하며 때를 기다려 온 독룡이 드디어 웅비를 선포했기 때문이다.

밤이 깊었다.

만독문의 성지인 독지(毒池) 위로 부드러운 달빛이 떨어져 내리고 있었다.

그와 더할 나위 없이 어울리는 고요.

독지 속에 홀로 몸을 담근 갈홍경은 눈을 지그시 감은 채 절대의 고독을 즐기고 있었다. 한낮, 독룡대전에서 보였던 무자비할 정도의 패도가 사라진 그의 모습은 지금 일개 평범한 노인에 불과할 따름이었다.

그러나 주변을 둘러싼 고요 속에 침잠되어 가던 노인의 모습은 금세 운남의 패자, 독조 갈홍경으로 되돌아갔다. 지그시 감겨져 있던 눈에서 녹색의 광망이 쏟아져 나온 것과 동시의 일이다.

파슥!

달빛만이 노닐고 있던 독지의 수면 위로 모습을 드러낸 두 개의 귀광은 빠르게 주변을 둘러봤다. 마치 무언가를 찾는 듯한 모습이다.

그러다 한곳에 고정된 시선!

귀광의 크기가 두 배로 커진 순간, 독지가 한꺼번에 끓어오르기 시작했다. 마치 열탕으로 변한 것처럼.

부글부글…….

천지사방으로 솟구쳐 오른 독지의 독기가 일제히 갈홍경의 머리 위로 몰려들었다. 마치 무언가 강력한 흡입력에 빨려 들어오는 것 같다.

회오리!

순수한 독기가 유형화된 녹색의 회오리가 갈홍경의 머리를 중심으로 만들어졌다. 흡사 녹색의 뱀이 똬리를 틀어 올리는 것 같은 형상.

녹색의 뱀은 일순 생명을 얻은 독룡처럼 독아를 드러내더니, 갈홍경의 시선이 닿은 곳으로 달려들었다.

콰륵!

독룡의 독아가 스치고 지나간 일대에서 끔찍한 독연이 치솟아올랐다. 그리고 순식간에 모든 것이 녹아버렸다.

갈홍경을 구주이십오성 중 삼패의 한 명으로 올려놓은 만독지존공(萬毒至尊功)의 위력이었다.

그러나 갈홍경의 세모꼴 눈매가 살짝 치켜 올라갔다.

뜻밖의 상황.

만독지존공의 강습으로 만신창이가 된 바위 사이로 백의를 걸친 훤칠한 장신의 사내가 모습을 드러냈다.

'천하에 아직 본좌의 만독지존공을 받아낼 자가 남아 있었던가?'

잠시 염두를 굴린 갈홍경의 눈빛이 날카로워졌다.

"혹시 북해(北海)의 북천대룡(北天大龍)이 운남에 왕림하신 건가?"

"북천대룡은 같은 삼패에 속한 독조와 마찬가지로 위대한 신마에게 패한 후 평생 북해를 떠나지 않겠다고 맹세했소이다."

"위대한 신마? 마교에서 온 자로구나!"

"기왕이면 천마신교라 불러주시오."

"흥, 마교든 천마신교든 이름 따위가 무슨 의미가 있겠는가! 명예와 목숨을 건 맹세마저도 깨지게 마련인 것을!"

갈홍경의 신형이 천천히 독지에서 모습을 드러냈다.

뼈밖엔 남지 않은 앙상한 육체.

그러나 물이나 다름없는 독지 위를 마치 평지처럼 밟고 선 갈홍경이 일으킨 장대한 기파는 삽시간에 천지를 진동시켰다. 그는 결코 작거나 왜소해 보이지 않았다.

"과연!"

백의인은 수없이 많은 바위를 녹이고도 모자라 짙녹의 독연으로 변한 만독지존공의 잔재를 소매로 흩어버렸다.

겉으로 보기엔 간단한 동작이다. 하지만 지금 그의 주변을 에워싼 독연의 본질이 갈홍경의 만독지존공임을 감안하면 사정이 달라진다. 절대독경에 이른 독인이나 초절정의 만독지체를 이룬 무인이 아니고선 꿈도 꾸지 못할 모습이므로.

그렇게 흩어진 독연 사이로 놀랍도록 아름다운 얼굴 하나가 모습을 드러냈다.

천하에서 가장 준미한 얼굴.

백의인의 정체는 여강에 잠시 모습을 드러냈던 천마무적대주 마군자 상유하였다.

만독지존공을 받아낸 백의인이 고작해야 이십대에 불과한 애송이인 걸 눈으로 확인한 갈홍경이 가볍게 침음했다.

"오마조차 아니란 말이냐?"

"오마였다면 독조의 만독지존공을 받아낼 수 없는 게 당연하지 않겠소?"

오만한 대답이다.

갈홍경은 눈앞의 상유하가 그만한 말을 할 자격이 있다고 생각했다. 그의 오만함은 전혀 어색하지 않았다.

"흥."

가벼운 코웃음과 함께 독지를 박찬 갈홍경의 신형이 단숨에 십 장의 거리를 좁히더니 상유하 앞에 떨어져 내렸다. 거의 기습을 하는 것과 다름없는 순간 이동이다.

그러나 상유하는 절대의 독인을 눈앞에 둔 채 오연히 자리를 지키고 있었다. 애초에 갈홍경의 기습 따윈 전혀 고려하지 않고 있었음에 분명하다.

씨익!

갈홍경의 입가로 평소 보기 드문 미소가 떠올랐다.

잔인한 본성을 드러내는 미소다.

"마정대전 끝에 마선 담천위가 죽고 마교 역시 끝났다고 생각했다. 그런데 그것도 아니었나 보군."

"그래서 위대한 신마와 맺었던 맹세를 깨고 만독문의 봉문을 푼 것이오?"

"신마가 죽고 검선 역시 죽었다. 이제 천하에 본좌를 막을 자가 없거늘 어찌 과거의 맹세 따위에 연연할 수 있겠느냐! 과거 마정대전에서 패퇴한 마교를 대신해 만독문이 일어섰으니, 곧 마도천하(魔道天下)가 눈앞에 이르렀다!"

"독조는 천마신교가 실패한 마도천하의 성립을 만독문은 이룰 수 있다고 생각하는 것이오?"

"안 될 것도 없지 않은가!"

갈홍경의 당당한 선언에 상유하의 단아한 눈매가 가볍게 찌푸려졌다. 갈홍경에게서 쏟아져 나오는 독기가 점차 눈덩이처럼 불어나더니 그를 압박해 들어오기 시작했다. 보통 사람 같으면 당장에 전신혈맥이 폭발할 정도의 거대한 힘을 품고서.

◆ 第三十三章 ◆

마공(魔功)과 독공(毒功)

마공(魔功)과 독공(毒功)

스윽.

상유하는 자신을 압박하는 압력이 한계에 이르기 전에 뒤로 한 발짝 물러섰다.

패퇴가 아니다.

그의 물러섬은 갈홍경의 패도적이고 직선적인 예기를 한풀 꺾는 시의적절한 것이었다.

'이런 너구리 같은 녀석을 봤나!'

폭풍 같은 기세로 눈앞의 상유하를 갈기갈기 찢어발기려던 갈홍경의 눈빛이 깊어졌다. 재밌게 가지고 놀 장난감을 발견한 아이와 같은 얼굴이다.

쉬엑!

순간 상유하를 노리고 있던 거대무비한 기운이 뱀처럼 길게 변하더니, 똬리를 틀며 갈홍경의 천령혈로 스며들어 갔다. 더 이상 상유하를 압박하지 않고 한 걸음 뒤로 물러서기로 한 것이다.

맺고 끊음이 분명한 모습.

갈홍경을 지그시 바라보고 있던 상유하의 입가로 담담한 미소가 떠올랐다.

"독조의 절세무공만으로도 만독문은 봉문을 깰 충분한 자격이 있소이다."

"마도천하의 중심이 될 자격은 없고?"

하나를 주자 나머지 밑천마저 털어달라 하는 갈홍경의 말에 상유하가 일침을 가했다.

"독조 역시 성녀와 천마신패만으론 천마신교 전체를 제압할 수 없다는 걸 모르진 않을 거라 사료되오만?"

"거기까지 알고 있었다?"

"그 외에도 몇 가지 더 알고 찾아왔소이다."

"한데도 딱히 본좌를 암습하러 온 것도 같지 않고?"

"살수 따윌 하기 위해 온 건 아니오."

"그렇군."

갈홍경이 결국 고개를 끄덕이며 수긍했다. 평생 마선 담천위를 제외하곤 어느 누구도 자신의 머리 위에 두는 걸 용납하지 않았던 마도의 거마가 상유하를 인정한 것이다.

'이젠 제대로 된 대화가 이뤄질 수 있겠군.'

갈홍경의 안색을 찬찬히 살핀 상유하가 야천 쪽으로 시선을 던지며 말했다.

"이대로 만독문이 정파 무림맹과 자웅을 겨뤄도 좋소이다."

"마교는 뒤통수를 치지 않는다는 뜻인가?"

"역사가 말해 주고 있지 않소이까?"

"확실히!"

갈홍경이 미미하게 고개를 끄덕이곤 말했다.

"마교는 언제나 압도적인 힘으로 마도에 군림했을 뿐, 단 한 번도 비겁하게 다른 세력의 뒤통수를 치는 짓은 하지 않았다는 건 인정한다. 사실 그럴 필요조차 없었지. 마교는 언제나 강했으니까."

"지금은 그렇지 않다고 말하고 싶은 것이오?"

"마교의 그 오만함이 문제였다."

"……."

"마선 담천위가 생존해 있을 때 마교가 그토록 미련스레 정파 무림맹과 정면 승부를 고집하지 않았다면, 마도천하는 벌써 이뤄졌을 것이다."

"그럴지도……."

상유하는 부인하지 않았다. 그러나 갈홍경은 자신의 눈앞에 서 있는 애송이에게서 어떤 마음의 동요도 발견하지 못했다.

절대의 평온 그 자체!

'마교에서 수백 년 만에 나온 절대의 기재가 있다는 말은 익히 들어왔다. 마군자 상유하라 했던가? 그래 봤자 오마의 수장인 영마 반여삭에게 조종되는 허수아비라 생각했거늘. 직접 보니 반여삭을 쩜쩌먹을 놈이 아닌가!'

갈홍경은 심중에서 극렬한 살기가 치솟는 걸 느꼈다. 눈앞의 상유하를 오늘 이대로 돌려보낸다면 후일 후계자인 갈정립의 심복지환이 되리란 생각이 들었기 때문이다.

순간 마치 갈홍경의 흉중을 읽기라도 한 듯 상유하가 다시 한 걸음 뒤로 물러섰다. 처음과 마찬가지로 물이 흐르듯 부드럽고 유현한 움직임.

갈홍경이 더 이상 참지 못하고 다시 만독지존공을 일으켰다.

당장 상유하를 죽이기 위해.

쉬아!

갈홍경의 천령혈에서 솟아오른 녹색 기류가 쭈욱 늘어나더니, 마치 채찍처럼 상유하를 직격했다.

순식간에 벌어진 변화!

상유하는 사선으로 자신을 갈라오는 녹색 독강(毒罡)을 냉철한 눈빛으로 살폈다. 절정고수라 해도 피할 엄두를 못 낼 듯한 만독회륜강(萬毒回輪罡)의 변화를 찰나간에 눈으로 좇는 데 성공한 것이다.

스윽.

그 다음은 이동이었다.

상유하는 만독회륜강이 가슴을 절반으로 쪼개기 바로 직전, 신형을 다섯 걸음 옆으로 이동했다. 만독회륜강의 변화 궤적을 완벽하게 읽지 않고선 보일 수 없는 신기였다.

그러나 그 순간 갈홍경의 천령혈에서 떨어져 나온 독룡이 그의 손으로 이동했다. 독강을 유형화시켰을뿐더러, 자신의 육신같이 자유자재로 다루는 경지.

쉬아!

공중에서 채찍처럼 휘어진 독강이 조금 더 길게 늘어나더니, 상유하의 전신을 휘감아왔다. 걸리기만 하면 온몸이 십칠 등분 될 기세다.

'애송아! 이것도 피해보거라!'

갈홍경의 입가에 음험한 미소가 떠올랐다. 상유하가 십칠 등분 되리란 절대적인 확신이 담긴 미소다.

그때 상유하가 오히려 만독회륜강의 강선(罡線) 속으로 달려들었다.

죽음을 재촉하는가?

그렇진 않았다. 갈홍경의 만독회륜강이 일으킨 강선이 상유하의 몸을 십칠 등분 하기 직전이다. 한 가닥 거창한 기운이 상유하의 수장에서 일어나더니 백색 번개가 되어 만독회륜강의 강선을 때렸다.

번쩍!

아무리 삼 장이 넘게 늘렸다곤 하나 강기였다. 독강이었다. 그럼에도 갈홍경의 만독회륜강의 강선은 상유하의 일장에 산산이 부서졌다. 흩어졌다.

"천마뇌백장(天魔雷白掌)!"

갈홍경이 경악하면서도 재빨리 좌수를 떠나 산산조각난 강선의 파편을 우수로 잡아끌었다. 그의 우수에서 뻗어나간 한줄기 접인지기가 반쯤 죽었던 만독회륜강의 강선을 다시 살려냈다.

그리고 내쳐진 일격!

길이를 줄인 대신 두 배로 강력해진 강선이 녹색의 독강이 되어 상유하의 가슴을 노리며 파고들었다. 다시 천마뇌백장을 펼치는 걸 재촉하는 공격이다.

그러나 상유하는 갈홍경의 뜻대로 움직이지 않았다.

천마뇌백장으로 만독회륜강에 대항하는 척하며, 그는 다시 뒤로 다시 물러섰다. 간격을 넓혀 강기 대결에서 벗어나려는 의도였다.

"어림없다!"

갈홍경이 강선을 두 개로 나눠 풍차같이 휘두르더니, 상유하를 노리며 파고들었다.

병아리를 낚아채는 매와 같은 움직임.

상유하는 순간, 거미줄처럼 조여오는 강선을 향해 두 개의 백색 번개를 쏟아냈다. 일단 강격에서 벗어나야만 했다.

그 뒤 신형을 번개같이 회전시킨 상유하의 전신으로 강력한 와선의 기류가 일어났다. 천마뇌백장의 정수인 백뢰만균(白雷萬龜)을 펼친 것이다.

쩌르르!

갈홍경은 갑자기 눈앞으로 수백 개나 되는 뇌전이 떨어져 내리는 환상을 봤다. 안구가 파열되는 것 같았다. 과거 한차례 경험해 본 바 있는 현상.

갈홍경은 상유하의 전신을 찢어발길 기세로 내쳤던 만독회륜강의 강선을 재빨리 뒤로 잡아당겼다. 과거의 경험상 강기를 전문적으로 파괴하는 천마뇌백장을 상대로 정면 승부는 어리석은 일임을 알고 있었기 때문이다.

콰릉!

강기를 거둬들인 갈홍경의 쌍수가 합쳐졌다.

불문의 고승이 합장을 한 듯한 모습.

갑자기 거둬진 만독회륜강 때문에 상대를 잃어버린 상유하의 백뢰만균이 갈홍경에게 노도처럼 밀려들었다. 수백 개가 넘는 뇌전이 일제히 폭발을 일으키는 듯한 기세와 더불어.

순간 갈홍경의 세모꼴 눈에서 안광이 번뜩였다.

'와라!'

갈홍경은 백뢰만균의 뇌전들이 한데 합쳐져 위력이 절정에 이르기 바로 직전을 기다렸다. 백뢰만균이 완성되어 천번지복할 파괴력이 발휘되기 직전의 힘의 공백지에 독수를 찔러 넣어 상유하를 절명시킬 작정이었다.

그러나 이번에도 상유하는 갈홍경의 뜻대로 움직이지 않았다. 그는 최후의 순간이 도래하기 직전 백뢰만균을 거둬들이더니 바람같이 뒤로 물러섰다.

더 이상 싸우지 않겠다는 선언이나 다름없는 모습.

좌수의 장심 가득, 평생에 걸쳐 이룩한 절대지독(絶對之毒)을 응축시켜 놓고 있던 갈홍경의 얼굴이 가볍게 일그러졌다. 지독하게 허탈해진 것이다.

'어째서……'

갈홍경의 의문은 당연했다. 방금 전의 상황은 누가 보더라도 갈홍경의 열세였다. 상유하의 백뢰만균에 밀려 갈홍경은 일패도지하기 직전이었다.

겉모양새로만 보면 분명 그랬다.

그만큼 상유하를 죽이기 위한 갈홍경의 연기는 탁월했다. 완벽하다고 자부할 수 있었다.

그런데도 상유하는 최후의 순간 손을 멈췄다.

봐준 것이다.

으득!

갈홍경은 어금니를 가볍게 사려 물었다. 평생 그를 떠받치고 있던 자부심에 금이 갔기 때문이다.

"마교의 종자야! 네가 감히 본좌를 업신여기려는 것이냐!"

상유하가 묵묵히 대답했다.

"내가 언제 독조를 업신여겼단 말이오?"

"업신여기지 않았다?"

갈홍경의 눈이 차갑게 가라앉았다. 분노가 극에 이르자 오히려 침착함을 되찾았다.

"어째서 최후의 순간 손을 거둔 것이냐?"

"독조의 손에 죽고 싶지 않았기 때문이오."

"네가 설마……."

"독조의 만독회륜강은 대단하오. 강기 자체만으로도 천하에 적수가 드물 정도의 위력이었소. 하지만 독조가 가장 자랑하는 절기는 독공이 아니오?"

"……."

"내 천마뇌백장을 독조는 한눈에 알아봤소. 그렇다면 최후의 순간 펼친 백뢰만균의 위력 역시 알고 있을 터. 백뢰만균의 앞에서 무방비 상태가 된 독조가 어떤 생각을 하고 있을진 뻔한 게 아니겠소?"

"으음."

갈홍경은 자신도 모르게 나직한 신음을 토해냈다. 이제 고작 이십대에 불과한 상유하가 생사대결 중에도 그와 같은 판단을 내릴 수 있었다는 점에 놀라움을 금할 수 없었다. 두렵기까지 했다.

'립아로선 도저히 상대할 수 없는 그릇이다!'

내심 탄식을 토한 갈홍경이 장심에 모아놓은 절대지독을 강환으로 응축해 독지로 내던졌다. 더 이상 상유하와 생사를 다투지 않겠다는 내심을 드러낸 것이다.

콰릉!

작은 폭발음과 함께 달빛만이 홀로 노닐고 있던 독지가 용암처럼 부글거리더니 미친 듯 끓어오르기 시작했다. 절대지독의 위력이었다.

"과연 독중지성!"

상유하의 탄성을 무심히 바라본 갈홍경이 감정이 느껴지지 않는 음성으로 말했다.

"본 문과 정파 무림맹의 대결에 끼어들지 않겠다고 했는가? 본좌는 자네의 의중을 알고 싶네."

"나는 천마신교 서열 십오위에 불과합니다만?"

"본좌는 자네의 의중을 알고 싶다고 했네!"

갈홍경의 살짝 목소리를 높이자 상유하의 입가에 흐릿한 미소가 떠올랐다.

"이제야 대화를 나눌 준비가 되셨군요."

*   *   *

두두두!

만독문의 총단인 애뇌산으로 향하는 사두마차에는 스스로를 천마공자라 칭하는 담인진이 몸을 싣고 있었다.

얼마 전까지 여강의 목왕부에 기거하며 음풍농월(吟風弄月)하고 있던 그의 준수한 얼굴은 지금 가볍게 찌푸려져 있었다. 얼마 전에 꼬신 납서족의 귀족 여인과 한참 질펀하게 놀고 있던 참에 독조 갈홍경으로부터 고압적인 복귀 요청을 받았기 때문이다.

'빌어먹을 묘족 늙은이! 감히 날 뭐라고 생각하는 거야! 나는 위대한 천마신교의 대통을 이어받을 몸이거늘!'

담인진은 내심 욕을 하면서도 감히 불만을 다른 때처럼 입 밖으로 내진 않았다. 지금 그를 만독문 총단으로 호위해 가고 있는 무사들은 대부분 묘족이지만, 그들의 대장인 정찬걸은 한족 출신이었다.

기분이 더럽다고 쉽사리 표시를 내어선 안 됐다. 대업을 이루기 전의 한고조 유방은 남의 가랑이 사이를 기어가는 치욕을 이겨냈지 않은가.

그렇게 담인진이 한참 자신과 한고조 간의 닮은 점을 비교하며 화를 억누르고 있을 때였다.

굽이굽이 이어진 산길을 요령 좋게 달리고 있던 사두마차가 갑자기 덜커덩 소리를 내며 멈춰 섰다. 앞서 달려가던 호위 무사들 중 한 명이 돌아와 장애물이 나타났다는 보고를 올렸기 때문이다.

"큭!"

마차가 급격히 튀어올랐다. 그 탓에 엉덩이 쪽에 상당히 불유쾌한 충격을 입은 담인진의 안색이 크게 일그러졌다. 이건 불난 데 부채질을 당한 거나 마찬가지다.

"도대체 무슨 일이냐!"

담인진의 갈라진 일갈이 터지자 호위대장 정찬걸의 보고가 들려왔다.

"길 한복판이 막혔습니다. 산사태라도 일어난 듯합니다."

"산사태?"

담인진의 얼굴에 가벼운 의혹이 떠올랐다. 아무리 산속에 만들어진 길이라 하나 사두마차가 그럭저럭 지나갈 수 있는 넓이였다. 어지간한 폭우나 지진을 만나지 않았다면 길이 막힐 정도의 산사태는 일어나지 않는다.

'게다가 운남은 폭우가 잦은 곳도 아니다!'

내심 염두를 굴리고 이상함을 느낀 담인진이 창문 밖으로 고개를 내밀었다. 그는 주변을 둘러보다 마부석 가까이에 서 있는 정찬걸에게 소리 질렀다.

"정 대장!"

"예."

정찬걸이 다가오자 담인진이 눈빛을 빛내며 말했다.

"암습이 있을지도 모르니 조심하라!"

"암습이요?"

"그렇다."

"존명!"

담인진에게 복명한 정찬걸의 얼굴로 가벼운 짜증이 스쳐 갔다. 애뇌산 근처에서 감히 만독문의 독인에게 암습을 가할 무림 세력이나 인간이 있을 리 없다. 있다면 미친 인간이나 멸문되고 싶어 환장한 문파일 것이다.

'하긴 마교의 귀빈이라곤 하나 이십대도 벗어나지 못한 애송이가 아닌가! 운남에서 만독문이 차지하고 있는 위치를 알기는 힘들 것이다.'

정찬걸은 버릇처럼 허리춤에 매단 검갑을 손가락으로 튕기곤 마차에서 물러섰다. 일단 담인진의 명령을 수하들에게 전해서 암습에 대비하는 척이라도 시켜야 했다.

정찬걸은 마차 부근을 지키고 있는 세 명의 수하에게 주변의 방비를 지시하고 바로 신형을 날렸다.

산사태로 막힌 길을 뚫기 위해 달려간 수하들 쪽이었다. 어쨌든 담인진에게 자신이 그의 명령을 충실히 이행한다는 걸 보여줘야만 했기 때문이다.

그렇게 산사태가 난 장소에 도착한 정찬걸은 금세 자신의 생각이 오판이었다는 걸 깨달았다. 담인진의 말은 최악의 형태로 현실로 나타나 그의 눈앞에 펼쳐져 있었다.

"이, 이게……."

정찬걸은 바닥의 이곳저곳에 널브러져 있는 수하들을 눈으로 살피며 입을 가볍게 벌렸다.

방금 전까지 마차를 호위하며 웃고 떠들던 호위 무사들의 숫자는 열다섯에 이르렀다. 마차 호위를 위해 남은 세 명과 대장인 정찬걸을 제외하더라도 열한 명이나 된다.

고작 마차에서 십여 장 정도 떨어진 장소에서 별다른 비명이나 소란도 없이 한꺼번에 죽거나 제압당한다는 건 믿음이 가지 않는 일이었다.

그래도 눈앞의 모습은 현실이었다.

위기감에 눈을 부릅뜬 정찬걸이 재빨리 검갑에서 칠충칠화독(七蟲七花毒)이 묻혀진 독검을 빼 들었다. 한인이라는 태생적 한계 때문에 별다른 독공을 전수받지 못한 그가 어렵사리 마련한 극독의 검이다.

채앵!

검푸른 독검으로 전면을 방어하자 정찬걸의 빠르게 뛰고 있던 심장의 고동이 간신히 평소로 돌아왔다. 일단은 살 수 있는 확률이 조금쯤 높아진 것이다.

'흉수야! 어디 나한테도 한번 덤벼보거라!'

정찬걸은 두 눈을 부릅뜨고 내력을 모았다.

흉수는 수하 십여 명을 소리없이 제압할 정도의 고수였다. 만약 정면에서 맞붙는다면 두 번의 기회는 없다고 봐도 과언이 아니었다.

지겹도록 긴 찰나!

흉수는 나타나지 않았다.

일순 정찬걸은 얼굴 근육을 가볍게 떨어 보였다. 수하들의 참변에 놀라 자신이 호위를 맡은 담인진의 존재를 잊고 있었음에 신경이 미쳤기 때문이다.

'이런 병신 같은 놈!'

정찬걸은 평소 담인진에게 몰래 내뱉곤 하던 욕설을 자신에게 퍼부으며 신형을 돌려세웠다. 흉수의 진정한 목적이 담인진에 있음은 삼척동자라도 알 수 있는 일이었다.

정찬걸이 마차를 떠나고 얼마 지나지 않아서였다.

정신을 집중하지 않고선 파악하기도 힘든 몇 마디 신음성이 담인진의 귓전을 어지럽혔다. 마차 주변의 호위를 맡고 있던 세 명의 묘족 무사가 내뱉은 비명이었다.

'고수!'

담인진이 미처 마음을 추스르기도 전이다.

콰직!

마차의 문이 말 그대로 산산조각났다.

"커컥!"

담인진의 입에서 단말마와 같은 신음이 흘러나왔다. 그의 준수한 얼굴은 이미 새하얗게 질려 있었다.

'이자가 천마공자?'

마차 문을 부순 당사자인 상유하는 다소 의외란 표정으로 담인진을 살폈다. 같이 위대한 마선 담천위의 피를 이어받은 후손이나 성녀 담화연과 달리 눈앞의 담인진은 겁 많은 소인배나 다름없어 보였기 때문이다.

"너, 너는 누, 누구냐!"

담인진이 억지로 쥐어짠 외침에 상유하가 상념을 끊었다.

그는 입가에 부드러운 미소를 만들어냈다.

"본인은 천마신교 천마무적대의 대주를 맡고 있는 상유하라 하오."

"처, 천마신교……."

"그대는 천마공자를 자처하는 담인진이란 자가 맞겠지요?"

"그, 그건……."

담인진은 말을 더듬다 못해 온몸을 부들거리며 떨었다. 그의 안색은 이젠 하얗다 못해 푸른 기운이 돌 정도였다.

그 모습을 냉연하게 바라보던 상유하가 입가에 담긴 미소를 약간 짙게 만들었다.

"그대 또한 무공을 모르는 자가 아닐 터인데 어찌 그런 모습을 보이는가? 겉으로 보이는 모습과 달리 맥박이 정상인 걸 보니, 내 방심을 유도한 후 암습의 기회를 노리는 것 같은데, 포기하는 편이 좋다."

'이 빌어먹을 마두 녀석이!'

진짜 상유하의 말처럼 담인진은 몰래 비장의 한 수를 준비하며 그럴 듯하게 연기를 해 보이고 있었다.

상대의 방심을 유도해 내야만 했다. 그래서 어떻게든 눈앞에 닥친 위기만 벗어날 수 있으면 좋았다.

서이환을 죽이고 담화연을 납치할 때와 마찬가지였다.

천마신패로 패왕혈검단을 불러 눈앞의 기생오라비처럼 허여멀건한 얼굴을 한―세상에서 자신이 가장 잘생겼다고 생각했던 그는 상유하의 절세미모를 보고 자존심이 크게 상했다―상유하를 잡아죽이기만 하면 그만이었다.

그런 내심이 들통나자 담인진은 바로 본색을 드러냈다. 그는 바로 겁에 질린 소인배의 허울을 벗어던지고 천마공자로 돌아갔다.

이미 잔뜩 운기되어 있던 내공을 돌린 그가 비장의 절기를 상유하에게 쏟아냈다.

"죽어라!"

담인진이 숨기고 있던 비장의 한 수는 소매 속에 숨겨놨던 다섯 개의 진천벽력구였다.

그의 손을 떠난 진천벽력구는 여지없이 상유하에게 격중되었다. 아니, 그의 앞에 이르기도 전에 폭발했다. 진천벽력구를 던질 시 내력을 주입해 상유하에게 이르기도 전에 폭발을 일으키게 수작을 부린 것이다. 되받아 치는 걸 방지하려는 담인진의 얕은 꾀.

물론 근거리에서 폭발하는 진천벽력구의 피폭을 담인진이 대비하지 않았을 리 없다.

휘익!

담인진은 바로 마차 천장을 박살 내고 미리 준비하고 있던 일마충천(一魔沖天)의 신법을 펼치며 공중으로 뛰어올랐다.

거의 완벽에 가까운 한 수!

진천벽력구의 연달은 폭발로 대번에 산산조각난 마차를 힐끔 내려다보며 담인진은 내심 득의만면했다.

그는 상유하가 이러한 대폭발 속에서 생존할 수 있으리란 가정 자체를 배제하고 있었다. 자신의 승리를 믿어 의심치 않았던 것이다.

담인진은 일마충천의 기세가 꺾이자 공중에서 살짝 방향을 틀어 바닥에 떨어져 내렸다. 과거 네 마리의 말이 끄는 마차가 있던 폐허 부근이었다.

"흐하하, 건방진 놈! 감히 천마신교의 유일무이한 계승자인 나 담인진을 화나게 한 벌이다!"

담인진은 광기에 찬 대소를 터뜨렸다.

구사일생(九死一生)이란 오늘과 같은 때 적당한 말이다.

그때 폭발로 인해 일어난 자욱한 연기 속에서 담담한 목소리가 들려왔다.

"이미 발각된 암습을 감행하다니, 용감한 자인가 멍청한 자인가."

"억!"

'그 폭발 속에서 살았단 말인가!'

담인진은 상유하를 암습할 때처럼 결코 망설이지 않았다. 그는 일부러 내뱉은 신음의 여운이 채 사라지기도 전에 신형을 날렸다.

휘익.

담인진이 펼친 신법은 마교의 백대마공 중 하나인 분영환마신법(分影幻魔身法)이었다.

바람같이 치달리는 그의 신형은 순식간에 수십 개의 분영을 만들어냈다. 어떻게 해서든 상유하의 추격을 떨쳐 버리기 위해 처음부터 분영환마신법의 최고 절초를 펼친 것이다.

담인진은 순식간에 십 장이나 되는 거리를 주파했다.

그때 그의 앞을 가로막는 인영이 있었다.

얼핏 보이는 검푸른 검의 그림자.

'빌어먹을, 벌써 쫓아오다니!'

담인진의 쌍수에서 검은색 기류가 쭈욱 뻗어나갔다.

콰직!

담인진이 펼친 묵성장(墨星掌)에 가슴이 박살난 정찬걸의 얼굴에 순간적으로 어이없다는 표정이 떠올랐다. 그는 마차 쪽으로 돌아오던 중 도주하고 있는 담인진을 발견하고 보호하기 위해 달려오다 참변을 맞았다.

"이, 이런 빌어… 먹을 놈!"

평소 마음속으로만 하던 욕설을 담인진에게 내뱉은 정찬걸의 몸이 힘을 잃고 바닥에 주저앉았다.

"정 대장……."

그제야 정찬걸을 알아본 담인진은 이를 갈았다. 정찬걸을 일장에 죽여 버린 걸 후회하는 게 아니다. 그 때문에 조금이나마 도주가 늦어진 것 때문에 화가 치밀어 올랐다.

퍽!

담인진은 바닥에 쓰러진 정찬걸의 머리를 발로 짓밟았다. 그의 머리를 발판으로 삼아 다시 분영환마신법을 펼치려는 의도였다.

그게 숨이 멎기 직전인 정찬걸을 격분시켰다.

"개… 자식!"

정찬걸이 자랑으로 삼고 있던 칠충칠화독이 발라진 독검이 번뜩였다. 담인진의 다리를 노리며.

"크악!"

상유하는 눈앞에서 자신의 발목을 붙잡고 울부짖고 있는 담인진의 모습을 냉연하게 바라봤다.

그는 담인진이 처음 분영환마신법을 펼쳤을 때부터 그의 뒤를 그림자처럼 따라붙고 있었다. 담인진이 천마신교의 무공을 어느 정도까지 익히고 있는지 알아보기 위함이었다.

그런 담인진이 한낱 만독문의 이류무사에 불과한 정찬걸에게 발목을 당했다. 그 모습은 가엾고 또한 어이없었다. 나름대로 단호한 암습과 도주에 조금쯤 느꼈던 흥미가 단번에 달아나는 모습이었다.

그때 덜덜 떨리는 손으로 발목 주변의 혈도를 점혈해 출혈을 막은 담인진이 이미 숨이 끊긴 정찬걸에게 기어갔다.

"이 죽일 놈! 이 미천한 놈!"

담인진은 정찬걸의 얼굴을 묵성장으로 연달아 때렸다.

마음속의 분을 풀기 위해서였다.

정찬걸의 얼굴은 결국 어육으로 변하고 말았다.

"으흐흐……."

피로 물든 자신의 손을 바라보며 담인진은 나직이 키득거렸다. 이미 그의 마음속에 상유하에 대한 공포나 도주에 대한 생각은 소멸한 지 오래였다. 어떤 의미론 생사에서 초탈해진 것이다.

그때 담인진에게 다가간 상유하가 알록달록한 반점이 생기기 시작한 그의 얼굴을 바라보며 말했다.

"독에 중독됐군."

담인진의 얼굴이 한때 정찬걸이라 불렸던 사체를 떠나 상유하 쪽을 향했다.

"날 죽일 셈인가?"

상유하가 미미하게 고개를 가로저었다.

"내가 손을 쓰지 않아도 그대는 죽는다."

"죽어? 내가……?"

담인진이 얼굴을 푸들거리다 느닷없이 상유하의 다리를 부여잡았다. 이미 진물이 흘러내리기 시작한 얼굴이 상유하의 다리에 부벼졌다.

"날 살려주시오! 날 살려주시오!"

"살려주면?"

담인진의 얼굴에 자그마한 희망의 빛이 떠올랐다.

"살려만 준다면 뭐든지 다 하겠소! 뭐든지!"

"그건 구체적이지 않군."

"구, 구체적이지 않다니! 아, 날 살려주면 만독문에서 당신에게 후사할 것이오! 천마신교와 만독문이 함께 마도천하를 만드는 것도 나쁘지 않은 일이 아니오?"

담인진은 실낱같은 희망이라도 잡은 듯 상유하에게 소리쳤다. 그의 얼굴은 이제 반쯤 썩어 들어가고 있었다.

그 처참한 모습을 묵묵히 바라보며 상유하가 다시 고개를 가로저었다.

"만독문에서는 이미 그대를 버렸다."

꿈틀!

담인진의 어깨가 와들거리며 떨렸다. 상유하가 한 말의 의미를 눈치챘기 때문이다.

'그래서 날 그렇게 고압적으로 소환했구나. 그래서 그랬던 거야, 그래서……'

상유하가 말을 이었다.

"그러니 그대가 내게 해줄 수 있는 일은 사실 별게 없다. 하지만 그대의 임기응변이나 삶에 대한 집착은 충분히 높게 평가할 만하다."

"그럼……"

"나는 이제부터 그대의 영혼을 내게 귀속시키려 한다. 그대는 이에 동의하는가?"

이미 성대까지 독기에 침습된 담인진의 목소리가 갈라져 나왔다.

"마, 만약 동의하지 못하겠다면 나… 는 어떻게 되는 것이오?"

"죽겠지."

"내, 내가 그렇게 가치가 없… 는 사람이… 오?"

"내게는 그렇다."

"그… 렇군."

담인진은 유일하게 독기에 침습당하지 않은 자신의 백옥같이 하얀 쌍수를 바라보곤 천천히 주먹을 쥐어 보였다. 그는 이제 한 쌍의 수장이나마 온전히 보전하고 싶었다.

"나, 담… 인진, 당신한테 영혼을 팔겠소."

상유하가 담담한 표정으로 대답했다.

"인정하겠다."

*   *   *

아미산을 떠나고 한 달이 지났다.

파미륵의 안내를 받으며 진자운은 쉽사리 사천을 벗어나 운남에 들어섰다. 사천과 운남의 지리에 능한 파미륵이란 길잡이 덕분에 여행의 초반은 꽤나 수월했다. 적어도 사천을 벗어나기 전까지는 그러했다.

무정(武定).

운남의 성도인 곤명(昆明)으로 향하는 길목에 위치한 소도시다. 그곳은 보통 다른 중원의 다른 지역과 비교하면 산의 정상이나 다름없는 고산 지대였다.

"뭐, 이런 곳에다 도시를 만들어놓은 거야!"

벌써 며칠째 산길을 오르내린 진자운의 얼굴에는 질렸다는 표정이 가득했다. 해도 너무한다는 생각이 들었기 때문이다.

그러자 파미륵이 초탈한 미륵의 얼굴로 고개를 가로저어 보였다.

"쯔쯧, 우매한 중생이로고. 어찌 이만한 수고를 가지고 엄살을 부리는 것인가. 앞으로 가야 할 곤명은 이곳보다 두 배는 높은 곳에 위치해 있거늘."

"두 배… 에?"

진자운이 고개를 파미륵 쪽으로 돌리고 쏘아봤다. 흩날리는 장발 사이로 보이는 눈빛이 마치 먹이를 앞둔 야수와도 같다.

그러자 파미륵이 거대한 가슴 근육을 들썩이며 웃고는 설명했다.

"크크크, 본불이 사천을 떠나기 전에 설명하지 않았던가? 운남의 성도인 곤명은 바람의 도시고, 인세의 낙원이나 다름없다고."

"여기보다 훨씬 더 높은 산꼭대기에 성을 짓고 사람들을 밀어 넣었으니 바람의 도시인 건 알겠는데, 인세의 낙원이란 건 뭘 근거로 내뱉은 말이오?"

"본래 운남은 산지가 많고 낮은 곳이 드물다네. 게다가 낮은 곳은 그야말로 뜨거운 태양과 밀림의 지옥으로 사람이 살 곳이 못 되지. 그런데 곤명은 산지에 지어진 도시이기에 일 년 사시사철 바람이 불고 쾌적한 기온을 유지한다네. 그러니 어찌 인세의 낙원이라 하지 않을 수 있겠는가."

"쳇, 그야말로 아전인수(我田引水) 격의 해석이구려. 고작 그런 이유로 인세의 낙원을 운운하다니."

진자운은 나직이 혀를 차고 파미륵에게 더 이상 투덜거리지 않았다. 이렇게 된 이상 아무리 투덜거려 봤자 별 도움이 되지 않는다는 걸 확인했기 때문이다.

"뭐, 인생이란 게 다 그런 게 아니겠는가."

"그런 인생 따윈 경험하고 싶지 않소. 아아, 배고프다. 그만 밥이나 먹으로 갑시다!"

"그러세나."

진자운의 말을 받은 파미륵이 휑 하니 앞서 걸어가기 시작했다. 그역시 배가 고팠음에 분명하다.

"그저 밥 먹자는 소리엔 재깍 반응을 보이지."

진자운이 얼른 파미륵의 뒤를 따랐다.

환영객점(歡迎客店).

지나칠 정도로 속마음이 보이는 이름이다. 점심 시간인데도 그다지 손님이 없는 객점치고는 그랬다.

객점의 간판을 보고 크게 웃은 진자운과 파미륵을 맞은 점소이는 자리에 앉자마자 주문을 늘어놓는 두 사람 때문에 입을 딱 벌렸다. 평범하게 오리구이 하나와 소면 한 그릇을 시킨 진자운과 달리 파미륵은 환영객점의 하루치 매상을 한꺼번에 주문했기 때문이다.

"저, 저기… 두 분 손님께서 그렇게나 많은 음식을 드실 수 있겠습니까?"

손을 비비며 눈치를 살피는 점소이에게 파미륵이 호탕하게 웃어 보였다.

"크하하! 오늘 이곳 환영객점은 재신(財神)의 방문을 받았느니라. 본

불은 둘째 치고 앞에 앉은 공자는 천하에서 가장 돈이 많은 분이니, 너는 전혀 걱정할 게 없다!'

"아, 예……."

'재신? 시부랄! 내 보기엔 잘 쳐줘야 표국에서 쟁자수나 하는 행색이구만!'

점소이는 습관적으로 손을 비비며 진자운의 행색을 살피곤 속으로 몰래 욕을 늘어났다.

이곳 환영객점의 주인은 근동에서도 짠돌이로 소문난 사람이었다. 손님이 무전취식을 할 경우 점소이의 월봉을 깎는 걸 당연시했다.

그러니 점소이 입장에선 이렇게 갑자기 찾아와 재신을 자처하며 비싼 음식을 잔뜩 시키는 손님이 절대 반갑지 않았다. 만약 파미륵과 진자운이 무림인으로 보이지 않았다면, 벌써 태도를 일변해 객점 밖으로 내쫓았을 것이다.

그런 점소이의 내심을 눈치로 한세상을 보낸 진자운이 모를 리 없다. 그는 품에서 은자 부스러기 하나를 꺼내 냉큼 던져 줬다. 이런 경우 백 마디 말보다 한 냥의 은자의 위력이 백만 배쯤 크다.

"난 재신이 맞다!"

한 달치 월봉이 몽땅 날아갈까 노심초사하고 있던 점소이였다. 그는 갑자기 귀를 강타한 뇌성벽력과 같이 크고, 하늘에서 강림한 보살의 옥음과 맞짱을 뜰 만한 한마디와 손에 쥐어진 은자의 감촉에 온몸을 부르르 떨었다.

"조, 조금만 기다리십쇼! 소인이 근동을 몽땅 뒤져서라도 최상의 재료를 구하고, 숙수를 닦달해서 최고로 맛있는 음식을 대령하겠습니다!"

"오냐!"

허리를 땅에 닿을 듯 숙여 보인 점소이의 머리를 진자운이 슬슬 쓰다듬어 주며 말했다.

"네 이름이 뭐냐?"

"우, 우삼입니다요."

"우삼? 좋은 이름이다."

"감사합니다!"

점소이 우삼은 다시 고개를 꾸벅 숙여 보이고, 헐레벌떡 주방으로 달려갔다. 그의 손은 진자운에게 쓰다듬어진 자신의 머리를 고이 매만지고 있었다.

그 모습을 흐뭇하게 바라보던 진자운이 파미륵에게 시선을 던졌다.

"갑자기 먹을 걸 잔뜩 시키는 걸 보니, 이곳에서 묵고 갈 작정인 것 같소?"

"눈치 한번 빠르구나."

"뭐, 눈치 하나로 밑바닥에서 기어오른 인생이오."

"그럴 것 같았다."

진자운의 말에 피식거리며 웃어 보인 파미륵이 시선을 객점 밖으로 던졌다.

"이 객점은 무정 시내의 중심가가 한눈에 보이는 곳에 위치해 있다."

"그리고 창가에 가까운 이 자리는 무정 시내를 지나다니는 사람들을 빠짐없이 살필 수 있는 곳이지요."

"그렇다. 그러니 본불은 앞으로 이곳에 앉아 한동안 식도락을 즐겨 볼 작정이다."

"언제까지?"

"그야 당연히 목표물을 찾을 때까지가 아니겠느냐?"

"당신의 목표물이 된 상대에 대해 먼저 삼가 애도를 표하는 바이오."

시큰둥하니 대답한 진자운이 순식간에 날라져 온 김이 모락모락 이는 소면에 젓가락을 댔다. 눈앞의 파미륵이 식도락을 즐기든 말든 그는 주린 배부터 채우는 게 우선이었다.

"맛있냐?"

파미륵이 소면에 젓가락을 가져다 대자 진자운의 젓가락이 이를 막았다.

파곽!

젓가락과 젓가락 사이에서 예기를 품은 경력이 충돌을 일으켰다. 네 개의 젓가락이 일으킨 기파는 일반적인 고수가 전력을 다한 것과 다름없었다.

"남의 먹을 것을 탐하지 마쇼!"

"본래 훔친 사과가 맛있다고 했느니라!"

"그럼 사과나 가서 훔치든지!"

진자운의 젓가락에 담긴 기파가 두 배로 강해졌다.

파미륵으로선 젓가락을 물리든지 내력을 더욱 북돋아 내력 대결에 들어갈 수밖에 없는 상황.

슥.

파미륵이 결국 젓가락을 뒤로 물렸다, 한마디 이죽거림을 잊지 않고서.

"에라이, 잘 먹고 잘살아라!"

"고맙수."

진자운은 두 번 대답하지도 않고 소면을 먹기 시작했다.

그 모습을 일견하고 파미륵은 다시 시선을 창밖으로 던졌다. 이제부터는 기다림과 인내의 승부였다.

사흘이 흘렀다.

여느 때와 마찬가지로 파미륵은 아침부터 창가 자리를 점거한 채 열심히 환영객점의 매상을 올려주고 있었다.

며칠간 이 세상에서 가장 행복한 점소이가 된 우삼은 낯빛 하나 찡그리지 않고 연신 음식을 날라왔다. 설사 음식을 나르다 분골쇄신(粉骨碎身)한다 해도 기꺼이 감수하겠다는 표정이다.

'제길, 지독히도 퍼먹는군!'

진자운은 지난 사흘간 파미륵의 음식 값으로 들어간 돈을 머리로 헤아리다 내심 혀를 쳤다.

지금 그의 수중에 있는 돈은 모두 돈 많은 집안의 여자—모용세가의 모용청려—에게 빌린 것으로 결코 공짜가 아니었다. 눈앞에서 한 명의 늙은 중의 배를 채워주는 데 몽땅 들어가는 모습을 보니 심사가 살짝 뒤틀려 왔다.

그때 음식을 먹는 것이 얼마 남지 않은 삶의 소명이라도 되는 듯 보이던 파미륵의 실눈에서 안광이 번뜩였다. 창문 밖으로 도사 차림의 늙은이 한 명이 무정의 중심가를 향해 재게 발을 놀리는 모습을 발견한 것과 동시의 일이다.

"크크크, 과연 서산파(西山派) 녀석들은 변하지 않았구나!"

"서산파?"

진자운이 의혹의 시선을 던지자 파미륵이 눈으로는 계속 노도사의 행적을 좇으며 설명했다.

"본불이 사천을 떠나며 운남의 성도인 곤명에 가면 자네 친구를 구하는 데 크게 도움을 줄 우군이 있다는 말을 하지 않았는가?"

"그게 서산파란 말이오?"

"애뇌산의 만독문, 대리의 점창파, 여강의 목왕부, 그리고 곤명의 서산파. 천하에서 말하는 운남의 사강파라네."

진자운의 눈에 이채가 떠올랐다.

"서산파에는 운남 사강파에 속한 것 말고도 뭔가 특별한 점이 있을 것 같구려?"

"확실히 자네 말대로 서산파에는 독특한 점이 있다네."

"그게 뭐요?"

"그건······."

진자운의 물음에 막 뭐라 말하려던 파미륵이 갑자기 벌떡 자리에서 일어섰다. 느닷없는 모습이다.

그는 손에 들고 있던 오리 다리를 입에 문 채 밖으로 뛰어나갔다. 그 커다란 몸집을 보아선 감히 상상조차 하지 못할 속도였다.

"허어!"

진자운은 사심없이 감탄했다. 남과 싸울 때를 제외하고 파미륵이 이처럼 빠르게 움직이는 모습을 처음 봤기 때문이다.

그때 막 파미륵이 주문한 오향장육을 날라온 우삼의 눈이 동그래졌다. 환영객점 숙수의 솜씨를 믿지 못한 그는 요 근래 경쟁 업체인 근처의 유월객점(遊月客店)에서 음식을 주문해 오고 있었다. 먼저 계약금까지 걸어가며.

지난 사흘간은 아무런 탈이 없었다.

하루가 끝날 때마다 진자운이 계산을 해줬기에 우삼은 오늘에 이르러선 크게 안심하고 있었다. 돈을 뜯길 가능성이 전혀 없다는 성급한 확신에 빠진 것이다.

해서 우삼이 유월객점에 건넨 오늘치 요리에 대한 계약금은 그동안 진자운에게 받은 돈의 두 배가 넘었다. 꽁쳐 놨던 쌈짓돈까지 그는 화끈하게 풀었다. 투자가 없으면 소득도 없다는 원칙 하에 벌인 일이다.

그러니 열심히 그가 날라오는 음식과 요리를 먹어줘야 할 파미륵이 갑작스레 객점 밖으로 뛰쳐나간 사건은 공포나 다름없었다. 덥지도 않은데 우삼의 이마로 땀방울이 송골거리며 맺혔다. 식은땀이었다.

"저기, 재, 재신님, 생불님께서는 다시 이곳으로 돌아오실 테지요?"

"글쎄? 그동안 이곳에서 죽치고 있어야 했던 원인이 사라졌으니, 다시 돌아오진 않을 것 같은걸."

"그, 그런……."

우삼의 얼굴이 울상으로 변했다.

이제 그를 구원해 줄 유일한 사람은 눈앞의 진자운뿐이었다.

"그럼 생불님께서 주문하신 음식들은 어떻게……?"

"취소지 뭐."

단 한마디로 우삼을 절망의 구덩이 속으로 걷어차 버린 진자운이 살짝 기지개를 켜고는 자리에서 일어섰다. 슬슬 파미륵의 뒤를 쫓아가야 할 시간이 됐다는 판단이었다.

뎅그랑!

진자운이 탁자에 던져 놓은 건 은자 한 냥.

오늘치 요리 값의 삼분지 일도 안 되는 돈이었다.

"컥!"

우삼의 입에서 비명에 가까운 신음이 흘러나왔다. 그러나 진자운은 그에게 눈길 한 번 주지 않고 신형을 돌렸다.

"으어어……!"

환영객점을 나서는 진자운의 등 뒤에서 절망에 빠진 점소이 우삼의 울부짖음이 통곡처럼 울려 퍼졌다.

◆ 第三十四章 ◆ 고명 서산파(西山派)

파미륵은 바람처럼 달렸다.

그의 모습은 비돈(飛豚)이라 함이 옳았다.

멀리서 육중한 그의 질주를 발견한 거리의 사람들은 황황히 좌우로 비켜섰다. 재수없이 살짝이라도 질주 중인 파미륵과 부딪칠 경우 생사를 장담할 수 없다는 판단이었다.

파미륵은 환영객점을 빠져나온 지 반 각이 넘지 않아 목표로 했던 노도사를 따라잡는 데 성공했다.

히죽!

진자운과의 동행 중에 배운 얄궂은 미소가 파미륵의 입가에 감돌았다. 사냥감을 눈앞에 둔 노련한 사냥꾼과 같은 표정.

스윽!

파미륵의 신형이 노도사를 노리며 순간적으로 쭈욱 늘어났다. 불문의 경공 중 하나인 축지성촌(縮地成寸)이 펼쳐진 것이다.

파팟!

순식간에 노도사와의 오 장 간격을 지척까지 줄인 파미륵의 쌍수가 현란하게 움직였다. 목표는 노도사의 견정(肩井), 협백(俠白), 곡지(曲池)의 삼 개 혈로, 모두 제압을 목적으로 하는 혈도였다.

그러나 파미륵의 수장이 접근한 순간, 노도사의 상반신이 급격히 옆으로 제쳐졌다. 흡사 뼈가 없는 것 같은 움직임.

그리고 파미륵의 수장을 노리며 짜리몽땅한 망치가 강하게 휘둘러졌다.

픽!

파미륵은 놀랍게도 평범한 궤적을 그리며 파고든 망치에 수장을 얻어맞았다.

노도사의 망치질이 특별히 빠르거나 변화가 막측해서가 아니다. 그저 파미륵은 망치가 수장을 때릴 때까지 그 기척을 전혀 느끼지 못했을 뿐이다.

'서산파의 타정기(打釘技) 팔백타법(八百打法)!'

파미륵은 망치에 얻어맞은 자신의 수장을 눈으로 훑었다.

불괴기공과 밀종 대수인으로 단련된 그의 강철 같은 수장이 찌르르 떨려오고 있었다. 자칫 뼈에 금이 갔을지도 모르는 타격을 받은 것이다.

그때 청수한 얼굴에 전혀 어울리지 않는 망치를 손에 든 노도사가 파미륵을 향해 눈살을 가볍게 찌푸려 보였다.

"빈도는 곤명의 서산에서 도학에 전념하는 자로, 강호무림의 어떤 분쟁에도 끼어들지 않소이다. 본시 도(道)와 불(佛)이 다르지 않음인데,

어찌 대사께서는 빈도를 공격하시는 것이오?"

"서산에서 도학에만 전념한다고?"

"그렇소이다."

노도사의 태도는 당당했다. 그의 손에 생뚱맞게 망치가 들려 있는 걸 감안하더라도 속세를 벗어난 선인(仙人)과 같은 모습이었다.

그러나 파미륵은 곤명 서산파에 대해 꽤나 자세히 알고 있는 사람이었다. 노도사의 모습이나 태도가 아무리 그럴듯하더라도 그에겐 관계없는 일이다.

노도사의 망치에 얻어맞은 수장을 한차례 쥐었다 펴본 파미륵이 흉험한 표정과 함께 이를 드러냈다.

"본불이 보기엔 네 녀석은 서산에서 도학뿐 아니라 망치질도 제법 배운 것 같다. 그러니 오늘 본불 앞에서 세상의 어리석은 중생들을 혹세무민(惑世誣民)하는 장광설 따윌 늘어놓을 생각은 버리는 편이 좋다!"

우웅!

파미륵의 수장이 대번에 두 배로 커졌다.

밀종 대수인을 운기한 것이다.

진자운이 파미륵을 따라잡았을 때 싸움은 이미 끝나 있었다.

파미륵의 육중한 몸에 짓눌린 노도사는 땅바닥에 얼굴을 처박은 채 힘겨운 숨결을 토해내고 있었다. 그의 타정기 팔백타법으론 파미륵의 불괴기공을 당해낼 수 없었음이 분명하다.

'흉악한 늙은이! 아예 사람을 잡고 있구만!'

아무리 속가제자라지만 진자운 역시 도가에 속한 무당파 출신이었다. 보기만 해도 친숙함을 넘어 지겹기까지 한 도복 차림의 노도사가 당한 액겁이 남의 일 같지만은 않았다.

내심 한숨을 내쉰 진자운이 두 사람 쪽으로 걸음을 옮기려다 눈에 이채를 띠었다.

"이건……."

진자운이 발견한 건 대장간에서 흔히 볼 수 있는 쇠망치였다.

윤이 반질거리는 걸로 보아 꽤나 오래됐을뿐더러 최근까지 열심히 사용되고 있던 물건이 분명했다.

진자운이 망치를 집어 들자 파미륵의 밑에 깔린 채 입을 꾹 다물고 있던 노도사가 비명처럼 소리를 질렀다.

"그, 그건 빈도의 것이오!"

"시끄럽다!"

파미륵이 솥뚜껑만한 손으로 노도사의 머리를 사정없이 짓눌렀다. 노도사를 제압하는 동안 무려 스무 번이 넘게 망치질을 당한 그의 분노는 이미 한계에 이르러 있었다. 지금 당장 노도사를 박살 내지 않는 게 이상할 지경이다.

그러나 파미륵에게 짓눌려 입이 틀어막히자 노도사는 진자운을 향해 처절하게 손을 휘저어 보였다. 그 자신의 목숨이 경각에 달한 상황임에도 진자운의 손에 들린 망치가 더욱 중요한 모양이었다.

'이 망치엔 특별한 무언가가 있다는 건가?'

진자운은 새삼스레 수중의 망치를 살폈다. 아무리 눈으로 훑고 주먹으로 두드려 봐도 평범한 망치, 그 이상의 물건으론 보이지 않았다.

"뭐, 일단은 챙겨놓고 볼까?"

진자운이 망치를 품 안에 집어넣자 노도사의 눈이 허옇게 백태를 드러냈다. 파미륵의 밑에서 거의 초인적인 의지를 발휘해 버티던 터에 진자운에게 망치를 빼앗기자 눈이 뒤집힌 것이다.

"끄으……."

노도사의 몸이 축 늘어졌다.

더 이상 짓눌렀다간 생명이 위험할 터였다.

입맛을 다시며 자신의 몸 아래 짓눌린 노도사의 새파랗게 질린 안색을 살핀 파미륵이 만근추(萬斤墜)를 풀었다. 일단은 노도사를 살려놔야만 했다.

파미륵에게 제압당한 노도사의 신분은 예상을 뛰어넘었다.

서금 진인(西金眞人).

당대 곤명 서산파의 장문인이었다.

보통 무림 대문파의 장문인이라면 대단히 존귀한 신분이었다. 함부로 문파 밖으로 나서지 않음은 물론이고, 보통 사람은 얼굴 한 번 보는 것도 하늘의 별 따기나 다름없었다.

그러나 서산파의 경우 상황이 좀 달랐다.

이백 년 전, 곤명의 서산에서 세를 일으킨 서산파는 오십 년 전까지만 해도 그 기세가 자못 놀라웠다.

─정추신공(釘鎚神功)과 타정기 팔백타법.

천하에 보기 드문 양대 타격공을 절기로 삼은 서산파는 운남 무림의 사강파 중 하나로 당당히 군림했다. 다른 삼 파와 달리 문하제자의 숫자는 적었으나 어느 누구도 서산파를 쉽게 생각하지 못했다.

물론 오십 년 전까지의 얘기다.

당대에 이르러 서산파는 크게 쇠락한 상황이었다.

오십 년 전부터 서산파는 갈수록 문하제자의 수가 줄어들고 있었다. 문파 자체를 끌어갈 인력이 턱없이 부족할 정도였다.

그래서 장문인인 서금 진인은 이번에 손수 문하제자를 받아들이기 위해 서산을 떠나 무정에 온 것이었다. 서산파의 장문신물인 뇌정추(雷霆鎚)를 소지한 채로.

무정 부근의 야산.

서금 진인은 파미륵의 추궁과혈(推宮過穴)을 받고서야 간신히 정신을 차릴 수 있었다.

서금 진인을 매섭게 추궁하는 파미륵을 지켜보고 있던 진자운은 뇌정추 부분에서 해연히 놀랐다.

"그럼 내가 주운 망치가 서산파의 장문신물이란 말이오?"

진자운이 어이없다는 듯 서금 진인에게 묻자 파미륵이 옆에서 이를 드러내며 웃었다.

"크흐흐, 서산파 장문인이 자신의 목숨보다 귀중하게 여기는 물건이 장문신물 외에 더 있겠는가?"

"그야 그렇긴 하지만……."

진자운은 품 안에 챙겨둔 뇌정추로 여겨지는 망치를 꺼내 손으로 더듬고는 눈살을 가볍게 찌푸렸다. 당최 납득이 가지 않기 때문이다.

진자운은 과거 무당파의 장문신물인 태청보검을 얼핏 구경한 적이 있었다. 그때 눈을 어지럽히는 검광에 얼마나 마음이 황홀했던가.

게다가 태청보검의 검갑과 검파에는 영락제(永樂帝)가 하사한 칠채

보주가 장식되어 있어 그 위엄이 더했다. 세상사에 대해 아무것도 모르는 사람이 보더라도 천하의 보물임을 알 수 있을 정도였다.

그런데 서산파의 장문신물은 어떠한가?

진자운이 보기에 뇌정추는 그냥 평범한 망치 이상의 걸로 보이지 않았다. 대충 근동의 대장간에 던져 놓으면 서금 진인을 비롯한 서산파의 문인들이라 해도 다른 망치들과 진가를 구별할 수 없을 것 같았다.

'정말 이해가 안 가는군.'

진자운은 별다른 생각 없이 내력을 운기하며 뇌정추로 주저앉아 있던 바닥을 내려쳤다.

그러자 진자운의 손에 들린 뇌정추를 뚫어지게 바라보고 있던 서금 진인이 놀라 소리쳤다.

"위험……!"

따앙!

서금 진인의 제지는 한발 늦었다. 그때 이미 뇌정추는 진자운이 앉아 있던 바위 위를 때린 후였다.

쩌릉!

마치 대지 위로 떨어져 내린 벼락이나 다름없었다.

내력이 깃든 뇌정추의 일격에 진자운이 앉아 있던 만 근의 바위는 단숨에 산산조각이 났다. 성인 장정의 손아귀에 쏘옥 들어오는 크기의 망치가 만들어낸 결과치고는 이해가 가지 않을 정도의 위력이었다.

진자운은 크게 놀랐다.

그는 뇌정추가 바위를 부수는 것과 동시, 앉아 있던 자리를 박차고 펄쩍 뛰어올랐다. 서금 진인의 일갈은 경각심을 심어주기에 충분했던 것이다.

"뭐야, 이거!"

신형을 회전시키며 산산조각난 바위 부근에 떨어져 내린 진자운은 수중의 뇌정추를 바라보며 눈빛을 빛냈다. 방금 전까지의 심드렁한 표정은 이미 사라진 지 오래였다.

뇌정추가 완전히 마음에 들어버린 것이다.

그때 진자운이 순간적으로 펼친 신법이 제운종임을 알아본 서금 진인이 크게 놀라 소리쳤다.

"무량수불(無量壽佛)! 소협은 무당파의 도우(道友)였구려!"

'이런!'

진자운은 서금 진인에게 자신의 정체가 들켰다는 걸 깨닫고 내심 혀를 찼다. 무당파의 제자인 걸 아는 상대에게 장문신물인 뇌정추를 꿀꺽 삼키긴 힘들었기 때문이다.

진자운은 수중의 뇌정추를 바라봤다.

그의 손은 열심히 뇌정추를 만지작거리고 있었다.

방금 전까지만 해도 별 볼일 없는 일개 망치에 불과했던 녀석이 갑자기 절세의 신병으로 보였다. 보면 볼수록 마음에 들어 서금 진인에게 돌려주고 싶은 마음이 병아리 눈곱만큼도 없었다. 솔직히 나중에 어찌 되든 그냥 꿀꺽 삼키고 싶은 게 본심이라 할 수 있었다.

"난 무당파 제자이긴 하지만 도사는 아니오!"

"그럼 속가제자……."

"그렇소이다."

진자운의 퉁명스런 대답은 그의 내심이 어떠한지를 웅변하고 있었다.

언제 희색이 만면했냐는 듯 불안한 표정이 된 서금 진인이 진자운과 뇌정추를 연달아 살폈다. 애간장이 타고 속이 바짝바짝 말라 들어가는 표정이었다. 그가 보기에 눈앞의 진자운은 도가 제자의 품성과는 완전히 담을 쌓은 듯 보였기 때문이다.

'결국 본 파의 중대한 비밀을 털어놓을 수밖에 없단 말인가!'

내심 가볍게 한숨을 토한 서금 진인이 비장한 표정으로 진자운을 불렀다.

"소협, 다시 내력을 운기한 후 나무를 향해 뇌정추를 휘둘러 보시오."

"나무에?"

"그렇소."

서금 진인은 더 이상의 설명을 덧붙이지 않았다. 백문(百聞)이 불여일견(不如一見)이고, 일견(一見)이 불여일타(不如一打)란 의미였다.

"나무라……."

진자운은 잠시 서금 진인의 얼굴을 살피고 그리 멀지 않은 곳에 서 있는 앙상한 고목 쪽으로 걸어갔다.

고목은 얼마 전에 번개를 맞았는지 시커멓게 탄 자국이 여실했다. 아직까지 대지에 뿌리를 박고 서 있는 게 용해 보이는 모양새였다.

그런 허접한 고목을 향해 진자운이 수중의 뇌정추를 휘둘렀다. 방금 전과 동일한 정도의 내력을 담아서.

퍽!

내력이 담긴 뇌정추가 고목 깊숙이 박혀 들어갔다.

고목은 밑동까지 흔들거렸다.

그러나 진자운이 바라는 바와는 거리가 먼 결과였다. 그는 방금 전 바위를 때렸을 때와 같은 천번지복하는 위력을 기대하고 있었던 것이다.

"어째서?"

진자운이 눈살을 찌푸리며 뇌정추를 바라보자 서금 진인이 나직이 한숨을 토해냈다.

"소협, 뇌정추가 본래 그렇소이다. 바위를 깨는 데는 천하에 다시없는 보물이나 다른 데는 전혀 쓸모없는 일개 망치에 불과하다오."

"그게 정말입니까?"

"어찌 출가인이 거짓말을 할 수 있겠소."

'또 모르지, 문파의 보물을 되찾기 위해서라면.'

진자운은 서금 진인에게 불신의 시선을 던졌다. 크게 마음에 든 뇌정추가 돌 깨는 데 말고는 쓸모가 없다는 현실을 절대 받아들이고 싶지 않은 심정이었다.

그때 두 사람의 대화를 묵묵히 듣고 있던 파미륵이 갑자기 끼어들었다.

"진 소협, 서금 말코의 말은 사실일 것이네."

"포대화상은 어찌 그걸 확신하시는 거요?"

"짐작 가는 바가 있기 때문이네."

"짐작 가는 바?"

파미륵이 진자운의 질문에는 대답하지 않고 서금 진인을 향해 말했다.

"본불이 알기로 서산파는 오십 년 전부터 엄청난 역사(役事)를 일으키고 있다고 들었는데, 말코의 꼴을 보니 아직도 끝나지 않았나 보구만?"

"쉽사리 이룰 수 있다면 그것을 어찌 역사라 할 수 있겠소이까?"

"그도 그렇군."

파미륵은 놀랍게도 순순히 수긍하는 표정을 보였다.

그리고 밉살맞은 한마디를 던졌다.

"그런데 아무리 장문인이 직접 나섰다 한들 서산파같이 평생 막노동만 하는 문파에 입문할 제자가 있겠는가?"

"천하는 넓고 수행에 평생을 보내고자 하는 신실한 자는 반드시 있는 법이오."

"그런데 장문인쯤 되는 신분으로 막노동시킬 제자를 납치하기 위해 이곳까지 온 것인가?"

"그, 그건……."

"왜? 본불이 어찌 그걸 알았는지 궁금한가?"

"……."

서금 진인을 바라보는 파미륵의 얼굴이 극도로 사악하게 변했다. 평소 후덕하기만 하던 얼굴 이면에 어찌 이런 악랄하고 극악스런 표정이 숨어 있었는지 의심스러울 정도의 변화이다.

그러나 서금 진인으로선 파미륵의 표정 변화를 살필 겨를이 없었다. 그는 서산파 최대의 치부를 외부인에게 들킨 것만으로도 이미 반쯤 정신적인 죽음을 맞고 있었다.

그때 파미륵이 잡은 쥐를 가지고 노는 고양이 같은 표정으로 실실 웃으며 결정타를 날렸다.

"크크크, 정말 아무것도 모르고 있는가 보구만. 얼마 전 운남 무림을 일통하는 데 성공한 만독문이 어째서 썩어도 준치라고 사강파 중 하나인 서산파를 여태까지 그냥 내버려 뒀는지를."

서금 진인이 시커멓게 죽은 얼굴을 부르르 떨었다.

"서, 설마 만독문에서 이미 본 파의 행사를 미리 알고 있었단 말이오?"

"만약 만독문의 앞에 장애물이 될 것 같으면 천하에 이와 같은 사실을 알릴 작정이었지. 그럼 만독문으로선 손 안 대고 코를 푸는 격이 아니겠는가?"

"아아, 그런……."

서금 진인은 양손으로 자신의 머리를 부여잡았다. 파미륵이 한 말이 모두 진실임을 확인시켜 주는 모습이었다.

파미륵이 차갑게 말했다.

"그러니 서금 말코는 이제부터 본불의 말을 하늘처럼 여겨야 할 것이다! 반항은 용납되지 않아!"

"그, 그건……."

"어허!"

파미륵이 가볍게 언성을 높인 순간, 서금 진인이 얼른 입을 다물었다. 그가 보기에 눈앞에 있는 파미륵은 만독문의 요직에 있는 사람이 분명했다.

그렇지 않다면 아무리 쇠락했다지만 당당한 서산파의 장문인인 자신을 쉽사리 제압할 순 없다.

어째서 무당파의 제자인 진자운이 사악한 사마외도와 어울리는지는 알 수 없었지만, 현 상황이 자신과 서산파에 극히 불리하다는 건 확실했다.

'후우, 어쩌다 본 파가 이렇게까지 됐다는 말인가!'

서금 진인의 고개가 천천히 떨궈졌다.

그는 오십 년 전 서산파의 명성을 끝없는 나락까지 추락시킨 전전대 장문인인 오허 진인(五虛眞人)을 떠올리며 이를 악물었다. 조사인 그에 대한 원망을 금할 수 없었기 때문이다.

오허 진인.

그는 서산파의 역대 장문인 중에서도 이재(理財)에 무척이나 밝은 사람이었다. 사업적인 수완이 탁월하단 뜻이다.

덕분에 당시 서산파의 문인들은 역대 어느 때보다 많아졌고, 도관은 부유해졌다. 곤명의 돈 많은 부자들을 후려쳐 돈을 기부하게 만드는 오허 진인의 실력은 그야말로 예술 그 자체였다. 타의 추종을 불허했다.

예를 들어 오허 진인은 애를 못 낳는 귀부인들에겐 수태를 도와주는 칠성신모(七星神母)를 팔았고, 돈을 밝히는 부자들에겐 부귀를 보장해 주는 재신을 들먹였다.

범인들이 보기엔 아무런 부족함이 없이 지내는 것처럼 보이는 사람들의 마음속이 실제론 훨씬 불안하고 빈한하다는 걸 그는 잘 알고 있었다.

한 장, 한 장의 부적들…….

천금의 값어치를 호가하는 부적들이 불타나게 팔렸다.

서산파는 곤명의 경면주사(鏡面朱砂)와 괴황지(부적에 쓰이는 재료)의 절대적인 소비처였고, 도사들의 얼굴빛은 나날이 좋아지기만 했다.

그러나 달도 차면 기울고, 화무십일홍(花無十日紅)이라 했다.

본래 불교가 성했던 곤명에서 욱일승천 성가를 드높이는 데 성공한 오허 진인은 서산을 거닐던 중 일생일대의 역사를 떠올린다.

후일 희대의 사기극!

혹은 돈에 미친 광도(狂道)의 정신 나간 짓거리라 불리게 된 서산 용문석굴(龍門石窟)의 공사에 착수하게 된 것이다.

서산파의 문인이라면 결코 다시 떠올리기 싫은 역사의 시작은 순조로웠다. 오허 진인은 특유의 강력한 추진력과 그동안 쌓아놓은 곤명 귀족들과 부자들의 압도적인 지원을 등에 업고 공사를 강행했다.

곤명 시내가 한눈에 내려다보이는 서산의 암벽이 파헤쳐지기 시작했다. 돌이 부서지고 동굴이 파이고, 계단이 하나하나 자리를 잡기 시작했다.

공사의 주체는 서산파의 도사들이었다.

그동안 서산파에서 잘난 장문인 덕에 배를 두드리며 잘 먹고 잘 지냈던 문하제자들은 하루 열 시진을 노동으로 보냈다. 그들의 개기름이 흐르던 얼굴은 고된 작업으로 점차 피폐해져 갔고, 사고사가 속출했다.

서산파는 천국에서 지옥으로 변해갔다.

그러는 동안 오허 진인은 곤명 부자들에게서 거둬들인 찬조금이 쌓이는 소리를 들으며 콧노래를 흥얼거렸다. 그의 생각에 당대에는 도저히 끝낼 수 없는 용문석굴 공사는 돈이 열리는 나무였고, 인생 최대의 성공작이었다.

그는 점차 지쳐 가는 제자들을 더욱 몰아치는 데 사정을 두지 않았다. 공사의 진척이 있을수록 부자들의 주머니에서 나오는 돈의 양은 늘어만 갔기 때문이다.

그러다 사고가 터졌다.

지나치게 고된 작업에 불만을 품은 제자 하나가 오허 진인이 사적으로 관리하던 돈 항아리의 존재를 곤명 관부에 고변한 것이다.

관부의 수사에 의해 밝혀진 오허 진인이 따로 착복한 공사 대금은 돈 항아리 열 개를 가득 채울 정도의 황금이었다.

그야말로 천문학적인 금액.

게다가 권세나 물욕을 탐해서는 안 되는 출가인이 저지른 범죄였다. 그동안 오허 진인과 서산파에 의해 일어난 도풍(道風)을 마뜩찮게 보고 있던 곤명 불교계가 일제히 목소리를 높이기 시작했다.

오허 진인과 도풍 죽이기가 시작된 것이다.

그와 함께 곤명에서 백오십 년 역사가 당당하던 서산파 역시 몰락의 길을 걷기 시작한 건 당연한 수순이었다.

'그래도 어떻게든 문파를 유지하고 용문석굴을 완성해 땅에 떨어진 본 파의 명예를 되찾고 싶었거늘……'

내심 나직이 탄식한 서금 진인의 안색이 검게 물들었다. 파미륵한테 제압된 상황에서도 힘을 잃지 않고 있던 눈의 정기는 이미 사라진 지 오래였다.

'상황 종결이군.'

진자운은 수중의 뇌정추를 한차례 돌려보곤 고개를 가로저었다. 자신이 끌어들인 파미륵이지만 그의 악마 같은 일 처리에는 혀를 내두르지 않을 수 없었다.

밤.

서금 진인이 포함된 진자운 일행은 무정에서 하루 더 묵기로 하고 환영객점으로 돌아왔다. 절망의 바다에 빠져 허우적거리고 있던 점소이 아삼에게는 하늘이 내려준 회생의 기회가 아닐 수 없었다.

아삼은 하늘이 준 두 번째 기회를 꽉 잡았다.

절대 놓치지 않을 기세였다.

아삼이 열심히 객점 주인을 설득한 덕분에 진자운 일행은 환영객점 유일의 별채를 단독으로 얻을 수 있었다.

별채의 대청에 앉아 밤바람을 쐬고 있던 파미륵 곁으로 진자운이 다가와 앉았다.

"슬슬 설명해 주쇼."

"뭘 말인가?"

파미륵이 음흉을 떨자 진자운이 씩 웃어 보였다. 뭔가 음모를 담은 미소다.

"자꾸 그딴 식으로 굴면 좋지 않다는 걸 알 텐데요."

움찔!

파미륵이 어깨를 가볍게 떨었다. 진자운이 뭘 가지고 협박을 하는지 그는 너무나 잘 알고 있었다.

'빌어먹을 애새끼!'

파미륵은 진자운을 속으로 욕하며 만면에 후덕한 미소를 활짝 지어 보였다.

"허허, 젊은 사람이 성질 하고는."

"나 원래 성질 더럽소."

"끄응, 그래, 뭐가 궁금한 건가?"

파미륵이 결국 완전 투항의 의사를 보이며 두 손을 들어 보이자 진자운이 이를 드러내며 웃었다.

"우선 첫 번째로 낮에 내가 했던 질문에 대한 대답을 듣고 싶소."

"어째서 서산파에서 뇌정추같이 돌을 깨는 데밖엔 쓸모가 없는 물건을 장문신물로 쓰는지 궁금하다는 거?"

"그렇소. 사실 꽤나 웃기는 일이 아니오?"

"웃긴 일이지. 그렇지만 서산파는 지난 오십 년간 곤명에서 엄청난 대공사를 벌이고 있는 중이라네. 현재 서산파 소속 도사들의 숫자를 보자면, 그 공사는 진시황(秦始皇)이 만리장성(萬里長城)을 쌓은 것보다 미친 짓이라 할 수 있지. 그러니 돌을 깨는 데 대단한 위력을 보이는 뇌정추가 서산파의 말코들에겐 천하에 다시없는 보물일 수 있을 것이네."

"뭐, 그렇기도 하겠구려."

진자운은 납득한 듯 고개를 끄덕였다. 그러나 여전히 미련이 남았는지 그는 어느새 품에서 꺼내 든 뇌정추를 손으로 만지작거렸다. 그만큼 뇌정추가 맘에 들었다는 의미다.

파미륵이 그 모습을 보고 실실 웃었다.

"서산파에게는 앞으로 꽤나 많은 협조를 받아야 한다네. 그러니 그 뇌정추는 돌려주는 편이 좋을 것이야. 서산파같이 앞뒤로 꽉 막힌 말코들이 앙심이라도 품으면 앞으로 골치 아픈 일이 많이 발생할 테니까."

"골치 아픈 일?"

"서산파의 양대 절기인 정추신공과 타정기 팔백타법은 돌을 쪼고 땅을 파는 와중에 완성된 무공이라네. 만약 자네가 쉬고 있는 집 밑을 녀석들이 땅을 파고 숨어들어 온다면 어찌하려는가?"

"그건… 골치 아픈 일이겠구려."

"골치 아프다 뿐인가."

"그럼 내가 뇌정추를 가질 방도란 아예 없는 일이오?"

"없진 않지."

"뭐요?"

"이번에 자네의 친구를 구출해 낸 다음 서산파 녀석들을 모조리 죽여 없애면 된다네."

"……."

진자운은 잠시 파미륵의 옆얼굴을 바라봤다. 천연덕스런 표정으로 한 문파의 멸문을 얘기하는 파미륵의 모습이 꽤나 비정해 보였기 때문이다.

'역시 사마외도란 말인가?'

진자운이 수중의 뇌정추를 다시 한차례 쓰다듬었다.

그새 마음을 정리한 것이다.

그 모습을 실눈으로 살피며 파미륵이 흉악한 표정을 지어 보였다.

"진 소협도 생각보다 마음이 약하구만?"

"그보단 포대화상이 지나치게 흉악한 거요!"

"그럴지도 모르지. 하지만 자신이 원하는 걸 얻기 위해 그 정도의 각오도 할 수 없다면… 결국 죽게 될 거네."

"만독문에게?"

"만독문에는 독조를 제외하더라도 본불보다 강한 고수가 적어도 세 명은 넘는다네. 그중 소문주인 독중독인 갈정립의 경우 이미 절대독경에 이르렀으니……."

"갈정립과는 이미 한차례 싸워본 일이 있소."

"뭐?"

파미륵이 평소답지 않게 놀란 표정을 진자운에게 던졌다.

그가 아는 갈정립은 만독문의 서열 이위인 소문주이기 이전에 독조 갈홍경에 이어 가장 이른 나이에 절대독경에 이른 십대고수의 으뜸이었다.

무공은 극강하고 성격은 차갑고 비정하다.

게다가 불사의 독강시인 십대독인마저 이끌고 다니는 그와 맞붙고 살아난다는 건 있을 수 없는 일이었다. 적어도 파미륵이 생각하는 바는 그랬다.

파미륵의 시선 속에 담긴 놀람을 내심 즐기며 진자운이 히죽 웃어 보였다.

"그리 놀랄 것 없소, 그를 이기진 못했으니까."

"그와 맞붙고 살아남은 것만으로도 본불에겐 충분히 놀랄 만한 일이네."

"포대화상이 날 너무 과소평가하셨구려."

"뭐, 본불을 이겼으니 나이에 비해선 대단한 애송이란 생각은 하고 있었네만, 갈정립과 맞붙을 정도라곤 생각지 못했네."

"솔직해서 좋소."

파미륵의 넓은 등판을 손바닥으로 한차례 때린 진자운이 자리를 털고 일어섰다. 이미 마음속에서 버린 뇌정추를 서금 진인에게 돌려주기 위해서였다.

"자려는가?"

"본래 착한 젊은이는 일찍 자고 일찍 일어나는 게 기본 아니겠소?"

"어디의 누구를 말하는 건가?"

"아하하!"

진자운이 파미륵에게 대소를 터뜨리곤 별채 안으로 걸어 들어갔다. 뇌정추를 손으로 휘휘 휘둘러 보이며.

사흘 후.

무정을 떠난 진자운 일행은 운남의 성도인 곤명에 도착했다.

대성시인 곤명성 앞에는 어마어마한 크기의 곤명호(昆明湖)가 바람에 잔잔한 파랑을 일으키고 있었다.

끝이 보이지 않는 크기!

이미 강남에서 바다와 견준다는 태호나 아름다움의 대명사인 항주의 서호를 구경한 바 있는 진자운이었다. 그럼에도 그는 곤명호를 보고 탄성을 금치 못했다. 곤명성 같은 고산 지대에 이처럼 엄청난 규모의 호수가 있다는 게 믿겨지지 않았기 때문이다.

그런 진자운을 갓 상경한 시골뜨기 보듯 바라보던 파미륵이 입가에 실룩거리는 미소를 담고 말했다.

"그러게 본불이 곤명을 일러 뭐라 했던가?"

"생각나지 않소."

"뭐라?"

파미륵이 미간을 좁혀 보였으나 진자운은 전혀 개의치 않았다. 그는 곤명까지 오는 동안 그럭저럭 친해진―뇌정추를 돌려준 게 큰 작용을 했다―서금 진인에게 질문을 던졌다.

"진인, 서산에 가려면 배를 타고 가야하겠습니다?"

서금 진인이 청수한 얼굴을 가볍게 흔들었다.

"진 소협, 꼭 그렇지는 않소이다. 서산은 곤명호를 따라 오 리쯤 걸어가면 나온다오."

"그건 아깝군요. 배를 타고 곤명호를 한차례 둘러보고 싶었는데……."

말끝을 흐린 진자운이 곤명호를 바라보며 입맛을 다시자, 서금 진인이 얼른 제안했다.

"그럼 배를 타고 갑시다. 곤명호 근처에는 고기 잡는 걸 생업으로 삼고 있는 어촌이 제법 된다오."

"그래도 되겠습니까?"

"어차피 무정에 갔던 일이 실패로 돌아갔소이다. 빈도로선 굳이 본 파에 빨리 돌아갈 필요가 없구려."

서금 진인은 서산파에서 가장 중시 여기는 제자 영입 작업을 중간에 방해한 원흉들을 바라보며 쓰게 웃어 보였다. 그러나 세상에서 가장 뻔뻔한 사람을 고르라면 반드시 강력한 후보에 오를 두 사람, 진자운과 파미륵은 서로를 바라보며 어깨를 으쓱할 뿐이다.

"그럼 결정됐습니다."

진자운이 손뼉을 치자 파미륵이 실눈을 게슴츠레하게 뜨고 서금 진인을 바라봤다. 그의 마음속에 담긴 의도를 읽기 위함이었다.

'무당파의 진 소협에게는 미안하지만, 만독문과 관계있는 사마외도를 본 파에 데려갈 순 없다. 빈도가 설혹 곤명호의 물귀신이 된다 하더라도. 빈도가 없더라도 본 파에는 육 사제가 있으니 큰 걱정은 없을 것이다.'

서금 진인은 파미륵의 실눈을 어색한 표정으로 회피했다.

"그럼 두 분은 빈도를 따라오시지요."

서금 진인이 앞장서자 희희낙락한 진자운과 입가에 작은 냉소를 띤 파미륵이 그 뒤를 따랐다.

진자운 일행이 곤명호 부근에 이르자 과연 어촌이 보였다.

호수변을 중심으로 삼삼오오 늘어서 있는 독특한 형식의 돌집들은 한눈에 이곳이 중원의 변두리인 운남임을 알게 했다.

"배 크기가 그리 크지 않군요?"

진자운이 호수변에 정박해 있는 고깃배들을 살피며 묻자 서금 진인이 설명하듯 말했다.

"곤명은 사시사철 봄 날씨이고, 비가 오는 날 역시 그리 많지 않다오. 그러니 호수에서 고기를 잡는 배들이 클 까닭이 없지 않겠소."

"그도 그렇군요."

진자운은 미미하게 고개를 끄덕였다. 그러나 그의 시선은 파미륵을 살피고 있었다. 과연 그의 생각도 서금 진인과 마찬가진지를 알고 싶었기 때문이다.

그러자 파미륵이 진자운을 향해 특유의 미소를 지어 보였다.

[서금 말코의 말을 잘도 믿는 척하는구만?]

[그렇게 티가 났소?]

[흥, 본불이 지금까지 바보와 여행을 함께했을 리가 없지 않겠나. 그런데 어찌 이리 얌전히 있는 것인가? 설마 하니 본불이 다시 서금 말코를 두들겨 패기를 기대하고 있는 건 아닐 테지?]

[아아…….]

진자운은 전음을 끊고 배를 구하기 위해 선착장으로 달려가는 서금 진인의 뒷모습을 눈으로 살폈다. 곤명호에 도착했을 때부터 지나칠 정도로 긴장해 있는 그의 모습을 보고 있자니 왠지 입가에 웃음이 배어 나왔다.

"포대화상이 서산파가 땅 파고 돌 깨기론 천하제일이라고 했지 않소?"

"그랬지."

"그렇지만 포대화상의 말마따나 만독문은 대단한 곳이니, 내 친구를 그곳에서 구하기 위해선 땅 파고 돌 깨기만 잘해가지고선 곤란하오."

"호오!"

파미륵의 실눈이 조금 커졌다. 곤명에 오기까지 아무런 생각이 없어 보이던 진자운이 꽤나 뜻밖의 말을 했기 때문이다.

"그래서 진 소협은 서산파 장문인의 역량을 다시 한 번 확인해 보겠다는 뜻인가?"

"적어도 나와 포대화상 중 한 명쯤은 크게 고생하게 만들 수 있기를 희망하는 바이오."

"그렇지 않다면?"

"이번 계획에서 서산파는 제외할 작정이오."

진자운이 말을 끝낸 순간, 서금 진인이 어부와의 거래를 끝마치고 신형을 돌려 손을 흔들어 보였다. 여전히 어색한 음모꾼의 표정이나 진자운은 그를 향해 히죽 웃어 보였다. 어떤 의심이나 의혹도 품지 않은 듯 천연덕스럽게.

'허어, 저리 순진한 소협이거늘…….'

서금 진인은 살짝 가슴을 손으로 더듬었다. 진자운이 큰맘먹고 돌려준 뇌정추가 들어 있는 부근이었다.

그때 그의 뒤에 서 있던 어부가 약간 불안한 표정으로 속삭였다.

"진인, 정말 그런 배를 줘도 되겠습니까?"

"조용하시게!"

"저기, 그치만…….'

서금 진인이 순간적으로 식지를 곧추세워 어부의 하단전 부근을 건

드렸다. 아주 살짝이.

'헉!'

어부의 얼굴이 사색으로 변했다.

그때 서금 진인의 전음이 그의 귀전을 울렸다.

[만약 빈도의 일을 방해한다면, 평생 하체가 마비되어 밤을 두려워하는 고자가 될 것이네!]

"……."

[알아들었으면 고개를 끄덕이시게.]

어부가 얼른 고개를 끄덕였다. 필사적이었다.

그 모습을 확인도 하지 않고 서금 진인이 진자운과 파미륵을 맞기 위해 걸음을 옮겼다. 이미 그의 식지는 어부의 하반신을 떠나 낡은 도포 자락 한 켠에서 비벼지고 있었고.

*　　　*　　　*

탁!

석굴에 대자로 누워 육효(六爻)를 뽑아보던 육노당은 갑자기 크게 눈살을 찌푸려 보였다.

대흉(大凶)!

육효 육십사괘 중에서도 가장 나쁜 수가 뽑혔다.

대낮부터 작업은 제쳐 놓고 심심파적 삼아 하루 운수를 뽑아보던 육노당으로선 기분 잡치는 일이 아닐 수 없었다.

"육시랄! 어찌 이런 똥물에 빠졌다가 튀겨져 나올 괘가 뽑혔더란 말이냐! 가뜩이나 간밤 노름판에서 쌈짓돈을 몽땅 털려 기분이 꿀꿀하던 참이거늘!"

육노당은 옆구리에 찬 호리병을 떼어 입가로 가져갔다. 술이라도 마시지 않고선 기분을 풀 길이 없었다.

그러나 역시 대흉은 그냥 나올 만한 괘가 아니다.

똑! 또르르…….

호리병의 주호에서 굴러 떨어진 술 한 방울이 아슬아슬하게 육노당의 입가를 스치고 옆으로 흘러내렸다. 호리병에 담겨 있던 최후의 한 방울이 덧없이 운명을 달리한 것이다.

"이이…….."

육노당은 호리병을 마구 흔들다 열이 받아 자신도 모르게 손아귀에 힘을 주는 우를 범했다.

우직!

육노당이 애지중지하던 호로병이 산산조각났다.

게다가 호로병은 그냥 덧없이 사라지기만 한 게 아니다. 마치 자신을 이렇게 만든 육노당에게 복수라도 하듯 호로병의 깨진 조각이 손바닥을 파고들었다.

"크으!"

육노당은 호로병을 부순 손을 펴며 송충이 같은 눈썹을 크게 꿈틀거렸다. 결을 따라 부서진 호로병의 사금파리가 손바닥 깊숙이 생채기를 내고 있었다.

"…액땜을 한 거면 좋겠지만."

육노당은 혀를 내밀어 손바닥에서 배어 나오는 핏물을 핥고 사금파리를 이로 물어 빼냈다.

"퉤!"

사금파리를 뱉어내는 육노당의 입술이 피로 물들어 있었다. 입술 역시 손바닥처럼 살짝 찢어져 있었다.

그때 육노당이 누워 뒹굴고 있던 석굴 안으로 사람의 그림자 하나가 모습을 드러냈다. 육노당의 몇 명 없는 사질인 영생(靈生)이었다.

"육 사숙, 이런 곳에서 또 뒹굴거리고 계시는 겁니까?"

"시벌놈! 너 뭐라고 했냐?"

육노당의 눈빛이 어둠 속에서 새파란 빛을 발하자 영생이 움찔 몸을 떨었다. 숙질 간이라곤 하나 서산파 장문인인 서금 진인의 대제자인 영생과 육노당의 나이는 별 차이가 없었다.

기껏해야 네댓 살 차이?

해서 육노당과 영생은 평소 배분을 떠나 거의 친구나 다름없이 지내고 있었다. 본래 힘든 일을 하는 사이일수록 친밀해지고 격이 없기 마련인데, 두 사람은 서산파에 납치되어 억지로 제자가 된 이래 이십여 년간 죽어라 일만 해왔다. 서로의 가련한 신세를 애석해하는 동안 미운 정, 고운 정이 골고루 들지 않았을 리 없다.

그래도 배분은 배분이고, 육노당은 서산파에서 역대 가장 성질 더러운 제자로 유명한 사람이다. 여차직하면 안면몰수한 그에게 반쯤 죽도록 두들겨 맞을 수 있다는 걸 아는 영생이 놀란 표정이 된 건 당연한 일이다.

'자식, 쫄기는!'

육노당은 혀로 상처 난 입술을 핥아 피를 빨아들이곤 바닥에 다시 침을 뱉었다. 입술과 손바닥에 난 상처 부위가 쓰리긴 했으나 그럭저럭 참을 만했다.

"혹시 사고라도 난 거냐?"

육노당의 목소리가 평소로 돌아오자 잔뜩 긴장해 있던 영생의 입에서 가는 한숨이 흘러나왔다.

서산파의 차기 장문인으로 내정됐을 정도로 특출난 무공 재질과 망치 솜씨를 자랑하는 영생이다. 하지만 그는 방금 전 육노당이 일시 내뿜은 살기에 강한 두려움을 느꼈다. 마치 천적을 만나기라도 한 것처럼.

"육 사숙은 사고라도 났기를 바라는 겁니까?"

"당연하지."

"그래서 서산파가 지금 당장이라도 망했으면 소원이 없다는 거겠지요?"

"흥, 네 녀석은 마치 나와 다른 마음을 품고 있는 것 같구나?"

"그야……."

영생이 말끝을 흐리자 육노당이 다시 피가 흘러내리기 시작한 손바닥을 펴서 아무렇게나 휘저어 보였다. 굳이 대답을 듣고 싶지 않았기 때문이다.

영생이 그 모습에 내심 한숨을 내쉬고 말했다.

"사부님께서 곤명호에서 배를 타셨답니다."

"사형이?"

"예. 영하(靈霞)가 절벽 깎기 작업을 하던 중 우연찮게 사부님께서 고깃배에 타시는 모습을 목격하고 제게 알려왔습니다."

"눈이 밝은 영하가 봤다면 틀림없겠군."

육노당은 대수롭지 않다는 표정으로 부스스한 뒤통수를 긁적였다. 그가 걸치고 있는 옷은 도사가 입는 도복이나 머리에는 도관을 쓰지 않았고, 태도 역시 불량스러웠다. 결코 도를 수행하는 도사라곤 볼 수 없는 모습이다.

그래도 눈앞에 있는 사람이 서산파가 낳은 백 년내 제일의 고수임을 영생은 알고 있었다. 사부인 서산파 장문인 서금 진인도 사제인 육노당 앞에선 무공을 자랑할 수 없을 정도인 것이다.

'이런 육 사숙이 오십 년 전의 치욕을 씻기 위해 평생 노력하신 사부님을 돕는다면 본 파는 벌써 과거의 명성을 되찾았을 텐데······.'

내심 고개를 가로저은 영생이 말을 이었다.

"사부님은 혼자 고깃배에 타신 게 아닙니다."

"제자를 도둑질하러 갔으니 당연한 게 아니냐?"

"영하의 말로는 제자로 보기엔 지나치게 큰 두 사람이 사부님과 동행하고 있었다고 합니다. 제가 보기엔 그들이 본 파의 제자가 될 가능성은 극히 희박하다고 생각합니다. 게다가 사부님은 종종 자신이 곤명호에 배를 띄운다면 서산파에 커다란 위기가 찾아온 것이란 말씀을······."

"제기랄, 그거였나!"

육노당이 나직이 욕설을 터뜨려 영생의 말을 끊고는 자신의 상처난 손바닥을 바라봤다.

오랜 노동과 단련으로 단단히 잡혀 있던 굳은살을 가른 상처는 이미 엷은 혈선만을 남기고 있었다. 애초에 호로병의 사금파리 따위가 생채기를 낸 것 자체가 이상했던 터니, 당연한 결과였다.

문제는 다른 데 있었다.

재수 더럽다는 생각이 들게 했던 대흉의 괘!

육노당은 영생의 말을 듣는 동안 잠시 잊고 있던 육효의 점괘를 떠올렸다. 특별히 뭔가 이유가 있어서가 아니라 그의 본성 깊숙한 곳에 잠들어 있던 야성이 눈을 뜨고 이를 드러낸 것이다.

휘릭!

바람같이 석굴 안에서 신형을 날린 육노당이 영생의 곁을 스쳐 가며 짧게 명령했다.

"영생, 오늘 작업은 일단 중단한다!"

"예?"

"모두 용문석굴에 짱박혀 있으란 소리다! 내가 사형을 구해 돌아올 때까지."

"육 사숙!"

영생은 육노당을 좇아 신형을 돌리다 자신도 모르게 놀라 소리를 질렀다. 어느새 그에게서 멀어진 육노당이 곤명호가 그대로 내려다보이는 절벽에서 바로 뛰어내렸기 때문이다.

第三十五章 ◆ 괴선(怪仙) 육노당

진자운 일행을 태운 고깃배는 한 식경도 되지 않아 곤명호의 중심에 이르렀다.

워낙 커다란 호수였다.

선착장을 떠난 뒤 얼마 지나지 않아 육지는 까마득하게 멀어진 상황이다. 여기가 진짜 호수의 중심인지 진자운이 알 리 없다. 그저 손수 배를 젓고 있던 서금 진인이 그렇다니 그런 줄 알밖에.

진자운은 느긋하게 배의 고물 부분에 몸을 기대고 앉아 있었다. 그는 불어오는 바람에 몸을 내맡겼다. 배가 뭍을 떠난 이후 조금이나마 긴장한 표정이 된 파미륵과 달리 그의 표정은 평온 그 자체였다.

[흉악하게 뭘 생각하고 있는 건가?]

파미륵이 전음으로 버럭 소리치자 진자운이 빙글거리는 웃음을 던졌다.

[날씨는 좋고, 바람은 시원하지 않소? 느긋하게 배 여행을 즐기고 있는데, 포대화상은 뭐가 그리 불만이오?]

[서금 말코 녀석이 어째서 어부를 쫓아내고 자신이 직접 배를 몰고 있겠는가?]

[호수 중심에서 배에 구멍이라도 내려는가 보지요.]

[그걸 알면서도 그리 태연······.]

파미륵은 잔뜩 화가 나 소리치다 전음을 잠시 멈췄다. 갑자기 뇌리를 스치는 생각이 있었기 때문이다.

[설마 수공(水功)도 익힌 것인가?]

[뭐, 물에 빠져 죽지는 않을 정도는 되오.]

그렇다. 진자운이 이렇게 태연한 건 태극심공을 연성하기 전, 기본으로 연마한 태극구공의 수심공을 믿고 있기 때문이다.

수심공을 연마하기 위해 진자운은 한때 폐관수련동 한 켠에 있는 샘 속에서 하루 종일 머리를 박고 운공하곤 했다. 설사 호수의 깊이가 천 길쯤 된다 해도 무사히 살아날 자신이 있었다. 한눈에 보기에도 수공과는 전혀 관련이 없는 삶을 살았음이 분명한 파미륵처럼 안달복달할 필요가 없는 건 당연하다.

그때 진자운의 또 다른 숨겨진 내심을 읽은 파미륵의 안색이 푸들거리는 떨림을 보였다.

[본불은 수공에는 별다른 조예가 없네. 그걸 알진 못했겠지만 배를 타는 걸 꺼리는 모습을 보고 대충 예상은 했겠지. 그렇지 않은가?]

[한눈에 보이더구려.]

[으득, 그런데도 서금 말코의 뜻대로 성큼 배에 올랐다는 건······.]

히죽!

진자운이 이를 드러내며 웃었다. 파미륵같이 잔머리를 잘 굴리는 사람은 확실히 골려먹는 재미가 무궁무진하단 생각이 들었기 때문이다.

[뭐, 잘해보쇼!]

단 한 마디로 파미륵의 예상에 대한 확실한 대답을 해줌과 동시에 염장까지 질러준 진자운이 시선을 서금 진인 쪽으로 던졌다.

힐끔!

파미륵은 진자운을 바라보며 주먹을 부르르 떨다가 자신도 모르게 그의 시선을 좇았다. 생명의 위협을 느끼게 된 자의 당연한 반응이다.

그 순간, 나이에 어울리지 않게 도동이라도 된 듯 열심히 배를 젓고 있던 서금 진인이 잡고 있던 노를 손에서 놨다. 배 젓기를 중단한 것이다.

끼이!

주인을 잃은 노가 출렁이는 호숫물에 나지막한 울음을 토했다. 분위기를 한껏 고조시키는 서금 진인의 비장한 표정과 꽤나 잘 어울리는 구슬픈 음색이다.

그때 파미륵이 현 상황을 전혀 모르겠다는 듯 얼굴에 후덕한 표정을 한껏 만들어냈다.

"아직 서산에 도착하려면 먼 것 같은데, 자네는 어째서 노를 손에서 놓은 건가?"

"그건……."

"설마 이곳에서 본불이나 무당파의 진 소협과 함께 물귀신이 될 생각은 아닐 테지?"

파미륵이 먼저 넘겨짚어 말하자 서금 진인의 도포가 움찔 떨렸다. 어찌 파미륵에게 자신의 하늘을 놀라게 하고 땅을 떨게 만들 역천의 계책이 들통났는지 궁금했기 때문이다.

'그러니까 서금 진인 당신은 얼굴에 생각이 너무 드러난단 말이오.'

진자운은 내심 고개를 가로저었다.

입에서 절로 혀가 차졌다.

그러나 파미륵은 등줄기로 소름이 쭈욱 끼치는 걸 느꼈다. 솔직히 너무 빤히 보이는 계획이었다. 그래서 오히려 혹시나 하는 마음이 있었다. 설마 하니 일파지존인 서금 진인이 이렇게 단순하고 어처구니없는 계획을 진짜 실행에 옮기리란 생각은 들지 않았기 때문이다.

'그런데 이 미친 말코 녀석이 진짜 본불과 동귀어진할 생각을 하고 있었을 줄이야!'

파미륵은 천천히 양손의 손가락을 풀었다.

어찌 됐든 서금 진인은 고수다.

단 일 격!

그것으로 서금 진인을 제압하거나 격살해야만 했다.

조금이라도 늦어 서금 진인이 배 밑창에 구멍이라도 뚫는다면, 곤명호는 파미륵 자신의 무덤이 될 가능성이 높았다.

서금 진인이 비장한 표정으로 말했다.

"이미 빈도의 계획이 몽땅 탄로난 듯하니 괜스레 말을 돌리진 않겠소이다. 지금이라도 늦지 않았으니 두 분은 곤명에서 떠나시기 바랍니다."

서금 진인의 손에는 이미 뇌정추가 들려져 있었다. 근처에 바위는 없으나, 낡아빠진 배 밑창을 깨부수는 데는 특별한 힘이 필요하지 않을 게 분명했다.

파미륵이 시간을 벌기 위해 얼굴에 더욱 후덕한 표정을 만들어냈다.

"커흠, 자네는 조금 신중하게 생각할 필요가 있네. 일파지존인 자네가 이렇게 극단적인 방법까지 강구하는 걸 보니 이미 문파의 후계는 정해놨나 보네만, 한 가지 간과한 사실이 있네."

"간과한 사실?"

"자네 손에 들려 있는 뇌정추 말일세. 그건 장문신물이라 알고 있는데, 이런 호수 바닥에 빠진다면 정말 곤란한 일이 아니겠는가?"

파미륵의 말처럼 한 문파의 장문신물이 사라진다는 건 어느 모로 보나 중대 사안이었다. 서금 진인이 뇌정추를 다시 돌려받기 위해 서산파의 중대한 비밀을 타인인 파미륵과 진자운에게 연달아 밝힌 건 그 때문이었다.

그러나 그동안 뭐가 달라진 것일까?

서금 진인은 뇌정추를 걸고넘어지는 파미륵을 향해 초탈한 듯한 미소를 던졌다.

"확실히 뇌정추는 서산파에 있어 빈도보다 훨씬 중요하오. 하지만 망치가 있으면 정이 있는 법!"

"정?"

"빈도가 곤명호에서 두 분과 함께 운명을 달리한다 해도 본 파의 제자들은 폭뢰정(爆雷釘)으로 뇌정추를 찾을 수 있소이다."

"어떻게 그럴 수 있지?"

질문을 던지는 파미륵의 실눈에서 안광이 번뜩였다. 여차하면 서금 진인을 덮칠 기세다.

그러자 서금 진인이 뇌정추를 아래로 늘어뜨렸다. 어떤 식의 공격을 받든 배 밑창에 구멍을 뚫는 데 전력을 다하겠다는 의지를 드러낸 것이다.

으득!

파미륵이 어금니를 지그시 깨물었다. 이미 서금 진인이 익힌 정추신 공과 타정기 팔백타법을 경험한 바 있는 터라 쉽사리 공격할 순 없었 다.

신중하게 파미륵의 기색을 살핀 서금 진인이 말했다.

"본래 뇌정추와 폭뢰정은 하늘에서 떨어진 운석에서 채취한 기이한 금속으로 만들어진 한 쌍의 기병이오. 서로가 서로를 부르는 성질을 갖추고 있으니, 두 병기가 가까운 곳에 이르면 크게 울부짖음을 토하는 것이오."

"그러니 그 소리를 듣고 서산파의 제자들이 호수 바닥에 떨궈진 뇌 정추를 찾아낼 거다?"

"서산파의 제자들은 절대 뇌정추를 포기하지 않을 것이오."

'그야 오십 년 전의 사건으로 땅에 떨어진 서산파의 명예를 회복하 기 위한 용문석굴의 대역사를 끝내기 위해선 반드시 필요한 물건이니 포기할 리가 없겠지.'

파미륵은 결국 자신이 서금 진인에게 완전히 수세에 몰렸다는 걸 인 정해야만 했다.

본래 자신의 욕망과 목적에 충실한 삶을 살아온 그에겐 서금 진인이 서산파를 위해 보이는 각오를 이해할 순 없으나 무시할 수도 없었다. 다름 아닌 자신의 하나밖에 없는 생명이 걸려 있는 협박을 받고 있었 기 때문이다.

파미륵이 결국 주춤거리며 뒤로 물러섰다.

힐끔.

그의 시선이 진자운을 향했다. 이젠 니가 처리하란 의미.

진자운의 입가에 작은 미소가 떠올랐다. 방법은 마음에 들지 않지만 서금 진인은 의지와 단호한 결의를 보임으로써 흉악한 대마두인 파미륵을 뒤로 물러서게 만들었다. 이 정도면 서산파를 인정해도 될 것 같단 생각이 들었다.

'근성은 있군!'

진자운이 자리에서 일어섰다. 이제 자신이 나설 때가 됐다는 판단이었다.

그런데 막 서금 진인 쪽으로 걸어가던 진자운의 눈살이 가볍게 찌푸려졌다. 갑자기 발밑이 축축해졌음을 느꼈기 때문이다.

그 같은 변화를 눈치챈 건 그뿐이 아니다.

파미륵은 진자운에게 기대의 눈빛을 던지다 서금 진인을 잡아먹을 듯 노려봤다. 그러나 서금 진인의 뇌정추는 여전히 바닥을 향하고 있을 뿐, 미동조차 보이지 않고 있었다. 그와는 전혀 관계없는 일이란 뜻이다.

그러면 느닷없이 발목까지 차기 시작한 물의 원인은 무엇일까?

"이런……."

파미륵은 재빨리 아직 물이 차지 않은 곳으로 뛰어오르곤 실눈을 번뜩이다 진자운 쪽을 바라봤다. 그가 터뜨린 신음이 뭔가를 발견한 자의 것이었기 때문이다.

파미륵의 예상은 옳았다.

진자운이 고개를 가로저으며 가볍게 혀를 찼다.

"쯔쯧, 배 밑창을 이런 걸로 때워놓으면 어쩌란 거야."

"……."

파미륵뿐 아니라 서금 진인의 시선 또한 진자운 쪽으로 향했다.

그의 비장함이 서려 있던 얼굴이 가볍게 일그러졌다.

진자운이 딛고 있던 곳에서 발을 들어올린 순간, 배 밑창에서 콸콸 물이 솟구쳤다. 한눈에 배의 밑창에 큼지막한 구멍이 뚫렸음을 알 수 있는 모습이다.

"이, 쥑일 놈!"

파미륵이 진자운을 향해 달려들었다. 그가 일부러 배 밑창에 구멍을 냈다고 생각한 것이다.

그러나 진자운은 억울했다. 그는 단지 서금진인 쪽으로 걸어가던 중 발끝에 걸린 작은 나무 판때기를 툭 걷어찼을 뿐이다. 설마 그것이 배 밑창을 어설프게 땜질해 놓은 것이었다는 걸 그가 어찌 꿈엔들 생각했으랴.

물론 지금 중요한 건 그런 전후의 사정이 아니다.

이미 대노한 파미륵의 두 배로 불어난 대수인이 코앞까지 파고들고 있었다.

어느 때보다 강력한 위력이 담긴 일수!

진자운의 발이 자오원앙각의 변화를 품고 위로 차올려졌다.

목표는 파미륵의 대수인의 최대 약점인 손목 부근의 세 개 혈이었다.

그러나 진자운과 몇 차례에 걸쳐 대적해 본 바 있는 파미륵이다. 그의 반격을 이미 예상하고 있었던 듯 파미륵은 수장을 살짝 회전시켰다. 방향을 틀어 진자운의 자오원앙각의 강격을 막아낸 것이다.

게다가 그는 거기에서 만족하지 않았다.

연체동물마냥 유연하게 뒤집힌 그의 수장이 대수인 공력을 운기한 채 금나수를 펼쳤다. 진자운의 다리를 오히려 잡아서 내팽개치려는 의도였다.

'제법!'

진자운은 바로 차올린 다리를 접지 않았다.

그는 대신 바닥을 지지하고 있던 남은 다리에 힘을 줬다.

콰콰!

진자운의 신형이 파미륵의 예상을 깨고 더욱 높이 뛰어올랐다. 파미륵이 노리던 다리는 어느새 금나수의 범위를 벗어났고, 바닥을 때린 다리가 반월의 그림자를 그렸다.

자오원앙각 최후 초식인 반월각(半月脚)!

파미륵은 턱이 박살나기 직전, 고개를 뒤로 빼냈다. 애초에 그가 금나수에 최선을 다하지 않았다는 증거였다.

첨벙!

진자운 역시 파미륵과 진심으로 싸울 까닭이 없다. 그가 별다른 후속 공격 없이 바닥에 떨어져 내린 순간, 파미륵의 거대한 신형이 쭈욱 늘어났다.

목표는 진자운이 아니었다.

퍼퍽!

파미륵의 갑작스런 대수인의 직격을 간신히 뇌정추로 막아낸 서금 진인의 안색이 파랗게 질렸다. 마치 약속이라도 한 듯 진자운이 등 뒤에서 협공해 들어왔기 때문이다.

파팟!

진자운의 식지를 떠난 검기가 서금 진인의 대추혈(大推穴)을 점혈했다. 한 점의 망설임도 보이지 않고.

"이, 이런……."

서금 진인은 일시 눈앞에서 벌어진 격투에 시선을 빼앗긴 자신의 멍청함에 탄식을 터뜨렸다.

느닷없이 벌어진 진자운과 파미륵 간의 대결은 극히 짧았지만, 너무나 긴박했다. 당장이라도 피가 튀고 살이 찢길 듯했다. 잠시 두 사람이 목숨을 걸고 싸울 이유가 전혀 없다는 사실을 서금 진인으로 하여금 망각하게 만들 정도였던 것이다.

탁!

진자운은 서금 진인의 손에 들린 채 부르르 떨리고 있는 뇌정추를 뺏었다. 줬던 것 도로 뺏기였다.

"지, 진 소협……."

서금 진인이 울상을 짓자 진자운이 퉁명스레 말했다.

"내가 진인께 귀 파의 뇌정추를 돌려준 건 배나 부수고 자살을 빙자한 협박을 일삼으라는 게 아니었습니다."

"그건……."

"뭐, 지금 이 상황에서 그다지 할 말은 없으리라 봅니다."

한마디로 서금 진인의 얼굴을 하얗게 질리게 만든 진자운이 파미륵에게 뇌정추를 던져 줬다.

"거기 찾아보면 구멍을 막는 판때기가 있을 거요. 포대화상의 무지막지한 힘으로 어떻게든 막아보쇼."

"본불 혼자 구멍을 막으라?"

파미륵이 '그럼 너는 뭘 할 거냐?' 는 눈빛을 던지자 진자운이 신발을 벗어 들며 말했다.

"나는 물이나 퍼야 하지 않겠소."

진자운과 파미륵의 활약으로 바람 한 점 없이 잔잔한 호수에서 벌어질 뻔한 난파의 위험은 지나갔다. 뇌정추를 빼앗긴 것과 동시에 모든 저항 의욕을 잃은 서금 진인의 침묵 속에 배는 느릿느릿 서산 쪽으로 움직였다.

그렇게 서산이 황량한 모습이 눈에 잔뜩 들어올 때쯤이다.

느긋하게 서산의 광경을 즐기고 있던 진자운의 눈 깊은 곳에서 작은 이채가 떠올랐다. 곤명호와 맞대어 있는 서산의 깎아지른 듯한 절벽 위에서 낙하하는 미친 인간을 발견했기 때문이다.

물론 이 같은 광경은 진자운만 목도한 게 아니다.

낙망한 표정이 완연하던 서금 진인의 안색이 일순 와락 일그러졌다. 그는 거의 절망에 차 소리쳤다.

"육 사제!"

"육 사제?"

진자운이 서금 진인을 향해 시선을 던지며 되묻자 파미륵이 민대머리를 손으로 한차례 쓰다듬으며 이를 드러냈다.

"크크크, 그렇지 않아도 맞으러 가고 있는데 제 발로 괴선이 걸어 들어오다니, 이거 참 잘됐구만!"

"괴선? 저자가 서산제일 고수라는 육노당이란 말이오?"

"그렇다고 서금 말코가 말하지 않던가, 육 사제라고. 서산파 장문인의 사제 중에 육씨 성을 가진 자가 육노당 말고 더 있다는 소리는 본불이 듣지 못했네."

"그렇구려."

진자운이 고개를 끄덕이는 동안 절벽을 뛰어내린 뒤 한동안 별다른 움직임을 보이지 않던 육노당의 모습이 곤명호 위에 나타났다.

물 위를 달려오기 시작한 것이다.

"허!"

물을 두려워하지 않던 진자운이나 눈앞의 광경 앞에선 놀라지 않을 수 없었다.

등평도수(登萍渡水)!

물 위를 평지처럼 달리는 경공을 이르는 말이다. 그러나 그건 어디까지나 전설에나 등장할 법한 경공이다. 저 유명한 소림사의 개파조사인 보리달마만 해도 갈대 하나로 강을 건너, 명성을 천하에 떨치지 않았던가.

"뭔가 구린 구석이 있을 것이다!"

진자운이 단정적으로 말하자 파미륵이 얼른 동조하듯 고개를 끄덕였다. 과거 천하 뭇 여인들을 희롱하고 다녔던 이력만큼이나 자신의 무공에 대한 자부심이 강한 그였다. 눈앞에 펼쳐진 경이적인 광경을 인정하고 싶은 마음이 없는 게 당연하다.

그때 육노당의 모습이 완연히 확인될 정도로 가깝게 다가왔다. 그의 경공은 일반적인 평지 위를 달린다 해도 빠른 말 정도의 속도였다.

"역시!"

육노당의 일거수일투족을 살피고 있던 진자운의 눈에 이채가 떠올랐다. 그의 시선은 육노당의 빠르게 움직이는 발밑에 집중되어 있었다.

그가 발견한 건 육노당의 발밑에 덧대어진 얇은 판자 조각.

등평도수가 가능할 수 있는 원인이었다.

순간, 거의 십여 장 앞까지 다가선 육노당을 향해 진자운이 비검을 날렸다. 삼아검 중 흑아검을 날린 것이다.

쇄엑!

육노당은 등평도수에 집중하고 있던 중 날카로운 살기를 느꼈다. 비검이 그를 직격하기 직전의 일이다.

'이크크!'

육노당의 신형이 달리던 기세를 전혀 줄이지 않고 뒤로 훌쩍 넘어갔다. 물 위에서 철판교를 펼쳐 보인 것이다.

놀랄만한 임기응변!

위기는 넘어간 듯 보였다.

그러나 진자운은 이미 비검의 방향을 공중에서 조절하는 경지에 이르러 있었다. 그의 손끝이 미묘한 변화를 일으킨 순간, 눈에 보이지 않을 정도로 가는 은사가 가는 떨림을 보였다.

쉬익!

아슬아슬하게 육노당의 가슴 위를 지나쳤던 비검이 방향을 바꿨다. 비검은 공중에서 한차례 선회를 하더니, 철판교를 펼친 육노당의 위로 천공의 뇌전처럼 떨어져 내렸다. 여전히 살을 에는 듯한 살기가 먼저 육노당을 때린 뒤에.

'시부랄 놈! 결국 날 물속에 빠뜨리고 싶다는 거냐?'

육노당의 몸이 순간적으로 곤명호 속으로 잠겨 들어갔다. 마치 물속에 숨어 있던 물귀신이 가늘고 하얀 손으로 잡아끄는 듯한 모습.

"육 사제!"

서금 진인의 입에서 절규에 가까운 비명이 터져 나왔다.

육노당은 서산파의 미래인 것이다.

그때 진자운이 은사를 잡아당겨 비검의 방향을 다시 바꿨다. 애초에 계획대로 육노당을 물에 빠뜨렸으니, 더 이상 할 일이 없다는 판단이었다.

그 순간 반전이 일어났다.

물에 빠져 모습조차 보이지 않던 육노당이 거의 눈으로 좇을 수조차 없는 빠르기로 다시 모습을 드러냈다. 그는 물에서 튀어 올랐다. 거대한 물고기의 부상과 마찬가지로.

지잉!

육노당의 손에 비검의 검파에 매달려 있던 은사가 잡혔다. 그 역시 진자운의 놀랄 만한 비검술을 이기어검술로 인정하지 않고 있었음에 분명하다.

"하!"

진자운의 입에서 가벼운 탄성이 터져 나왔다. 은사를 타고 파고든 저릿한 내력의 심후함에 피가 끓어오른 것이다.

진자운은 한 점의 망설임도 없이 은사를 잡아당겼다. 비검을 회수하기 위함이 아니라 육노당에게 본때를 보여주고자 함이었다.

지잉! 징!

은사를 사이에 두고 진자운과 육노당은 한동안 힘 겨루기에 들어갔다. 어느 쪽도 뒤로 물러서거나 양보할 생각은 없었다. 사나이들의 승부이니 당연하다.

그때 두 사람의 대결을 묵묵히 지켜보고 있던 파미륵이 나직이 혀를 찼다.

"절정고수쯤이나 되는 녀석들이 하는 짓이라니! 역시 애들이라 철이 안 들었구나, 철이 안들었어."

파미륵의 말에 서금 진인 또한 한숨으로 동조했다. 늙은이들답게 피 끓는 젊은이들의 승부에 대단히 부정적인 두 사람이었다.

'빌어먹을 늙은이들!'

'시부랄!'

진자운과 육노당이 서로의 안색을 살피고 내심 욕설을 터뜨렸다. 이심전심이다.

두 사람이 동시에 은사에 집중시켰던 힘을 풀었다. 갑자기 활활 불타올랐던 승부욕에 찬물이 끼얹어진 것과 다름없는 일이다.

휘릭!

진자운이 은사를 움직여 비검을 거둔 순간, 육노당의 신형이 낚시에 걸린 월척마냥 물 위를 박차고 뛰어올랐다.

은빛 물살이 출렁였다.

육노당의 신형이 바람같이 배 위로 떨어져 내렸다.

터엉!

무려 십 장을 뛰어 날아온 터였다. 배 위에 소란스레 착지한 육노당을 진자운이 살짝 째려봤다.

"거 살살 좀 내리쇼. 그러다 배가 박살나기라도 하면 어쩌려고 그러는 거요."

"제기랄, 이 정도에 파손될 배라면 물 위에 띄우질 말아야지."

"뭐, 그건 맞는 말이오."

진자운이 방금 전 파미특이 죽을힘을 다해 땜질하는 데 성공한 배의 밑바닥에 힐끔 시선을 던졌다. 그러자 자연스레 그의 시선이 향한 곳을 눈으로 살핀 육노당이 입을 다물었다. 진짜 물 위에 띄워선 안 되는 배라는 걸 확인했기 때문이다.

그때 서금 진인이 한숨과 함께 말했다.

"하아, 육 사제는 어찌 이곳에 나타난 것인가?"

"사형은 어째서 곤명호 한가운데서 자살하려고 하신 것이오!"

"그건……."

"설마 말로는 서산파의 실추된 명예를 다시 찾기 위해 고진감래(苦盡甘來)해야 한다고 해놓고, 혼자만 의무에서 빠져나가려 한 건 아닐 테지요?"

"……."

서금 진인은 일시 육노당의 질문에 대답하지 못했다. 아주 그런 마음이 없었다곤 말하기 힘들었기 때문이다.

육노당이 코를 한차례 실룩거렸다. 일파 지존이라기엔 마음이 지나치게 소심하고 나약한 사형의 본성을 그는 알고 있었다. 가슴속에서 천불이 일었다.

'육시랄! 진짜 그런 생각을 하고 있었단 말인가!'

육노당은 마음속의 분노를 풀 곳을 찾다가 눈앞의 뺀질뺀질하게 생긴 진자운을 찍었다. 그와는 이미 손속을 나눈 터라 무공의 고강함을 충분히 알고 있는 바, 다시 한 번 싸워보고 싶은 마음이 들었다.

"나는 서산파의 육노당이다! 자네의 무공이 제법 대단해 보이는데 어느 문파에 속한 자인가!"

"나는 무당파의 진자운이오. 역시 형장이 서산파 제일 고수라는 괴선 육노당이 맞구려."

"서산파 제일 고수일뿐더러, 백 년내 제일 고수이시다! 천하제일 무당파의 제자라니, 나와 다시 한 번 시원스레 싸워보자!"

"아하하!"

진자운은 크게 웃었다. 자신을 제외하고 이처럼 광오한 사람은 굉장히 오랜만에 만나봤다.

파미륵이 마치 그의 염장을 지르듯 한마디 했다.

"그의 말은 사실이네. 그러니 진 소협, 자네도 주의하는 편이 좋을 것이야."

"시끄럽소!"

진자운은 뻔한 격장계에 넘어가 줬다. 육노당만큼이나 그 역시 방금 전의 일전으로 가슴속이 간질거리고 있었다. 마음껏 싸우고 싶었다. 그만큼 눈앞의 육노당이 자연스레 일으키고 있는 기파는 대단했다.

끼익!

진자운이 육노당 쪽으로 반보를 움직인 순간, 배가 크게 한쪽으로 기울어졌다. 육노당의 기파 속으로 반보를 움직인다는 건 그만큼의 압력을 이겨내야 한다는 의미였다.

진자운의 반보에 담긴 힘은 족히 천 근에 이르렀다.

배가 기운 건 당연하다.

두 사람의 싸움을 마음속으로 간절히 염원하고 있던 파미륵이 크게 놀라 소리 질렀다.

"물이 샌다! 다시 물이 새!"

이곳에서 배가 난파할 경우 가장 곤란해질 사람은 파미륵이었다. 그가 갑자기 난리를 피우기 시작한 건 당연한 일이었다.

육노당이 한숨을 내쉬었다.

"진짜, 사형도 정말 마지막 가는 길에 거지 같은 배를 골라잡았구만!"

"그러게 말이오."

진자운이 얼른 장단을 맞추자 육노당이 안색을 흉하게 일그러뜨렸다.

"사형 욕하지 마라!"

"그러는 당신은?"

"이 세상에서 사형을 욕할 수 있는 사람은 나밖엔 없다!"

"대단한 사제 나셨군."

진자운은 한마디 비꼬아주고 다시 신발을 벗어 들었다. 일단 다시 차기 시작한 물을 퍼내는 게 우선이었다.

육노당이 가세한 배는 위태위태하면서도 무사히 서산 앞에 도달했다. 진자운의 닦달에 육노당 역시 신발을 벗어 들고 물을 퍼내는 걸 거든 덕분이다.

배를 기다리고 있는 건 영생을 필두로 한 서산파의 열다섯 제자들이었다. 아직 무공을 충분히 익히지 못한 네댓 명을 제외한 전 제자가 장문인인 서금 진인과 육노당을 구하기 위해 달려온 것이다.

"사부님!"

"사부님!"

여느 문파의 제자들과 달리 서산파 문인들은 서금 진인을 장문인이라 부르지 않았다.

그러나 간혹 눈물마저 글썽이고 있는 제자들의 초롱초롱한 눈망울은 소심한 서금 진인이 서산파에서 차지하고 있는 위치를 웅변해 주고 있었다.

"이 녀석들……."

잠시 목이 메어 말을 잇지 못하는 서금 진인을 대신해 온몸이 흠뻑 젖은 육노당이 대뜸 욕설을 퍼부었다.

"육시랄 놈들! 모두 몸을 피하고 있으라니까, 죄다 달려나왔냐! 나왔어!"

"서 사숙!"

"서 사숙!"

육노당은 잔뜩 겁먹은 표정이 된 사제들과 달리 안색을 딱딱하게 굳히고 있는 영생을 매섭게 야려봤다. 그가 자신의 명령을 아예 대놓고 씹은 것에 대한 추궁의 눈빛이다.

"이 빌어처먹을 영생아, 뭐라고 변명이라도 해봐라!"

영생이 뻔뻔스런 표정으로 어깨를 가볍게 으쓱해 보였다.

"사부님과 육 사숙은 서산파 자체라고 해도 과언이 아닙니다. 사부님과 육 사숙은 본 파의 지보인 뇌정추와 폭뢰정을 지니고 계시기 때문입니다. 그러니 문파의 대제자인 제가 사제들을 이끌고 두 분을 구하려고 달려온 건 지극히 당연한 일이라고 생각합니다."

"시벌놈! 주둥이 한번 잘 놀리는구나!"

육노당은 다시 욕설을 퍼붓곤 평소와 달리 눈빛을 차갑게 가라앉혔다.

"사형과 나는 이제부터 멀리서 온 손님을 접대해야 한다. 영생은 아그들 데리고 용문석굴에서 대기하고 있어라."

"예? 하지만 그건……."

"한마디만 더 말대꾸하면 죽는다!"

"……."

영생은 육노당을 바라보고 다시 사부인 서금 진인을 눈으로 살폈다. 눈치를 보는 것이다.

서금 진인이 묵묵히 고개를 끄덕여 보였다.

"영생은 육 사제의 말을 따르도록 하거라."

"…예."

영생은 여전히 마땅찮은 듯 대답을 길게 끌고는 사제들을 향해 눈짓을 해 보였다. 자신을 따르라는 뜻이었다.

사제들을 먼저 보내고, 그 뒤를 따르려던 영생이 문득 신형을 돌려 육노당에게 작게 말했다.

"육 사숙, 사부님을 부탁합니다."

"시부랄 놈! 어서 꺼지기나 해라!"

"예."

영생이 떠나갔다.

그 모습을 눈으로 배웅해 준 육노당이 진자운에게 시큰둥한 표정을 던지며 말했다.

"싸우기에 좋은 장소가 있으니 가자구."

"나는 서산이 초행인데, 구경 같은 건 시켜주지 않는 거요?"

"구경? 서산에 구경할 만한 게 있을 리 없잖아."

"용문석굴이란 건 어떤 곳이오? 설마 오십 년 전부터 서산파가 만들고 있는 대역사를 지칭하는 게 아니오?"

"그건 문파 비밀이니 말할 수 없다."

한마디로 진자운의 말을 자른 육노당이 서금 진인에게 불쑥 손을 내밀었다.

"사형, 뇌정추 좀 빌려주쇼."

"뇌정추는……."

"도박판에 안 팔아먹을 테니, 좀 주쇼. 폭뢰정만으론 힘들 것 같아서 그러니."

"육 사제, 그러니까 그게……."

서금 진인은 이미 뇌정추를 진자운에게 빼앗겼다는 사실을 털어놓기가 힘들어 말을 질질 끌었다. 그러자 육노당은 서금 진인 자신을 믿지 않는다는 생각에 눈꼬리를 살짝 치켜떴다. 특유의 더러운 성격이 발동하기 직전이었다.

그때 진자운이 갑자기 품에서 뇌정추를 꺼내 육노당에게 던져 줬다.

탁!

손을 뻗어 뇌정추를 받아 든 육노당의 눈살이 찌푸려졌다.

"어째서 네 녀석이 본 파의 뇌정추를 가지고 있는 것이냐?"

진자운이 히죽 웃어 보였다.

"배 밑창을 수리하기 위해 서금 진인에게 빌렸소."

"뇌정추를 빌렸다?"

진자운은 대답 대신 고개만 끄덕여 보였다. 그러자 어느새 고개를 푹 숙인 서금 진인에게 한차례 눈살을 찌푸려 보인 육노당이 진자운에게 퉁명스레 말했다.

"이런다고 널 봐주진 않을 거다. 너는 사형을 못살게 굴었으니까."

"봐줄 만한 실력이나 있는지 궁금하군."

"기대해도 좋을 거다."

육노당이 안내하듯 서산 쪽으로 걸어가자 진자운 일행이 그 뒤를 따랐다.

영생은 사제들을 이끌고 용문석굴로 향하며 내심 투덜거렸다.

그는 명색이 서산파의 차기 장문인이었다.

거의 수십 년 만에 다른 무림 세력의 도전을 받은 서산파의 위기 상황에서 쏘옥 빠진다는 건 참을 수 없었다.

만약 자신이나 영하와 현격한 무공 격차를 보이는 나이 어린 사제들만 아니었다면…….

그는 절대 육노당의 명령에 수긍치 않았을 것이다.

'빌어먹을 조사 같으니! 거지 같은 조사 같으니! 욕심을 부려도 작작 부리고, 자신의 잘못은 스스로 처리하는 양심이 있어야지! 죄란 죄는 몽땅 짓고 후진들한테 몽땅 뒤처리를 맡겨서 잘 나가던 문파를 요 모양 요 꼴로 만들다니!'

영생은 내심 곤명 역사상 최악의 사기꾼이라 불리는 조사 오허 진인에게 연신 욕설을 퍼부었다. 그렇게라도 하지 않고선 마음속의 억울함이 풀리지 않았기 때문이다.

그때 그의 뒤를 묵묵히 따르고 있던 영하가 종종걸음으로 다가왔다. 그는 작은 목소리로 속삭였다.

"대사형, 신경이 쓰이는 일이 있습니다."

"……."

영생은 문파 내에서 신안(神眼)이라 불리는 영하를 바라보며 눈살을 찌푸렸다. 웬만한 무림고수보다 시력이 탁월한 영하의 말을 무시할 사람은 서산파 내에 아무도 없었다.

"사부님의 일이 너무 중해서 잠시 잊고 있었는데, 어젯밤 소변을 보러 측간에 갔다가 도깨비불을 봤습니다."

"도깨비불?"

"예. 아무래도 본 파의 영역 안에 침입자가 들어와 있는 것 같습니다."

"단지 평범한 도깨비불일 가능성은?"

"도깨비불이 보인 장소는 무덤 근처가 아닙니다."

"여우가 무덤을 파헤친 건 아니란 뜻이구나."

"그렇습니다."

"으음."

영생은 잠시 고민스런 표정이 됐다.

현재 서산파는 장문인과 문파 제일 고수가 모두 동원됐을 정도의 강적을 맞은 상황이었다. 이미 문파의 위기라는 뜻이다. 이런 때에 또 다른 적을 맞을 가능성이 있다는 건 아무리 좋게 생각해도 대위기였다.

하지만 위기가 곧 기회란 말이 있다. 이런 때야말로 자신의 실력을 서금 진인과 육노당에게 인정받을 수 있는 기회란 생각이 영생의 이성을 마비시켰다.

그는 눈을 빛내며 말했다.

"걱정할 것 없다."

"예?"

"만약 또 다른 침입자가 있다면 나, 영생이 처리하겠다는 뜻이다."

"그건……."

"설마 영하 너는 이 대사형을 못 믿는 건 아닐 테지?"

영생의 눈빛은 자못 노골적인 협박을 담고 있었다. 여기서 영하의 압도적인 지지를 얻어내야만 했다. 반대는 용납할 수 없는 것이다.

결국 영하의 고개가 천천히 끄덕여졌다. 그가 아는 영생은 좀 성격이 모나고 나서길 좋아하긴 하지만 서산파의 대사형이 되기에 부족함이 없는 담량과 무공 실력을 지니고 있었다. 앞에 나서길 좋아하지 않는 영하로선 영생의 존재가 미덥지 않을 수 없었다.

'흥, 이렇게 된 이상 문제가 발생하면 대사형이 모두 덮어쓰겠지.'

영하는 결코 자신의 내심을 밝히지 않고 진중하게 웃어 보였다.

그러자 그걸 말없는 지지라 생각한 영생이 용기백배하여 사제들을 향해 목소리를 높였다.

"사제들, 아무래도 다른 침입자가 있는 것 같다!"

"다른 침입자?"

"또 있단 말야!"

영생의 갑작스런 선언에 서산파 제자들은 모두 불안한 표정을 지어 보였다.

서산파 제자들 중 무공을 이용해 타파 무림인들과 격투를 벌인 경험이 있는 사람은 거의 없었다. 갑작스런 사태에 불안한 심경을 내보이는 건 당연한 일이다.

쾅!

영생이 급속도로 확산되는 불안의 징후를 한차례 발을 굴러 진각을 일으키는 걸로 일소시켰다.

그는 일시 자신에게 모아진 사제들의 시선을 즐기며 목소리에 힘을 담았다.

"곧 사부님과 육 사숙께서 본 파를 침입한 적도들을 물리치고 돌아오실 것이다! 그러나 그분들이 오실 때까지 우리가 용문석굴 속에만 파묻혀 있을 순 없다. 다른 침입자들이 우리의 서산을 제 안방처럼 돌아다니게 할 순 없다는 뜻이다!"

"대사형, 그럼 우리는 어찌해야 하는 겁니까?"

시의적절하게 질문을 던진 영하의 얼굴에는 다른 사제들과 달리 한 점의 불안한 기색도 보이지 않았다. 이미 영생의 내심을 알고 있기에 마음의 결정을 내려놨기 때문이다.

영하에게 한차례 눈빛을 던진 영생이 비장한 표정으로 다시 목소리를 높였다.

"우리는 자랑스런 서산파의 문인답게 침입자들을 색출해 몰아낸다!"

"대사형, 그건……."

"설마 너희들은 사부님과 육 사숙에게 서산을 침입자들에게 빼앗긴 모습을 보이려는 건 아닐 테지!"

영생의 협박은 바로 먹혀들었다. 영생의 폭주를 막을 수 있는 유일한 사람인 영하가 침묵을 지켰기 때문이다.

'됐다!'

영생은 자신의 가슴을 강하게 두들기며 말했다.

"사제들은 전혀 걱정할 게 없다. 모든 책임은 이 대사형이 질 테니까!"

"대사형……."

영하가 다소 감격한 듯 영생을 부르자 나머지 사제들 역시 서금 진인을 보듯 초롱초롱한 눈빛이 됐다. 드디어 영생은 자신의 자리를 확고부동하게 만드는 데 성공한 것이다.

"그럼 가자!"

영생이 선동하듯 소리치자 조금쯤 음침한 표정이 된 영하와 사제들이 뒤를 따랐다. 지난 오십 년간 없었던 무림 활동에 서산파가 나서는 순간이었다.

第三十六章 ◆ 대흉(大凶)의 전조!

대흉(大凶)의 전조!

서산의 정봉에서 얼마 떨어지지 않은 노송림.

주변의 뭇 소나무들을 압도하는 수백 년 수령의 노송 위.

혈음마도 귀미태는 눈을 지그시 눈을 감은 채 산중을 떠도는 바람에 몸을 내맡기고 있었다.

바람에 따라 솔잎들이 잔떨림을 보인다.

그에 따라 이리저리 흔들리는 노송의 가지 위에서 귀미태는 용케도 균형을 유지하고 있었다. 마치 바람이 그의 주변만은 훑고 지나가지 못하는 듯하다.

문득 귀미태의 눈이 뜨였다.

'아미파 다음은 서산파라······.'

귀미태는 내심 지난 수삼 일간 만독문의 정보망을 총동원해 알아낸 파미륵의 그간 행적을 생각하며 눈살을 찌푸려 보였다. 몇 가지 이해가 가지 않는 일이 있었기 때문이다.

그가 아는 독불 파미륵은 자신을 몰아낸 사천무림과 아미파에 대한 증오심을 제외한 세사에 별다른 욕심이 없는 자였다.

비록 서열상 팔위이긴 하나 만독문 내에서 그는 오랫동안 주변인으로 남아 있었다. 본래 만독문에 들어온 목적 자체가 불순했으니, 어쩌면 당연한 결과였다.

그런 파미륵이 자신의 본래 임무를 망각하고 아미파로 향한 건 충분히 이해가 가는 대목이었다. 그에겐 복수라는 명분이 있었다.

하지만 난데없이 서산파라니?

생뚱맞은 경우란 이럴 때 쓰는 말일 것이다.

귀미태가 아는 바 파미륵과 서산파 간에는 어떤 연결 고리도 없었다. 아무리 털어봤자 먼지 한 점 나지 않는 사이였다. 전혀 상관이 없는 관계란 뜻이다.

귀미태는 결국 사천의 아미산에서부터 파미륵과 동행한 정체를 알수 없는 청년의 존재에 주목했다.

처음엔 파미륵이 거둬들인 제자나 노복이라 생각했던 자!

그 별로 대수롭지 않은 청년이야말로 파미륵의 느닷없는 서산파행의 배후에 가장 근접해 있다는 생각이 들었다.

'사천에 깔아놓은 밀정들에게서 취합된 정보에 의하면 파미륵과 동행한 애송이는 정파의 떨거지가 분명하다. 사천정의련이 결성된 쌍류에 몰려든 정파 무림인들의 용모파기 중 한 장이 그와 일치한다. 하지만 물과 기름 같은 사이인 정파의 애송이와 파미륵이 어쩌다 동행을 하게 된 것일까?

귀미태는 내심 고개를 가로저었다. 아무리 생각해도 두 사람의 동행과 서산파 방문의 목적을 짐작하기란 쉬운 일이 아니었다.

"관두자. 어차피 파미륵을 잡아 족치면 모든 게 명약관화해질 터."

나직이 중얼거린 귀미태가 시선을 서산의 정봉으로 향했다.

슬슬 풀어놓은 시독귀(屍毒鬼)들이 파미륵에 대한 정보를 물어 돌아올 때가 된 것이다.

*   *   *

서산의 중턱에 이르러 진자운과 육노당은 파미륵과 서금 진인을 떼어냈다.

죽도록 싸우기로 합의를 본 상태였다.

혹시라도 격전 중 어떤 방해가 있어선 안 된다는 데 두 사람은 의견 일치를 봤다. 그들에게 있어 파미륵과 서금 진인은 귀찮은 혹에 다름 아니었다. 최소한 지금은.

육노당이 바람같이 절벽을 밟으며 정봉으로 뛰어오르자 그 뒤를 진자운이 따랐다. 두 사람은 마치 사이 좋은 친우처럼 앞서거니 뒷서거니 하며 정봉에 올랐다.

떠날 때는 각자였지만, 도착은 거의 동시였다.

약속이라도 한 듯 정확했다.

곤명 일대에서 가장 높은 곳에 도달한 것이다.

휘오오!

두 사람을 환영이라도 하려 함인가. 갑자기 불어온 바람에 진자운은 살짝 눈살을 찌푸렸고, 육노당은 기분 좋게 자신의 몸을 내맡겼다.

순간 산 전체를 휘감고 돌아다니던 바람이 육노당의 몸 근처에 이르러 잠시 조용해졌다. 미풍으로 변했다. 마치 거칠게 천지를 뛰어다니던 한 마리 야생마가 주인을 만나 길이 든 것과 같은 모습이다.

'단순한 기파가 아니라 강기를 다루는 수준인가?'

진자운은 자신의 생각보다 육노당의 무공 수준이 더욱 뛰어나다는 생각을 했다. 서금 진인보다 훨씬 까다로운 상대란 생각이 그 뒤를 따랐다.

그때 잠시 퉁방울 같은 눈을 가늘게 뜨고 있던 육노당의 눈매가 정상으로 돌아왔다. 그는 꽤나 불량스런 표정으로 진자운을 쏘아봤다.

"너, 제법 하는구나!"

진자운의 입가에 피식 웃음이 담겼다.

"어쩐지 편한 길 놔두고 험하고 거친 곳으로만 죽도록 신형을 날리더라니. 내 무공을 시험해 보려 한 것이었소?"

"나 육노당이 어찌 보잘것없는 애송이를 상대로 손을 쓸 수 있겠느냐!"

"애송이라……."

"다 컸다는 말은 하지 말아라! 나는 서산파에서 여태까지 너 정도 되는 아그들의 똥기저귀를 갈아주며 살아온 사람이다!"

'큭!'

진자운은 갑자기 배가 아파오는 걸 느끼며 억지로 튀어나오려는 실소를 삼켰다.

그의 눈앞에 서 있는 육노당은 아무리 많이 쳐줘야 사십대 초반에 불과했다. 벌써 스물한 살이 넘은 진자운을 어린애 취급하기엔 연배가 그다지 맞지 않았다.

한데, 진자운은 눈앞의 불량한 사내가 꽤나 마음 편했다.

그가 하는 과장된 행동이나 사람을 협박하는 말투가 친근하게 느껴졌다. 그의 이런 모습은 마치 어린 시절을 보낸 장가촌의 껄렁한 불량배들이 동네 꼬맹이들을 을러대는 것과 다름없었기 때문이다.

"형씨, 나이 많이 먹은 게 그리 자랑할 만한 일이오? 만약 나이를 먹는다는 게 형씨처럼 되는 거라면, 난 그냥 이대로 살겠소."

진자운의 대응은 동네에서 굴러먹을 때 쓰던 것이었다. 백이면 백 상대방을 노하게 만들고, 얼굴을 붉어지게 만들며, 이성을 잃고 길길이 날뛰다 허점을 노출시키는 말이다.

"뭐라!"

육노당 역시 다르지 않았다.

갑자기 어린애를 타이르는 듯하던 말투와 행동을 벗어던진 육노당의 이마로 붉은 심줄이 불끈거리며 튀어 올랐다. 이것 역시 동네 불량배와 전혀 다르지 않은 모습이다.

"왜, 어른으로서 가르침이라도 주려는 것이오?"

진자운이 이죽거렸다. 활활 타오르는 불 속에 기름을 붓는 격이었다.

그러나 육노당과 일반적인 불량배 간에는 한 가지 차이점이 있었다. 접근을 불허하는 간극이 존재했다.

그는 대노한 상황에서도 바로 진자운에게 달려들지 않았다. 눈앞의 애송이에게 어른에게 엉긴 대가를 받아내기 전에 한 가지 확인해야 할 일이 있었기 때문이다.

으득!

한차례 이를 가는 것으로 폭발하려는 마음속의 분기를 억누른 육노당이 말했다.

"한 가지 묻겠다!"

"어른으로서 하는 질문이오? 흠, 어른씩이나 되어가지고 똥기저귀를 갈아주던 꼬맹이한테 가르침을 구하다니, 한심하단 생각이 들지 않소?"

육노당이 얼른 부인했다.

"아니다! 아니야!"

"뭐가 아니란 말이오?"

"나는 가르침을 구하려한 게 아니다! 그러니 네 말은 모두 엉터리다! 헛소리다!"

"흐음."

진자운은 대답 대신 못 미더운 눈빛을 던졌다. 그것이 육노당을 더욱 화나게 만들었다. 한차례의 의심 섞인 눈빛이 백 마디 이죽거림보다 훨씬 더 속을 뒤집어놨다.

'이 자식, 죽인다! 반드시 죽인다!'

육노당의 눈 깊숙한 곳에서 자욱한 살기가 감돌았다. 그는 눈앞에서 얄밉게 히죽거리고 있는 진자운을 당장에라도 잡아 죽이고 싶었다.

그때 진자운이 웃음을 멈췄다. 놀릴 만큼 놀려먹었으니 본론으로 들어가야겠다는 생각이 든 것이다.

"나는 귀 파의 장문인인 서금 진인이 제자를 도둑질하는 장면을 우연히 목격했소이다."

"…그랬냐."

"그렇소. 그래서 귀 파의 전대 비사 역시 전해 들을 수 있었소."

"이런 입싼 인간 같으니!"

육노당은 자신도 모르게 사형인 서금 진인을 욕했다. 문파의 수치를 타 파의 애송이한테 한꺼번에 까발린 그의 경솔함에 화가 났기 때문이다.

"그래서 너는 뭘 원하는 거냐?"

육노당의 단도직입적인 질문에 진자운이 기다렸다는 듯 대답했다.

"당신을 원하오!"

"뭐?"

"서산파 제일 고수를 원한다는 말이오!"

쩡!

육노당은 양손에 나눠 쥐고 있던 망치와 정을 한차례 부딪치는 것으로 대답을 대신했다. 그러자 쇠와 쇠가 부딪친 자리에서 시퍼런 불꽃이 튀어 올랐다.

'호오!'

진자운의 눈에 이채가 떠오른 순간, 육노당이 쇳소리가 섞인 목소리로 커다란 눈알을 부라리며 말했다.

"너 좀 맞아야겠다!"

"……."

육노당이 순간 바람같이 진자운을 덮쳤다.

공언했다시피 진자운을 두들겨 팰 요량이었다.

그러나 진자운은 거의 암습이나 다름없는 육노당의 공격을 간단히 피해냈다. 그의 신형은 시의적절하게 반보의 이동을 보였다.

'이 녀석! 역시 제법이잖아!'

육노당은 두 번째 공격을 퍼붓지 않았다.

대신 그는 빠른 걸음으로 뒤로 물러섰다. 좁혔던 간격을 다시 넓히는 우를 범한 것이다.

"벌써 끝이오?"

진자운의 얼굴에는 시시하단 빛이 떠올라 있었다. 다분히 육노당을 도발하는 행동이다.

이번에는 육노당도 넘어가지 않았다.

"방금 전에 애송이라 부른 건 사과한다. 그러나 너는 본 파의 치부를 알았을뿐더러, 나 육노당의 사형에게 위해를 가했다."

"설마 살인멸구(殺人滅口)를 하겠단 거요?"

"살인멸구? 네가 본 파의 치부를 안 것쯤이야 별 대수로울 바가 아니다. 곤명에서 서산파의 역사에 먹칠을 한 사기꾼에 대해 모르는 사람은 아무도 없으니까."

"그럼?"

"나는 사형의 명예를 위해 네 녀석을 죽여야겠다!"

"명예……."

"그렇다! 나 같은 망종과 달리 사형은 서산파를 다시 곤명에, 아니, 운남 전체에 우뚝 서게 해야 할 사명이 있는 분이시다. 그러니 너 같은 녀석에게 존엄을 훼손당하게 할 순 없다!"

쩡!

다시 망치와 정을 부딪쳐 불꽃을 일으킨 육노당이 몸 전체에서 강렬한 기파를 일으키며 소리쳤다.

"나는 이미 공언했다시피 본 파의 지보인 뇌정추와 폭뢰정을 함께 사용할 것이다! 너는 검을 뽑아라!"

"싫소!"

"뭐?"

육노당의 가뜩이나 큰 눈이 조금 더 커졌다. 진자운이 한 말의 의미를 알 수 없다는 표정이다.

진자운이 히죽 웃었다.

"뭐, 그리 날 잡아먹을 듯 볼 필요는 없소. 나는 검보다는 권장이 특기니까."

"권장이 특기라……."

"그렇소."

진자운이 자연스레 일권파의 자세를 취해 보이며, 이번에는 육노당 쪽으로 반보를 떼어냈다.

바닥에서 떨어진 반족장의 미묘한 움직임.

강렬한 기도.

고수가 고수를 알아보듯 방금 전의 일합으로 진자운의 진신절학을 알아본 육노당의 미간에 작은 주름이 패었다.

'썩을! 육노당 일생에 진짜 고수를 만나는 순간이구나!'

육노당이 억지를 부리는 아이 같은 얼굴을 한 채 소리쳤다.

"네 녀석과 달리 나는 권장이 특기가 아니다! 그러니까 뇌정추와 폭뢰정 모두를 사용할 거다!"

"얼마든지."

대답과 동시, 육노당을 향해 뻗어진 진자운의 권에서 강렬한 기운이 넘실거리기 시작했다.

*   *   *

"끌!"

진자운에게 서금 진인에 대한 감시를 부탁받은 파미륵은 미륵스런 얼굴을 가볍게 가로저었다. 자연스레 그는 혀를 차고 있었다. 마치 뒷마당이나 지키는 노인네가 된 듯한 기분이 들었기 때문이다.

현 상황이 마땅찮은 건 서금 진인 역시 마찬가지였다.

사실 그는 육노당이 곤명호를 달려오는 모습을 보고 꽤나 감격했었다. 항상 말은 귓구멍 밖으로 튕겨내기 일쑤고, 자신을 사형 취급조차 하지 않던 육노당이 드디어 사람이 됐다는 생각이 들었기 때문이다.

한데, 갑자기 뒤에 남아 기다리란 일방적인 통고를 받았다. 아무리 그가 서산제일고수라 하나 장문인이자 사형인 자신을 꽤나 무시한 처사란 생각을 지울 수 없었다.

'젊은것들이란!'

'젊은것들이란!'

파미륵과 서금 진인은 거의 동시에 한숨을 토하고 서로를 바라봤다. 첫 만남부터 지금까지 좋았던 때라곤 한 번도 없던 두 사람이 공통 분모를 가지게 된 것이다.

털썩!

넓적한 바위 위에 아무렇게나 주저앉은 파미륵이 서금 진인에게 말했다.

"거기 좀 앉으시게. 오랫동안 혈도가 점혈되어서 무릎깨나 시릴 텐데."

"아직은 괜찮소이다."

"그런가?"

파미륵은 더 권하지 않았다. 싫다는 사람을 붙잡고 늘어지는 취미나 친절함은 그에겐 없었다. 그러자 당황한 건 서금 진인이었다.

'한 번 더 권하지 않고…….'

서금 진인은 당최 눈을 감았는지 떴는지 알 수 없는 파미륵의 실눈을 힐끔 바라보곤 괜스레 겸양을 떤 자신의 행동을 후회했다. 파미륵의 말처럼 오랫동안 혈도가 제압당해서인지 무릎이 시큰거렸다. 나이는 속일 수 없는 것이다.

툭툭!

서금 진인은 무릎을 주먹으로 두들겼다. 일부러 소리나게 두들겼다.

파미륵의 실눈이 조금 커졌다.

"다리 아프면 앉으라 했지 않은가!"

"그렇게까지 권하니……."

서금 진인이 조심스레 바닥에 앉았다. 맨땅이나 그는 전혀 개의치 않았다.

'쯧, 저리 늙은 티를 내야 한단 말인가!'

파미륵은 내심 혀를 차고 다시 눈을 감았다. 진자운의 부탁대로 효과적인 주변의 경계를 위해 정신을 집중할 필요가 있었다.

번뜩!

파미륵의 실눈 깊은 곳에서 시퍼런 안광이 번뜩였다.

그와 동시, 그의 몸에서 일어난 거창한 기파!

'무슨?'

주변에 쭈그려 앉아 있던 서금 진인이 다소 긴장한 표정으로 파미륵에게 시선을 던졌다.

곤명까지의 동행 중 파미륵이 이처럼 노골적으로 기파를 일으킨 건 처음 있는 일이었다. 오랜 관록으로 그는 뭔가 큰일이 벌어졌음을 직감했다.

그때 뇌전 같은 안광을 눈에 담은 채 잠시 정신을 모으고 있던 파미륵이 서금 진인을 향해 손가락을 튕겼다.

파팍!

서금 진인의 몸이 일순 가벼운 떨림을 보였다.

해혈이 된 것이다.

그와 동시, 가부좌를 틀고 앉아 있던 바위에서 뛰어내린 파미륵이 얼떨떨한 표정의 서금 진인에게 소리쳤다.

"제자들에게 가보시게!"

"그게 무슨……."

"서산에 독구름이 몰려들었어!"

"……."

파미륵은 서금 진인의 대답을 기다리지 않고 바로 신형을 날렸다. 코끝을 간질거리며 파고든 독기를 확인해야만 했다.

"서산에 독구름이 몰려… 들었다? 설마 만독문이 서산파를 치러 왔단 말인가!"

파미륵의 마지막 말을 되새김하듯 홀로 음미한 서금 진인의 안색이 갑자기 창백하게 질렸다. 비로소 파미륵이 한 말의 뜻을 깨달은 것이다.

"안 돼!"

서금 진인이 용문석굴 쪽으로 신형을 날렸다. 그의 양손에는 뇌정추와 폭뢰정을 닮은 망치와 정이 들려져 있었다.

       *   *   *

진자운은 육노당을 지그시 쏘아보다, 두 이(二) 자로 벌리고 있던 두 발 중 왼발 끝을 미묘하게 육노당 쪽으로 틀었다.

두 발이 나란히 횡으로 이어진 자세.

팍!

순간 진자운의 오른발이 바닥을 찍었다. 그에 따라 허리가 탄성을 받아 강하게 앞으로 튕겨졌다.

그리고 돌격!

파앙!

순식간에 가속한 진자운의 신형이 폭발적인 속도를 함유한 채 육노당을 짓쳐 갔다. 단순명쾌한 일직선의 공격.

'빠르다!'

육노당은 순간 헛바람을 폐 가득 들이켰다.

그는 무학의 천재로 나이 서른이 되기 전 서산파의 정추신공 십단계를 모두 익히고, 마흔인 지금은 타정기 팔백타법 중 육백팔십 가지를 이미 완성한 상태였다.

모두 서산파의 개파조사 이래 어떤 제자도 이룬 바가 없는 경지였고, 아직 연소한 나이를 생각하면 경악할 만한 성취였다. 사형인 서금 진인이 곤명호에서 파미륵과 동귀어진할 생각을 한 건 모두 그를 믿었기 때문이다.

한데, 그런 육노당이 경악했다.

그만큼 진자운의 움직임은 빨랐다. 그리고 순간적으로 내뻗어진 일권파는 더욱 빨랐다. 게다가 그의 일권파는 단지 빠르기만 한 건 아니었다.

지척지간(咫尺之間)!

어느새 푸르스름한 기운이 진자운의 권을 감싸고 있었다.

일권파에 단천뢰심강을 같이 운용한 것이다.

파아앙!

권이 도착하기도 전에 공기를 가로지르는 음파가 육노당의 귓전을 때렸다. 그러자 몸의 평형감을 유지시켜 주는 귓속의 반달 모양의 기관이 크게 진동했다.

육노당은 귓전을 때리는 기음에 고막이 터져 나가는 통증과 지축이 뒤흔들리는 평형감의 상실을 동시에 느꼈다.

진자운의 일권파가 만들어낸 이중고(二重苦)!

육노당은 순간, 양손에 나눠 쥐고 있던 뇌정추와 폭뢰정을 천지개합(天地開合)의 자세로 교차시켰다. 진자운의 일권파를 막는 동시에 하단전을 노리는 공수 겸비의 초식이다.

따당!

뇌정추와 부딪친 진자운의 주먹에서 불꽃이 일었다. 마치 강철을 망치로 두들긴 것과 다름없는 모습이다.

그 순간, 진자운의 일권파가 번개같이 육식의 변화를 보였다.

상중하로 움직이는 권의 폭풍.

결국 육노당이 더 이상 견디지 못하고 뒤로 물러섰다.

지익! 직!

육노당의 발끝이 바위 위에 작은 홈을 만들어냈다. 일권파와 맞부딪친 순간 몸 안에서 터져 나온 진기의 폭주를 해소시키는 동안 벌어진 현상이다.

"육시랄!"

육노당은 욕설과 함께 뇌정추를 든 오른쪽 어깨를 가늘게 떨었다. 연달아 폭발한 일권파 전 육식을 모조리 받아낸 탓에 오른쪽 반신이 일시 마비 증세를 일으킨 것이다.

그때 진자운이 다시 파고들었다.

─간격을 좁혀 상대를 제압한다!

무당 권법의 특징인 추수의 요체다.

그에 충실해 육노당을 몰아붙이는 진자운의 움직임은 물 흐르듯 막힘이 없고, 천길절벽에서 떨어져 내리는 폭포수처럼 격렬했다.

파파파파!

육노당은 자신의 정추신공이 단숨에 무너지는 걸 느꼈다.

막고, 치고, 때리고, 부수는…….

육노당은 어떤 것도 할 수 있었다. 그리고 또한 아무것도 할 수 없었다. 진자운의 일권파 전 육식이 모든 가능성을 막은 채 강력한 압박을 가해왔기 때문이다.

육노당은 폭풍 같은 권세에 숨이 막혀왔다.

그러나 그에겐 정추신공 외에 타정기 팔백타법이란 절기가 또 있었다. 뇌정추와 폭뢰정이란 기병이 있었다.

따당!

순간적인 돌격으로 진자운의 장권의 기세를 잠시 늦춘 육노당이 뇌정추로 폭뢰정의 머리를 강하게 때렸다.

목표는 진자운의 하단전!

'웃!'

진자운은 갑자기 자신이 벼락에 맞았다고 생각했다. 머리끝에서 발끝까지 한 가닥 무시무시한 기운이 관통하듯 지나갔다. 저릿한 통증을 남기고.

일시 무릎에서 힘이 빠지는 걸 느낀 진자운이 한 가닥 남은 기운을 모아 신형을 뒤로 물렸다. 그 순간에도 그는 자오원앙각을 펼쳐 육노당의 연이은 공격을 미연에 막는 걸 잊지 않았다.

휘청!

바닥에 떨어져 내린 것과 동시, 뒤로 몇 걸음이나 물러선 진자운이 한쪽 눈을 감았다. 방금 전 얻어맞은 뇌전은 무릎뿐 아니라 시력에마저 영향을 미쳤다.

진자운이 처음부터 단천뢰심강을 일으키고 있었던 걸 생각하면 믿을 수 없는 결과!

진자운은 한쪽 눈으로 육노당에게 초점을 맞췄다.

육노당이 자신도 모르게 감탄했다.

"뇌정추와 폭뢰정의 강뢰를 맞고도 버틸 수 있다니! 너 정말 대단한 놈이구나!"

"씨발!"

진자운의 입에서 자연스레 욕설이 터져 나왔다. 잠깐 사이 멀쩡하던 한쪽 눈마저 시원찮아지고 있었다. 잠시 방심한 것치고는 지나칠 정도로 값비싼 대가를 치렀다.

"뇌정추가 바위를 깨는 데만 효용이 있다는 말은 역시 거짓말이었군!"

육노당의 얼굴에 음흉한 표정이 떠올랐다.

"네 놀라운 무위를 높이 사 특별히 설명해 주지. 뇌정추와 폭뢰정은 한 쌍의 형제나 다름없다. 그래서 정추신공의 극의인 강뢰(强雷)를 이 둘로 펼칠 경우엔 엄청난 위력을 발휘한다."

"신병이기란 소리군?"

"본 파에선 그리 생각한다."

"그래… 그럼……."

진자운은 일부러 말꼬리를 길게 끌었다. 마치 뒤에 뭔가 더 할 말이 있는 것처럼.

육노당은 자신도 모르게 진자운에 대한 신경을 흐트러뜨렸다. 그가 아는 뇌정추와 폭뢰정의 강뢰는 절정고수의 호신강기마저 박살 내는 위력이 있다. 눈앞에 진자운에겐 다시 반격할 힘이 남아 있지 않다고 그는 판단했다.

그 짧은 방심이 오판을 낳았다.

진자운의 단천뢰심강은 일반적인 강기공과는 차원이 다른 초절정의 절학이었다. 아직 진자운이 일반적인 호신강기의 수준에 머물러 있다곤 하나 호체(護體)의 묘용은 천하제일이라 해도 과언이 아니었다.

번쩍!

순간 진자운이 푸른 번개로 변했다.

목표는 육노당.

단천뢰심강을 극한까지 끌어올린 진자운의 신형이 공중에서 급작스런 회전을 일으켰다. 파산경을 폭발시켰다.

벽력같은 일격!

육노당의 신형이 구겨진 종잇장처럼 뒤로 날아갔다.

방심에 대한 대가였다.

그러나 진자운은 거기서 멈추지 않았다. 그는 파산경의 폭발이 완벽하게 이뤄지지 않았다는 걸 알고 있었다. 최후의 순간 육노당 역시 뇌정추와 폭뢰정을 교차해 다시 강뢰를 펼쳤기 때문이다.

파콱!

진자운이 다시 발끝으로 땅을 박찼다.

연이은 가속이었다.

진자운은 순식간에 육노당에게 따라붙었다. 그를 완전히 박살 낼 기세였다.

'이런 미친놈!'

육노당이 이를 갈았다.

그는 연달아 진자운에게 강뢰를 먹였다. 그 외에는 방금 전 경험한 끔찍한 위력의 파산경을 막아낼 방도가 없다는 판단이었다.

그러나 진자운의 파산경은 온몸을 다 사용하는 파괴의 초식이다. 연달아 날아오는 강뢰를 진자운은 가볍게 흘려냈다. 마치 미끄러지고 팅겨 나가는 것 같다.

"이런 개 같은……!"

육노당의 절규 속에 진자운의 신형이 기쾌하게 이동했다. 순간 이동과 같은 빠르기다. 그리고 그의 신형은 발이 이동한 방향과 반대쪽으로 회전을 일으켰다.

휘릭!

놀랍게도 자신의 앞에서 등을 내보인 진자운을 향해 육노당의 눈이 노기를 토해냈다. 자신을 무시한다는 생각이 들었기 때문이다.

"이 자식!"

육노당이 진자운의 훤히 드러난 명문혈을 향해 사양치 않고 강뢰를 먹였다. 한번 죽어보란 생각이었다.

따당!

그러나 망설임없이 뇌정추가 폭뢰정을 때린 순간, 진자운의 신형이 다시 회전을 일으켰다.

강뢰가 명문혈을 앞에 두고 옆으로 흘러내렸다.

그와 동시, 왼발로 바닥을 찍듯이 찬 진자운의 신형이 딱 사람의 얼굴 높이만큼 뛰어올랐다.

'각법(脚法)?'

육노당은 이미 한차례 상대해 본 진자운의 자오원앙각을 떠올렸다. 그의 몸이 순간적으로 그에 대한 반응을 보였다.

스팟!

육노당의 폭뢰정이 진자운의 발등을 노렸다. 평소 그다지 사용치 않았던 강뢰를 포기하고 가장 자신하는 타정기 팔백타법으로 공격 방법을 바꾼 것이다.

타고난 천재성을 드러낸 일격!

폭뢰정의 예리한 강침이 진자운의 발등에 콱 하고 박혀들었다. 아니, 박혀든 것처럼 보였다.

'잔상!'

육노당의 눈에서 불꽃이 일었다. 그는 직감적으로 자신이 당했다는 걸 눈치챘다.

그때 진자운의 무릎이 공중에서 모아졌다.

그리고 강타!

파산경의 오식인 탄슬반추(彈膝反芻)에 얻어맞은 육노당의 허리가 철판교처럼 뒤로 제쳐졌다. 최후의 순간 어떻게서든 위력을 반감시키려는 육노당의 몸부림이었다.

물론 그걸 그냥 놔둘 진자운이 아니다.

콰직!

천근추와 함께 진자운이 육노당의 가슴 위로 떨어져 내렸다.

"컥!"

육노당의 입에서 비명이 터져 나왔다. 이미 탄슬반추에 큰 타격을 입은 그로선 진자운의 가볍디가벼운 천근추의 압력조차 감당해 내기 쉽지 않았다.

혈도를 제압하는 대신 등을 땅에 대고 대자로 뻗은 육노당의 쇄골을 사정없이 밟고서 진자운은 일권파를 전개했다.

폭풍 같은 일권이 떨어져 내렸다.

쾅!

눈을 부릅뜨고 진자운의 일권파를 맞은 육노당의 얼굴에 의혹의 기색이 떠올랐다. 진자운의 주먹이 떨어져 내린 자리가 그의 얼굴이 아니었기 때문이다.

'어째서……'

진자운이 수천 년 세월 동안 다져진 암석에 균열을 일으킨 자신의 주먹을 거뒀다. 그리고 육노당을 향해 히죽 웃어 보였다.

"당신이 졌소."

"나는… 아직 안 졌다!"

"시끄럽고!"

진자운이 육노당 위에서 풀쩍 뛰어 내렸다.

                    *   *   *

　"제기랄!"

　영생은 방금 전까지 건강한 왼팔이 자리잡고 있던 상처를 천으로 싸
매며 나직이 욕설을 터뜨렸다.

　그의 왼팔은 스스로 잘라낸 것이다.

　독에 중독되었으니 어쩔 수 없는 일이었다. 조금 고통스럽긴 하나
참지 못할 정도는 아니고, 덕분에 목숨을 건졌으니 그리 값비싼 대가는
아니다.

　정작 지금 영생을 괴롭히는 건 그를 따라 용문석굴을 나선 사제들
중 대부분이 독에 중독된 현실이었다. 마치 기다렸다는 듯 느닷없이
나타나 사제들과 자신을 공격했던 용문석굴 밖의 시독귀들을 어쩔 수
없었다는 빌어먹을 현실 말이다.

　영생은 말할 수 없이 착잡해진 눈빛으로 용문석굴의 입구를 굳건히
막은 용문거암(龍門巨巖)이 있는 방향을 바라봤다.

　그는 자신의 왼팔과 바꿔서 사제들을 용문석굴로 피신시키고 수천
근이 넘는 용문거암으로 입구를 막았다. 서산파가 지난 오십 년간 들
인 공력 중 일부분이 복이 되어 돌아온 것이라 할 수 있었다.

　'하지만 언제까지 용문거암이 우리를 지켜줄 수 있을까? 한 시진?
아니면 반 시진가량? 과연 사부님과 육 사숙이 올 때까진 버텨줄 수 있
을까?'

　영생은 내심 고개를 가로저었다.

　솔직히 사부 서금 진인과 육노당이 지금 당장 구하러 온다 해도 지
옥에서 기어 나온 악귀 같은 시독귀들을 이길 수는 없을 것 같았다. 그

만큼 영생이 상대한 시독귀들은 끔찍했다. 꿈에서나마 보고 싶지 않을 정도였다.

그때 시독귀와 싸우던 중 침투한 독에 저항하느라 운기조식에 몰입해 있던 영하가 영생에게 다가왔다.

"대사형, 용문거암이 얼마나 버틸 수 있을까요?"

"난… 모르겠다."

"제 생각엔 한 식경을 못 버틸 것 같습니다. 저들은 한둘이 아니니까요."

영생이 그제야 영하에게 시선을 던졌다. 그가 이런 말을 내뱉어 가뜩이나 공포와 체내에 침투한 독기에 찌들어 있던 사제들을 절망시키는 까닭을 알고 싶었기 때문이다.

영하가 이유를 설명했다.

"그러니 사제들 대부분이 독에 중독된 이상 대사형과 저만으론 대항키 어려울 것 같습니다. 싸워봤으니 아시겠지만 저들은 개개인이 모두 대사형과 동수인 독공의 고수들이니까요."

"그래서 투항이라도 하자는 거냐!"

영생이 버럭 소리를 질렀다. 짜증이 치솟았기 때문이다. 그러나 영하의 표정은 담담하기만 했다. 그는 아예 얼굴을 철판을 깐 듯 차분히 말을 이었다.

"투항할 필요는 없습니다."

"그럼?"

"저들이 용문거암을 부수는 것과 동시에 제가 나서겠습니다. 그러니 대사형은 사제들을 이끌고 비로(秘路)를 통해 밖으로 빠져나가십시오."

비로는 용문석굴 중간중간에 뚫어놓은 일종의 비상 통로였다. 절벽의 암석을 뚫고 돌계단을 만들다 사고가 일어날 것을 대비해 만들어놓은.

"너……."

영생은 갑자기 말문이 막히는 걸 느꼈다. 대번에 영하의 계획을 눈치챘기 때문이다.

"누군가 해야 하는 일입니다. 대사형은 앞으로 본 파를 맡아야 할 분이니, 제가 하는 게 맞다고 생각합니다. 다만, 이번에 제가 용문석굴을 무너뜨리면 지난 오십 년간 행한 본 파의 노력이 모두 물거품이 되는 것이니……."

"그만!"

영생이 영하의 말을 다시 끊었다.

그는 어느새 붉게 변한 눈으로 영하를 바라보다 주먹으로 그의 어깨를 툭 때렸다.

"영하, 네 뜻은 고맙다. 하지만 그 일은 내가 해야 할 일이다! 그러니까 너야말로 사제들을 이끌고 비로로 피해라!"

"그건……."

"이건 대사형으로서의 명령이다!"

영생의 목소리가 엄해지자 영하가 슬쩍 고개를 숙여 보였다.

"대사형의 뜻이 정 그러시다면."

"네게 서산파의 미래를 맡기마! 너는……."

타탁!

고개를 숙여 영생을 방심케 한 후 영하는 손을 썼다. 영하에게 마혈이 제압된 영생의 눈이 크게 뜨였다. 그는 완전히 믿고 있던 도끼에 발등 찍힌 표정이었다.

"……."

순간적으로 힘을 잃고 자신의 품에 쓰러진 영생을 안고서 영하가 갑작스런 상황 변화에 놀란 표정이 된 사제들에게 소리쳤다.

"너희들은 지금 당장 대사형을 모시고 비로를 통해 도망쳐라!"

"영하 사형……."

"영하 사형……."

"어서!"

영하의 평소 감정을 드러내지 않던 얼굴에 푸른 기운이 감돌았다. 그가 극도로 감정을 참고 있을 때 종종 보이곤 하는 모습이었다.

'아아, 영하 사형…….'

'항상 냉정, 침착하던 영하 사형이 저런 모습을 보이다니!'

영하의 바로 아래 서열인 사제 둘이 얼른 달려와 영생을 안아 들었다. 그들의 얼굴은 온통 눈물로 범벅이 되어 있었다. 영하에게 완전히 감격하고 만 것이다.

"영하 사형, 저희들은 그동안 사형을 오해했습니다!"

"그렇습니다. 저희들은 항상 사형이 홀로 떨어져 지내는 걸 좋아하셨기에……."

"됐다!"

사제들의 절절한 감정이 담긴 말을 매몰차게 끊은 영하가 엄숙한 표정으로 말했다.

"너희는 지금부터 뒤도 돌아보지 말고 달려라!"

그 말을 끝으로 신형을 돌린 영하가 용문거암 쪽으로 걸어갔다. 사제들의 통곡을 뒤로한 채.

"크큭! 크큭크큭큭!"

영생과 사제들의 모습이 완전히 보이지 않게 된 순간, 영하는 참고 있던 웃음을 입 밖으로 내뱉었다. 그의 평소 감정을 드러내지 않던 얼굴은 지금 극도의 기쁨과 환희로 물들어 있었다.

절망적인 현 상황 때문에 미친 것일까?

그렇진 않았다.

그는 멀리 용문거암이 보이자 속으로 생각했다.

'드디어 이 빌어먹을 용문석굴을 내 손으로 박살 낼 때가 왔다! 드디어 끝없는 작업으로부터 해방되는 거다! 해방되는 거야!'

이것이야말로 영하가 이번에 영생 대신에 용문석굴을 박살 내는 일을 하겠다고 나선 진정한 이유였다.

그는 어려서부터 눈이 밝을뿐더러 머리가 비상해 근동에서 신동이라 이름이 난 천재 소년이었다. 장차 커서 과거를 통해 등과한 후 천하에 이름을 떨치리란 부모의 기대는 결코 꿈만은 아니었다.

하지만 그에게 약속됐던 밝고 희망찬 미래는 이십 년 전 서산파에 납치되어 억지로 제자가 되는 순간 끝났다.

급전직하(急轉直下)!

이 말보다 더 어울리는 건 없다. 그는 이후 계속된 처절한 무공 수련과 작업으로 인해 점점 말수가 없어졌고 감정이 메말라 갔다. 꿈을 잃어버렸기 때문이다.

그는 그래서 자신을 이렇게 만든 서산파와 용문석굴을 증오했다. 어떻게서든 자신의 손으로 서산파와 용문석굴 모두를 끝장내고 싶었다. 그렇게 하지 않고선 마음속에 맺힌 원한이 풀리지 않을 것 같았다.

그런데 우연찮게 수년 전 그 기회가 찾아왔다. 운남의 절대강자인 만독문 쪽에서 그에게 간자로 활동할 것을 제의해 온 것이었다.

'용문석굴 중간중간을 받치고 있는 버팀목들은 용문거암과 연결되어 있다. 용문거암을 치우는 정도의 움직임으론 별다른 영향이 없지만, 절벽 아래로 떨어뜨리면 용문석굴 전체가 붕괴된다, 비로와 더불어.'

영생을 비롯한 서산파 제자 전부가 전멸하는 광경을 떠올리며 영하는 입가에 일그러진 미소를 만들어냈다. 그동안 꼭꼭 숨겨놨던 본성을 드러내는 미소였다.

그러는 동안, 그는 드디어 용문거암 앞에 도달했다.

"어디 보자!"

영하는 종종걸음으로 용문거암 부근에 마련된 기관 장치 쪽으로 걸어갔다.

일단 용문거암을 열고 밖으로 나가 만독문의 시독귀들과 만나 전후 사정을 설명해야만 했다. 그 후 그들의 힘을 빌어 용문거암을 밖에서 절벽 밑으로 떨어뜨리기만 하면 모든 일은 끝나는 것이다.

그런데 막 영하가 용문거암 바로 앞에 도착했을 때다.

콰릉!

천지가 개벽하는 듯한 굉음이 용문거암으로부터 터져 나왔다.

그리고 영하를 향해 쏟아진 돌무더기!

퍼퍽!

영하는 미처 피하지 못하고 아이 머리통만한 돌덩이를 몇 개나 얻어맞았다. 그로선 그야말로 마른하늘에 날벼락이었다.

"크윽! 이게 도대체……."

피 범벅이 된 얼굴을 몇 차례 흔들어 보인 영하의 얼굴에 경악의 기색이 떠올랐다. 방금 전까지 용문석굴의 입구를 굳건히 지키고 있던 용문거암이 두 쪽으로 갈라진 말도 안 되는 모습을 발견했기 때문이다.

第三十七章 ◆ 폭발! 단천뢰심강!

폭발! 단천뢰심강!

진자운은 육노당의 항복을 받아내고 있던 중 용문석굴 쪽에서 나는 파공성을 듣고 잠시 머리를 굴렸다.

예상보다 완강하고 고집이 센 육노당이다. 그를 완벽하게 굴복시킬 수 있는 건수가 생겼다는 생각이 뇌리를 스쳐 갔기 때문이다.

'아무래도 오늘 서산파에 적들이 쳐들어온 것 같은데, 이번 기회에 좀 도와주면 마음으로부터 굴복을 받아낼 수 있지 않을까?'

정말 치사한 생각이었다.

그러나 진자운은 자신의 생각을 바로 실천에 옮겼다, 그럴듯한 표정까지 지어 보이며.

"밑에서 파공성이 들리는 걸 보니 서산파에 적이라도 쳐들어온 것 같은데, 이곳에서 시간 죽이는 짓은 그만하는 게 어떻겠소?"

"나더러 패배를 인정하라는 거냐?"

"끝까지 패배를 인정하지 않겠다는 거요?"

"그렇다! 그러니 너는 차라리 이 자리에서 날 죽여라!"

육노당이 계속 뻗대는 모습에 진자운은 속에서 울화가 확 치밀어 오르는 걸 느꼈다. 진짜 장마철에 먼지 나듯 두들겨 패고 싶은 면상이란 생각이 들었다.

'하지만 이런 빌어먹을 자식이 나는 필요하다!'

진자운은 내심 치밀어 오르는 화를 죽이고 말했다.

"내가 당신을 죽여서 뭐 하겠소? 호랑이처럼 가죽을 벗겨서 팔 수 있는 것도 아니고."

"그럼 이대로 서산에서 떠나겠다는 거냐?"

"당신 고집이 이렇게 질기니 어쩔 수 없는 일 아니오."

진자운은 육노당에게 한마디 톡 쏘아주곤 갑자기 신형을 날렸다. 파공성이 터져 나온 용문석굴 쪽이었다.

"어?"

육노당이 잠시 놀란 표정을 짓다가 얼른 진자운의 뒤를 좇아 신형을 날렸다. 진자운 앞이라 내색은 못했지만, 그 역시 용문석굴 쪽에서 들려온 파공성이 꽤나 신경 쓰였기 때문이다.

두 사람은 앞서거니 뒷서거니 하며 용문석굴 앞에 도달했다.

용문석굴 앞에 진을 친 시독귀들을 발견한 육노당이 이를 부드득 갈았다. 그는 평소 보이는 모습보다 훨씬 더 서산파를 사랑하고 있었다.

따당!

강뢰의 시퍼런 벼락에 시독귀 하나가 숯덩이가 되어 날아갔다. 본래 불과 독은 극성이다. 극한에 이른 불의 속성을 지닌 강뢰를 시독귀들이 당해낼 순 없었다.

연달아 세 명의 시독귀가 불에 타 쓰러졌다.

추풍낙엽(秋風落葉)이란 이런 걸 두고 하는 말이었다.

그러나 시독귀들 역시 바보는 아니다. 그들은 육노당이 절정에 이른 고수임을 눈치채고 재빨리 산개했다. 일단 정면으로 맞붙는 걸 포기한 것이다.

그리고 사방에서 시독귀들이 육노당을 조여오기 시작했다.

평범하나 확실한 사방진(四方陣)!

육노당은 다시 강뢰를 일으킬 수 없게 됐다. 정추신공 십단계로 일으킨 강기를 모아 펼치는 강뢰의 위력은 절대적이다. 웬만한 호신강기조차 박살 낼 만큼의 파괴력을 지니고 있기 때문이다.

방금 전 비무에서 진자운조차 단천뢰심강을 연마하고 있지 않았다면 한 방에 패배하고 말았으리라.

그런 강뢰가 이렇게 합공을 당할 경우는 꽤나 무기력해진다. 기력을 모을 시간을 빼앗기기 때문이다. 그 점을 귀신같이 아는 듯 공격해 오는 시독귀들을 향해 육노당은 이를 부드득 갈았다. 그의 입에서 절로 욕설이 터져 나왔다.

"어떤 육시랄 놈이 본 파의 무공 비밀을 외부에 누출시킨 것이냐!"

육노당은 강뢰를 포기했다. 대신 그는 타정기 팔백타법을 펼쳐 시독귀들에게 대항했다. 강뢰를 펼칠 순 없지만, 정추신공을 끌어올려 강기를 형성한 그에게 시독귀들의 독기는 무용지물이었다.

'저 욕쟁이 녀석은 꽤나 강하지만, 싸움 경험이 그다지 많진 않군.'

진자운은 한눈에 육노당의 약점을 간파하고 히죽 웃었다. 육노당의 고전이 그는 꽤나 기뻤다. 사실 육노당 혼자 시독귀들을 모조리 쓸어

버릴 경우 생색낼 일이 없어져 진자운의 계획은 꽤나 큰 차질을 빚게 되는 것이다.

그때 일단의 시독귀들이 진자운을 공격해 들어왔다. 재수없게도 그를 육노당과 한패로 봤음이 분명하다.

파파파파!

보는 것만으로도 마음이 우울해지는 시독(屍毒)이 잔뜩 담긴 독장이 진자운을 노리며 파고들었다. 독장이 도달하기도 전에 시체 썩는 냄새가 코끝을 후벼 팠다.

꿈틀!

진자운은 악취에 눈살을 살짝 찌푸리며 귀아검을 빼 들었다.

만독문의 독인들과는 이미 적지 않게 싸워본 터였다.

홀로 다수와 싸워야 할 경우, 특히 만독문의 독인들이 상대일 시 그는 삼아검을 사용하는 데 조금의 망설임도 없었다. 비무가 아니라 목숨을 건 실전이기 때문이다.

쩌릉!

가장 먼저 진자운을 공격했던 시독귀 하나가 숯덩이가 되어 날아갔다. 단천뢰심강이 담긴 태극혜검의 중검무봉이 폭발한 것이다.

움찔!

나머지 시독귀들이 공격을 멈추고 재빨리 뒤로 물러섰다.

공격할 때보다 오히려 더 빠른 동작이다.

그들은 서로를 향해 눈빛을 교환하더니, 육노당을 상대할 때처럼 사방으로 산개했다가 사방진을 형성했다. 눈앞의 진자운이 육노당 정도의 고수란 잠정적인 판단을 내린 것이다.

그러나 진자운은 육노당과 달리 다수를 상대로 한 싸움을 꽤나 많이 경험한 바 있었다. 특히 만독문의 독인들과의 싸움엔 익숙했다.

시독귀들이 산개한 것과 동시였다.

스윽!

진자운은 시독귀들의 사방진이 완전해지길 기다리지 않았다.

그는 먼저 치고 들어갔다.

무자비할 정도의 위력이 담긴 단천뢰심강을 앞에 세우고서.

쾌쾅!

진자운의 귀아검에서 연신 단천뢰심강이 폭발했다.

그러자 잠시 잠깐만에 시독귀들은 진자운의 맹활약에 지리멸렬하기 시작했다.

만독문에서도 최정예에 속하는 시독귀들이나 진자운에겐 전혀 상대가 되지 않았다. 그들의 특기가 아예 먹히지 않는 괴물을 만났기 때문이다.

그런 진자운이 시독귀들을 상대하는 방식은 연달아 펼쳐진 사방진에 고전하고 있던 육노당을 크게 감명시켰다. 평생 곤명을 떠나본 일이 없는 그에게 진자운의 압도적인 싸움 방식은 충격 그 자체였다.

'설마 저 무당파 녀석은 나와 싸울 때 전력을 다한 것이 아니었단 말인가!'

육노당은 내심 침음을 삼켰다. 자존심이 상했기 때문이다.

결국 구겨진 자존심을 회복하기 위해 육노당은 자신의 전력을 밑바닥까지 끌어내 펼쳐 내기 시작했다.

그의 손에서 타정기 팔백타법의 절초가 줄줄이 쏟아져 나오기 시작했다. 얼굴에서 여유가 사라진 그의 무위는 순식간에 두 배나 치솟아 있었다.

그러자 육노당을 괴롭히고 있던 시독귀들의 사방진이 연달아 박살 났다. 그들은 망치에 두들겨 맞고, 정에 쪼여 피를 질질 흘리며 달아나기 시작했다. 진자운이 싸움에 끼어든 지 반 각이 채 지나지 않아서 벌어진 일이다.

잠시 후.

진자운과 육노당은 반 시진도 안 돼서 용문석굴 입구에 진을 치고 있던 삼십여 명의 시독귀를 모조리 쓸어버렸다.

그들 주변에는 강뢰와 단천뢰심강에 타고 박살난 시독귀들의 시신이 잔뜩 널브러져 있었다. 전멸을 면하기 위해 황급히 도망친 시독귀들은 동료의 시신조차 수습하지 못했다.

"육시랄 만독문 녀석들! 감히 서산파가 있는 곤명에 침범해 오다니!"

육노당은 진자운에게 얻어맞아 욱신거리는 쇄골 쪽을 손으로 주무르며 탁한 숨결을 토해냈다. 서산 제일고수라 불리는 그로서도 뇌정추와 폭뢰정 없이 시독귀를 열 명이나 상대하는 건 힘든 일이었음에 분명하다.

그때 홀로 스무 명이 넘는 시독귀를 쓸어버린 진자운이 주변을 살피고 큰 걸음으로 돌아왔다.

그는 독기에 전혀 지장을 받지 않는다는 걸 과시라도 하듯 코끝을 실룩이며 주변의 독기를 빨아들였다. 만약 아직도 시독귀가 남아 있다면 시체 썩는 냄새를 숨길 수 없다는 생각 때문이다.

'허!'

육노당이 내심 혀를 차고 진자운에게 말했다.

"빌어먹을 정도로 지독한 악취 속에서도 기운이 팔팔하구만!"

진자운이 히죽 웃어 보였다.

"내가 본래 독인들과 싸우는 걸 즐긴다오."

"미쳤군."

"당신만큼은 아니오."

"뭐!"

"오늘 당신이 상대한 자들은 만독문의 독인들이 분명하오. 그건 당신 역시 알고 있었을 것이오. 그런데도 당신은 가차없이 살수를 펼쳤소. 운남에서 만독문과 척을 진다는 건 미친 짓이라던데, 당신이 바로 그런 사람이 아니오?"

"그거야……."

육노당은 갑자기 대답할 말이 궁색해지는 걸 느꼈다. 진자운의 말은 하나도 틀린 게 없었기 때문이다.

'만독문이 서산파를 공격했다는 말이지?'

육노당은 내심 이를 악물었다. 만독문에 대한 살의를 참기 위해서다.

"서산파를 건든 만독문이야말로 미친 독사 새끼들이다!"

"아, 그렇소?"

"그렇다!"

마치 자신에게 다짐하듯 말한 육노당이 집채만큼 커다란 용문거암 쪽으로 걸어갔다. 용문석굴에 숨어 있으라고 했던 사질들이 걱정되었기 때문이다.

'뇌정추만 빼앗기지 않았으면 단숨에 박살 낼 수 있었을 텐데…….'

육노당은 진자운 쪽을 힐끔 바라봤다. 그에게 패한 후 빼앗긴 뇌정추와 폭뢰정이 아쉬웠다.

그때 진자운이 수중의 귀아검에 단천뢰심강을 집중시킨 채 성큼거리며 걸어왔다.

"너……."

"비키쇼."

진자운의 귀아검이 용문거암을 향해 휘둘러졌다.

번쩍!

귀아검을 떠난 단천뢰심강이 용문거암을 두 쪽 냈다.

단 일 검만으로.

'저런 말도 안 되는!'

육노당은 자신도 모르게 입을 벌렸다. 눈앞에서 벌어진 일을 도대체 믿을 수 없었기 때문이다. 그가 상대했던 진자운의 강기 수준은 이보다 훨씬 못했다.

여기엔 한 가지 비밀이 있다.

진자운의 단천뢰심강은 육노당이 뇌정추와 폭뢰정으로 만들어낸 강뢰를 상대하던 중 한 단계 진보한 상태였다. 그래서 이제는 단천뢰심강을 호신강기 외에 수장이나 병기에 담아 공격할 수 있는 경지에 오르게 되었다.

기연!

무림맹주인 각원 대사의 말처럼 진자운처럼 절정의 끝자락에 도달한 무인은 특별한 계기나 깨달음없이는 무공의 진보를 이루기가 힘들었다. 죽도록 수련을 하는 거나 절세영약 등이 아무런 소용이 없다는 뜻이다.

해서 육노당의 강뢰를 상대하던 중 진자운의 단천뢰심강이 진보한 건 일종의 기연이나 다름없었다. 소위 말하는 깨달음을 얻었기에 가능한 일이었다.

물론 육노당이 그런 저간의 사정을 알 리 없다. 그는 진자운의 자신만만한 태도와 단천뢰심강의 놀라운 위력에 그저 입을 벌릴 뿐이었다.

그때 두 쪽으로 쪼개진 용문거암 뒤에서 사람의 신음 소리가 들려왔다. 마침 용문거암을 열고 밖으로 나서려다 두 쪽 난 용문거암에서 튀어나온 돌덩이에 얼굴을 얻어맞은 영하가 바닥에 쓰러진 모습이 보였다.

"이런!"

진자운이 어깨를 가볍게 으쓱해 보였다. 자신은 아무런 죄가 없다는 표정이 그의 얼굴에 떠올라 있었다.

"영하!"

육노당이 얼른 진자운을 제치고 용문석굴 안으로 달려갔다. 그는 피투성이가 된 영하의 얼굴을 안아 들었다. 손가락을 뻗어 맥을 짚자 진기가 불순한 게 느껴졌다. 즉사는 아니나 큰 부상을 입은 게 분명했다.

'이런 어처구니없는 일이……'

육노당은 자신의 양손에 내력을 모아 영하의 명문혈과 단전에 갖다 댔다. 일단 내력으로 불순해진 진기의 흐름을 정상으로 돌려놓을 생각이었다.

그때 죽은 듯 감겨져 있던 영하의 눈이 부릅 뜨였다.

핏발이 선 눈빛.

"영하……."

얼굴 전체로 반가움의 표정을 짓던 육노당의 눈가에 잔주름이 생겨났다. 힘을 잃고 바닥에 늘어져 있던 영하의 수장이 그의 가슴을 때렸기 때문이다.

퍽!

육노당의 안색이 와락 일그러졌다. 영하를 살리기 위해 자신의 모든 내력을 양손에 집중하고 있던 그의 정추신공은 꽤나 약해져 있었다. 거의 전 내력을 다 집중했음이 분명한 영하의 갑작스런 암습에 진기가 미친 듯 끓어올랐다.

"크크큭, 역시 육 사숙!"

영하는 자신의 암습에도 불구하고 피 한 방울 토하지 않은 육노당을 향해 악귀처럼 웃어 보였다.

그의 수장이 다시 육노당의 가슴을 노렸다. 육노당의 쌍수가 여전히 그의 명문혈과 단전에 닿아 있는 걸 감안하면 동귀어진이나 다름없는 수법이었다.

그러나 그의 두 번째 암습은 그저 마음만으로 그치고 말았다. 어느새 귀신같이 다가온 진자운의 발에 가로막혔기 때문이다.

'뭐?'

영하는 자신의 수장을 절반으로 꺾어놓은 발의 주인을 향해 고개를 돌렸다.

필시 지독할 정도로 고통스러울 터인데도 그의 눈빛은 여전히 침착했다. 용문석굴과 서산파 전체를 끝장내는 데 반드시 필요한 용문거암이 두 쪽 났을 때 이미 그는 삶을 포기한 것이다.

진자운이 그에게 손가락을 펴 흔들어 보였다.

"그래선 안 되지. 앞으로 그는 나에게 반드시 필요한 사람이거든."

"……."

진자운의 발이 다시 움직였다.

퍽!

이번엔 영하의 피투성이가 된 안면이었다.

*   *   *

용문석굴에서 얼마 떨어지지 않은 노송림 앞.

한 사람의 비대한 몸집의 승려와 노도객이 대치하고 있었다. 그들은 바로 서산 전체를 휘감은 독기를 감지하고 달려온 파미륵과 혈음마도 귀미태였다.

파미륵은 눈앞에 여유있는 자세로 서 있는 귀미태를 향해 실눈을 반달 모양으로 만들어 보였다.

"허허, 귀하신 귀 집법께서 본불을 잡으러 서산까지 왕림하시다니, 이거 놀랐소이다."

귀미태가 파미륵 주변에 쓰러져 있는 시독귀 셋의 시체를 눈으로 훑고 미간을 슬쩍 좁혀 보였다.

"시독귀가 내 휘하에 있다는 걸 모를 리는 없을 테고⋯⋯."

"시체 썩는 악취만으로도 알 수 있었소이다."

"그럼 역시 자네는 만독문과 독존을 배반한 것이로군."

"배반이랄 것까지야 있겠소이까? 그냥 처음 만독문에 입문할 때 했던 약속에 따랐을 뿐이외다."

"약속?"

귀미태가 굵은 눈썹을 꿈틀거리자 파미륵이 설명하듯 말했다.

"본불은 만독문에 입문할 당시 독존께 언제든 아미파와의 은원을 모두 풀게 되면 떠나겠다고 했소이다. 그러니 이제 본불이 아미파와의

폭발! 단천뢰십강!   235

은원을 모두 푼 이상, 만독문을 떠난 건 당연한 일이라 할 수 있는 것이오."

"아미파와의 은원을 모두 풀었기에 본 문을 떠났다?"

"뭐, 그런 것이오."

파미륵은 잠시 시선을 사천 쪽으로 던졌다. 그의 실눈에 문득 회월대사태에 대한 그리움이 묻어 나왔다.

귀미태의 눈 깊숙한 곳에서 살기가 일었다. 파미륵의 마음이 만독문을 떠났음을 최종 확인했으니 더 이상 시간을 끌 이유가 없어졌다는 판단이었다.

스릉!

귀미태는 애도인 혈음도(血陰刀)를 빼 들었다.

끝이 쌍두사의 머리와 같은 기형도인 혈음도는 발도와 더불어 강렬한 자색 기운을 뿌렸다. 보는 것만으로도 피가 끓어오르는 지독한 마광(魔光).

그것은 바로 만독문 서열 삼위의 고수인 귀미태가 평생 연마한 혈음구단공(血陰九段功)이 스며든 기운이었다. 혈음독의 정화였다.

'귀미태가 자신의 혈음도에 생명을 걸었다더니, 그 말이 사실이로구나!'

파미륵의 눈에 긴장감이 감돌았다.

그는 평생 여인을 꼬시는 일과 무공에 있어선 자신을 가지고 살아온 사람이다. 적어도 진자운을 만나기 전까진 상대가 구주이십오성에 속한 자만 아니면 패배 따윈 생각해 본 적이 없다.

하지만 눈앞의 귀미태는 구주이십오성의 수준에 거의 근접했다고 알려진 초절정고수였다. 어쩌면 만독문 서열 이위인 독중독인 갈정립보다 강할지도 모른다. 적어도 만독문 내에 은밀히 도는 소문은 그랬다.

그런 귀미태가 지금 눈앞에서 먼저 살기를 뿜어냈다.

가사 밖으로 드러난 피부가 따끔거려 왔다.

그 정도로 강한 살기였다.

인생을 설렁설렁 살아온 파미륵이라 하나 자신이 목숨을 걸어야 할 때가 왔음은 직감적으로 느낄 수 있었다.

슥!

파미륵은 밀종 대수인 공력을 일으키며 옆으로 한 걸음 이동했다.

선공을 가하고 싶으나 어느새 도신합일(刀身合一)에 들어간 귀미태에게선 어떤 틈도 보이지 않았다. 바늘 하나 박아 넣을 구석이 보이지 않는 것이다.

그러자 귀미태가 먼저 파미륵을 치고 들어왔다.

스팟!

일직선으로 파고든 자색 도기.

혈음도는 빛살처럼 빨랐다. 파미륵으로선 눈으로 보면서도 방어할 엄두를 낼 수 없을 정도였다.

콱!

파미륵이 뒤로 한 걸음 물러났다. 어느새 혈음도의 자색 독아가 어깨를 찌르고 지나갔기 때문이다.

그러나 파미륵이 시의적절하게 뒤로 물러선 탓에 상처는 그리 크지 않았다. 자연스레 발동한 불괴기공이 강철조차 꿰뚫을 만한 도기를 막아냈다.

물론 귀미태의 공격이 거기서 끝날 리 없다.

혈음도가 호선을 그리며 이번엔 파미륵의 목젖을 노렸다. 불괴기공을 익힌 자가 가장 단련하기 힘든 곳이었다.

퍽!

이번에도 파미륵은 혈음도를 완벽하게 피하지 못했다.

그의 목젖에 가는 혈선 하나가 새겨졌다. 혈음도가 베고 지나간 자리였다.

쾌도!

귀미태의 혈음도는 그야말로 쾌(快)의 진수를 보였다.

파미륵은 그저 자색 도기가 짓쳐 들어오는 것만을 느꼈을 뿐 도의 그림자조차 읽을 수 없었다. 아예 반응 자체를 할 수 없는 것이다.

파미륵은 목젖이 찢어지는 듯한 고통을 참고 다시 뒤로 물러섰다. 그러자 귀미태의 혈음도가 귀신과 같이 그 뒤를 따랐다. 선공이 성공한 이상 아예 끝장을 보겠다는 생각이 손에 잡힐 듯한 공세였다.

그러나 파미륵은 놀랍게도 그 커다란 몸을 요리조리 움직이며 귀미태의 쾌도를 피했다.

그동안 그는 쌍수 가득 운집한 대수인을 단 한 차례도 펼치지 못했다. 귀미태의 쾌도에 완전히 압도당했다고 볼 수 있었다. 평생 자신의 무공에 자부심을 가지고 있던 파미륵으로선 놀라움을 넘어 경악할 만한 사건이었다.

귀미태 역시 놀랐다.

그는 혈음도로 파미륵을 순식간에 열다섯 번이나 공격했다. 모두 전력을 다한 공격이었다.

그러나 그의 혈음도는 파미륵을 두 번밖엔 격중하지 못했다. 나머지 공격은 모두 아슬아슬하게 파미륵을 벗어났다. 자신의 쾌도에 자신만만하던 그로선 참으로 뜻밖의 일이라 할 수 있었다.

'더욱 놀라운 건 저 가짜 중은 내 도를 두 번이나 얻어맞고도 별다른 타격을 당한 것 같지 않다는 거다!'

귀미태는 자존심이 상하는 걸 느끼고 전법을 바꾸기로 했다. 쾌를 버리고 중(重)의 수법으로 파미륵을 부수겠다고 마음먹은 것이다.

우웅!

귀미태의 혈음도가 가는 울음을 토해냈다.

그에 따라 파미륵을 귀영같이 따라붙던 도의 움직임이 눈에 띌 정도로 느려졌다. 여태까지의 무지막지한 빠르기의 쾌도와는 거리가 먼 모습.

'중도(重刀)!'

파미륵의 눈 깊은 곳에서 작은 섬광이 일었다. 그는 귀미태의 쾌도에 속수무책으로 당하며 줄곧 그가 전법을 바꾸기만을 기다리고 있었다. 자신이 절대 따를 수 없는 쾌를 버리고 힘의 대결을 걸어오기만을.

드디어 그 기회가 왔다.

더 이상 피하기만 해서는 죽음을 기다리는 것밖엔 되지 않는다. 이젠 자신의 모든 것을 쏟아내야 할 때였다.

파라락!

파미륵의 가사 자락이 격한 떨림을 보였다. 불괴기공이 극성으로 펼쳐진 징후였다.

그와 동시였다. 바닥을 살짝 찍은 파미륵이 대붕(大鵬)과 같이 귀미태를 덮쳐 갔다. 힘에 있어선 천하의 누구에게도 선두를 양보할 까닭이 없는 그가 귀미태의 중도에 승부를 건 것이다.

'건방진!'

귀미태의 얇은 입꼬리가 순간 슬쩍 치켜 올라갔다. 그가 갑자기 쾌도를 버리고 중도로 전법을 바꾼 건 바로 이런 상황을 기다린 것이었다. 파미륵이 제 발로 자신의 도권(刀圈) 안으로 달려들기를.

힘 대 힘의 대결!

파미륵의 합쳐진 대수인을 향해 귀미태의 혈음도가 파고들었다. 눈에 변화가 훤히 보일 정도로 느리게.

쾨쾅!

파미륵의 거대한 몸이 공중에서 흠칫 전율을 일으키고는 바닥으로 떨어져 내렸다. 그의 대수인을 귀미태의 중도가 산산조각 낸 것이다.

또륵!

바닥을 향한 혈음도의 쌍두사의 입에서 선혈 한 방울이 떨어져 내렸다. 파미륵의 심장 부위를 후벼 판 전리품이었다.

"독한 놈……."

귀미태는 자신의 탈구된 손목뼈를 눈으로 훑으며 씹어뱉듯 중얼거렸다.

그의 혈음도는 파미륵의 대수인을 부수고 심장에 직격을 먹였으나 손목뼈가 탈구되는 걸 막을 순 없었다. 자존심을 지키기 위해 갈홍경이 알려준 불괴기공의 약점을 일부러 공격하지 않은 대가였다.

물론 그렇다고 승부의 결과가 달라진 건 아니다.

귀미태는 내력을 움직여 탈구된 손목뼈를 맞추고 천천히 파미륵에게 다가갔다. 그의 목을 잘라서 갈홍경에게 받쳐야만 했기 때문이다.

귀미태는 정신을 잃은 파미륵을 일견하고 혈음도를 들어올렸다.

'파미륵! 너는 잘 싸웠다!'

혈음도가 떨어져 내렸다, 파미륵의 목젖을 향해서.

그러나 순간 파미륵의 감겨 있던 눈이 뜨였다. 마치 귀신이 눈을 뜬 것이나 다름없었다.

그뿐 아니다. 그는 피투성이가 된 손으로 자신의 목젖을 노리고 떨어져 내리는 혈음도의 도신을 받아냈다. 죽음 바로 직전에 삶을 구한 형국.

그그극!

잠시 놀란 표정을 지어 보인 귀미태의 눈이 무심하게 가라앉았다. 그는 한마디 말도 없이 혈음도에 힘을 가중시켰다. 무인답지 않게 패배해 놓고도 죽음에 순응하려 하지 않는 파미륵에게 분노를 느꼈기 때문이다.

그렇게 혈음도의 강력한 힘에 밀려 피투성이가 된 파미륵의 손이 절반으로 쪼개지기 직전이다.

쇄액!

대기를 가르는 파공성에 놀란 귀미태가 파미륵에게서 혈음도를 떼었다.

카캉!

번개같이 휘둘러진 혈음도에 맞고 비검 하나가 하늘로 튕겨져 올랐다. 진자운의 삼아검중 하나인 흑아검이었다.

사색으로 변해 있던 파미륵의 입가에 히죽 웃음이 떠올랐다.

"왔… 다!"

그때 하늘로 튕겨져 올라갔던 흑아검이 살아 있는 생명체처럼 꿈틀거리더니, 다시 귀미태를 노리고 떨어져 내렸다. 처음보다 족히 두 배의 빠르기로.

'설마 어검술?'

귀미태의 눈매가 가늘어졌다. 진짜 상대가 어검술을 펼칠 수 있을 정도의 절대고수라면 오늘 목숨을 건지기 힘들겠다는 생각이 들었다.

물론 생각보다 빨리 움직인 건 그의 혈음도였다.

카캉!

두 번째로 흑아검이 튕겨져 올라갔다. 아무리 흑아검의 강습이 빠르다 한들 그의 쾌도를 뛰어넘을 순 없다.

'어검술은 아니다!'

귀미태는 흑아검을 두 번째로 튕겨낸 후 확신했다. 자신의 쾌도가 아무리 빠르다 한들 어검술을 두 번이나 튕겨낼 순 없다는 걸 알고 있었기 때문이다.

귀미태의 눈빛이 냉철해졌다.

그는 하늘을 배회하는 흑아검 쪽에 한차례 시선을 던지곤 주변을 살폈다. 어딘가에 숨어 어검술에 버금가는 비검술을 조종하고 있는 암중인을 찾기 위함이었다.

그런데 그때 바닥에 대자로 뻗어 있던 파미륵이 불사신처럼 신형을 일으켜 세우더니 미친 황소처럼 귀미태에게 달려들었다. 어찌 보면 죽음을 향해 뛰어드는 불나방과 같은 모습.

귀미태의 시선이 잠시 흐트러졌다.

그의 혈음도는 번개같이 돌진하는 파미륵의 머리를 향해 떨어져 내렸다.

그러자 그 순간, 마치 기다렸다는 듯 떨어져 내린 흑아검!

퍽!

귀미태의 혈음도가 파미륵의 왼쪽 어깨를 절반쯤 파고들었다. 파미륵이 최후의 순간 돌진의 속도를 줄였기 때문이다.

귀미태의 정신을 흐트러뜨리려는 술책!

파미륵의 희생은 헛되지 않았다. 귀미태는 두 번째 직격보다 딱 두 배 빨라진 귀아검을 막다가 왼손 네 개 손가락을 한꺼번에 날렸다. 초절정무인으로선 치욕적인 부상이었다.

"이익!"

귀미태는 발로 파미륵의 배를 차고 혈음도를 빼냈다. 이번에야말로 무인의 기본적인 품성조차 없는 파미륵의 목을 날려 버릴 심산이었다.

그러나 그 순간 천공의 뇌전 같은 검격이 그를 노리며 떨어져 내렸다.

번쩍!

귀미태는 중도의 수법으로 자신의 혈음도를 올려쳤다.

단순한 직도황룡(直道黃龍)을 변형한 수법.

그러자 놀랍게도 천공의 뇌전이 혈음도에서 일어난 강력한 자색 도기를 뚫지 못하고 튕겨졌다. 조금이라도 검도지학(劍刀之學)에 대해 알고 있는 자라면 경악을 금치 못할 일이 벌어진 것이다.

"저 늙은이가 진짜 초절정에 올라 있었구나!"

파미륵은 자신도 모르게 신음을 내뱉었다. 귀미태가 너무 강해 진자운이라 해도 이길 수 없겠다는 생각이 들었기 때문이다.

잠시 후.

엄숙한 표정으로 혈음도를 늘어뜨린 채 서 있는 귀미태 앞에 진자운이 표홀히 떨어져 내렸다.

그는 뒤늦게 용문석굴로 달려온 서금 진인 등과 함께 육노당을 치료하던 중 파공성을 좇아 달려왔다가 간발의 차이로 파미륵의 목숨을 구했다. 이곳이 용문석굴에서 얼마 떨어지지 않은 곳이라 가능한 일이었다.

흑아검을 던져 파미륵의 목숨을 구하고, 다시 단천뢰심강을 담은 귀아검으로 귀미태를 암습한 진자운의 안색은 가히 좋지 않았다.

그 역시 초절정에 근접한 무인이었다.

눈앞의 귀미태의 무공 수준을 짐작치 못할 리 없다.

'제길, 갑자기 어디서 이런 초절정고수가 튀어나온 거지?'

진자운은 그때까지도 하늘을 맴돌고 있던 흑아검을 회수했다. 검파에 매달린 은사에 내력을 주입하자 흑아검이 살벌한 검기를 거두고 얌전히 되돌아왔다.

귀미태의 눈에 이채가 떠올랐다.

"그런 식으로 비검을 사용할 수 있다니, 놀랍군!"

진자운이 픽 웃었다.

"검강을 되받아쳐 날려 버린 노인이 할 말은 아니라고 봅니다만?"

"허, 그런가?"

"그렇소."

진자운은 귀아검의 검봉을 한차례 돌려 보였다. 그저 평범한 동작이나 귀미태는 대번에 그 속에 담긴 현기를 읽을 수 있었다.

"태극혜검의 원원도도! 설마 무당파의 제자란 말인가?"

"노인은 만독문의 독인이겠지요?"

파미륵이 뒤에서 소리쳤다.

"그는 만독문 서열 삼위의 고수인 혈음마도 귀미태라네! 이미 초절정의 반열에 든 고수이니 조심하는 게 좋을 거야!"

"쳇, 그래서 그렇게 죽도록 얻어터졌소?"

"이 녀석이……."

파미륵은 노발대발 화를 내려다 입을 다물었다. 느닷없이 진자운의 전음이 귓전을 때렸기 때문이다.

[용문석굴 쪽에 가면 서산파의 전 인원이 집결해 있소이다. 내가 이 노인네를 막는 동안 그들에게 가서 도움을 요청하시오.]

[자네 혼자 막을 수 있겠는가?]

[뭐, 부딪쳐 보기 전엔 모르겠소.]

진자운은 전음을 끝내고 천천히 걸음을 옮겨 파미륵 앞을 가렸다. 혹시라도 귀미태가 파미륵을 공격하는 걸 막기 위함이었다.

백전노장인 귀미태가 진자운의 내심을 읽지 못할 리 없다.

진자운과 파미륵이 전음을 주고받을 때부터 수상한 낌새를 눈치챈 그가 나직이 휘파람을 불었다.

휘이이!

길고도 날카로운 소리의 여운이 사라지기도 전에 시체 썩는 고약한 냄새가 천지에서 진동하기 시작했다. 귀미태가 끌고 온 시독귀 중 살아남은 육십여 명이 휘파람 소리를 좇아 몰려온 것이다.

'빌어먹을 늙은이!'

진자운은 내심 귀미태에게 욕설을 퍼붓곤 파미륵에게 버럭 소리 질렀다.

"제기랄, 아직도 안 가고 뭐 하고 있는 거요!"

"가네, 가!"

파미륵이 진자운의 내심을 읽고 바로 신형을 날렸다. 그의 앞을 어느새 달려온 시독귀들이 가로막다가 대수인에 얻어맞고 떡이 되어 날아갔다. 귀미태에게 묵사발이 된 파미륵이나 아직 시독귀 따위에게 당할 정도로 망가지진 않았음을 보여주는 모습이었다.

"대단하군!"

귀미태는 솔직하게 파미륵의 끈질긴 생명력과 질기디질긴 불괴기공의 위력에 감탄했다. 반드시 죽이려 했던 파미륵의 도주를 강 건너 불구경하듯 보는 모습이다.

'흥, 나 정도는 우습다 이건가?

진자운은 회심의 일격이라 할 수 있는 단천뢰심강이 튕겨졌을 때 오늘 자신의 일진이 사납겠다는 생각을 했다. 귀미태야말로 독중독인 갈정립 이래 그가 지금까지 상대했던 어떤 적들보다 침착하고 강한 자란 생각이 들었기 때문이다.

그가 먼저 파미륵을 탈출시킨 건 일종의 계략이라 할 수 있었다. 방금 전까지 살벌한 표정으로 죽이려던 파미륵이 도망갈 경우 귀미태가 조금이나마 파탄을 보일 것이고, 자신은 그 틈을 노릴 수 있으리란 판단이었다.

한데 지금 눈앞의 귀미태는 태연자약했다. 언제든 자신을 죽이고 파미륵의 뒤를 쫓을 수 있다는 자신감이 없다면 보일 수 없는 모습을 하고 있었다.

그게 진자운의 심기를 건드렸다.

화나게 만들었다.

지잉!

귀아검에 다시 단천뢰심강을 집중시킨 진자운이 귀미태를 향해 슬쩍 이를 드러내 보였다.

"노인장, 그럼 시작합니다!"

"허허, 젊은 사람이 화통한 성격이로군."

"내가 본래 좀 그렇수다."

진자운이 귀아검을 들어올리자 귀미태 역시 혈음도에 내력을 집중했다. 방금 전 손가락 네 개가 잘리는 부상을 당하긴 했으나 눈앞의 애송이를 죽이는 데 지장을 줄 정도는 아니었다. 적어도 이때 귀미태는 그리 생각하고 있었다.

                    *   *   *

파미륵은 용문석굴을 얼마 안 남겨두고 시독귀들에게 포위당했다.

그동안 그가 때려죽인 시독귀의 숫자는 열다섯이었다. 평소 같으면 그 배 이상을 죽였을 테고, 다시 그만큼이 달려들어도 눈 한 번 깜빡하지 않았을 터였다.

하지만 지금 그는 귀미태에게 큰 부상을 입은 상태였다. 눈앞에 늘어서 있는 스물이나 되는 시독귀는 꽤나 버겁게 느껴졌다. 어쩌면 오늘 시독귀의 손에 죽을지도 모른다는 생각이 들 정도였다.

"크크크, 본불이 이런 꼴을 당하는 날이 올 줄이야!"

나직이 한탄한 파미륵이 가쁜 숨을 토해냈다.

중상을 입고 피를 많이 쏟아서인지 자꾸 현기증이 일었다. 보통 때 적들에게 엄청난 위압감을 주던 거대한 몸은 이젠 얼마 남지 않은 체력을 뽑아먹는 짐이나 다름없었다.

그때 파미륵을 에워싸고 있던 시독귀들이 움직이기 시작했다. 거친 숨을 헐떡이고 있는 파미륵을 이빨 빠진 호랑이로 봤음에 분명하다.

그러나 이빨이 빠졌다 한들 호랑이는 호랑이다. 갑자기 고양이가 될 리 없다.

스윽!

느닷없이 앞으로 튀어나간 파미륵의 피에 젖은 수장이 가장 먼저 달려들던 시독귀의 머리를 날려 버렸다. 전혀 사정을 두지 않은 파미륵의 대수인은 평소에 버금가는 위력을 보였다.

허장성세(虛張聲勢)였다.

한차례 대수인을 전력으로 사용하자 파미륵은 머리가 핑 도는 걸 느꼈다. 더 이상은 한계였다. 다시 시독귀들이 달려들면 그 순간이 바로 파미륵의 최후가 될 터였다.

물론 그러한 사실은 파미륵이 가장 잘 알고 있었다. 그래서 그는 혀를 깨문 채 억지로 거대한 몸을 대지에 박고 서 있었다. 늠연한 기태를 보여 한동안만이라도 시독귀들의 공격을 막아야 했다.

다행히 시독귀들은 파미륵의 허장성세에 넘어갔다.

그가 최후의 진기를 몽땅 뽑아내 펼친 대수인의 위력이 꽤나 인상 깊었기에 시독귀들은 망설였다. 하나같이 독공의 일류고수들이나 절정고수가 없기에 진퇴를 결정하기에 어려움을 겪고 있는 모습이 한눈에 보였다.

'크헐, 본불에게 조금이라도 내력이 남았다면 단숨에 늑대에게 쫓기는 양 떼로 만들 수 있을 터인데!'

파미륵은 내심 크게 한숨을 토해냈다. 적의 동요를 눈치채고도 꼼짝달싹할 수 없는 현 상황이 너무나 안타까웠기 때문이다.

그때 잠시 공격을 재개하기를 주저하던 시독귀들이 사방진을 겹겹이 펼치기 시작했다. 아무래도 한두 명씩 공격하기엔 파미륵이 뿜어내고 있는 허장성세의 기운이 꽤나 부담스러웠던 것이리라.

'결국 이렇게 되는 것인가!'

파미륵은 실눈을 절반쯤 감았다. 이젠 한 방울도 남지 않은 내력을 끌어내려 힘을 쓰기보다는 편안히 쉬다가 죽음을 맞는 게 낫다는 생각이었다.

그는 문득 진자운을 떠올리곤 입가에 쓴 미소를 떠올렸다. 어째서 자신이 진자운을 팔아 목숨을 연명할 생각을 하지 않는가 하는 의문이 떠올랐기 때문이다.

확실히 이상한 일이긴 했다.

진자운과 파미륵은 서로 적으로 만난 사이였다. 만나자마자 죽도록 싸웠고, 그 뒤 서로 협정을 맺고 그에따라 움직이긴 했으나 특별히 인간적인 교분을 돈독히 나눈 사이는 아니었다.

사실 파미륵 입장에선 지금이라도 진자운을 만독문에 팔아 목숨과 자신의 입지를 공고히 하는 편이 낫다고 할 수 있었다. 엄밀히 말해 진자운과 함께 마교의 성녀를 구한다 해도 그게 후일 어떤 결과로 돌아올진 누구도 자신할 수 없는 일이었다.

하지만 파미륵은 다시 입가에 픽 웃음을 담았다.

이성이란 놈은 계속 그런 말을 주저리주저리 늘어놓고 있는데, 마음이란 녀석은 요지부동 그 자체였다. 더 이상 어찌 해볼 도리가 없었다.

'그저 악연이랄밖에…….'

파미륵의 눈이 완전히 감겼다. 얌전히 죽음을 맞이하기로 마음먹은 것이다.

그 모습이 더욱 위협적으로 느껴진 것일까?

웬만해선 죽음 직전까지 신음 한 번 흘리지 않는 독종들인 시독귀들이 다시 주춤거리기 시작했다. 그들이 아는 독불 파미륵은 이처럼 쉽사리 죽음을 기다리는 사람이 아니었기 때문이다.

그러나 기다림이란 사람을 지치게 만든다.

파미륵에 대한 두려움보다 기다림에 지친 시독귀들이 점차 포위망을 좁혀 들어오기 시작했다. 어쨌든 조심스런 움직임들이었다.

"……."

결국 파미륵은 기다리다 못해 눈을 떴다.

호통이라도 한 번 칠 생각이었다.

그러나 그는 절반쯤 꿈틀거리려던 입술을 꾹 다물었다. 파미륵 자신을 포위한 시독귀들의 배후로 몰려드는 서산파 제자들의 환영을 봤기 때문이다.

'헐. 내가 갈 때가 되긴 됐나 보군, 이런 헛것을 다 보고.'

파미륵은 고개를 가로저었다.

그는 자신의 눈을 믿지 않았다.

하지만 곧 시독귀들이 지르는 처절한 단말마가 들려왔다. 이건 거짓일 리 없었다.

파미륵의 실눈이 평소의 두 배로 크게 떴다.

그의 눈앞에서 양손에 뇌정추와 폭뢰정을 든 육노당의 당당한 모습이 보였다. 그의 강뢰에 시독귀들은 속절없이 숯덩이가 되어 날아가고 있었다.

털썩!

다리에 힘이 풀린 파미륵이 엉덩방아를 찧었다.

엉덩이 쪽에 강한 아픔이 느껴지는 걸 보니, 아직 그가 살아 있는 건 의심할 여지가 없는 사실이었다.

第三十八章

성녀를 얻는 자가

천하를 제패한다!

성녀를 얻는 자가 천하를 제패한다!

진자운은 핏물이 뚝뚝 떨어지고 있는 귀미태의 왼손을 바라봤다. 혈도를 점혈해 출혈을 막을 만도 하건만 귀미태는 피가 흘러내리도록 내버려 두고 있었다.

집중!

귀미태의 시선은 진자운에게 붙은 채 떨어지지 않고 있었다.

진자운은 귀미태의 혈음도에서 일어난 강력한 도기가 자신의 몸을 난자해 들어오는 걸 느꼈다. 피부가 저릿저릿해 왔다. 그야말로 일격 필살의 기세 앞에 발가벗고 선 듯하다.

그러나 진자운의 눈빛은 도전적으로 가라앉아 있을 뿐이다.

그의 단천뢰심강은 얼마 전 한 단계 진보한 상태였다. 그런 터에 초절정에 도달한 고수를 만나 자신의 전력을 시험할 수 있게 됐으니, 어쩌면 꽤나 운이 좋은 거란 생각이 들었다.

'지금의 나라면 최소한 패하진 않는다!

진자운은 파미륵의 도기에 반응해 딱딱해지려는 온몸의 근육을 천천히 이완시켰다.

긴장이야말로 목숨을 건 승부에 있어 절대적으로 피해야 할 독소이다. 언제든 몸을 최적으로 움직일 수 있게 만들어둬야만 했다.

'어린 녀석이……'

귀미태는 내심 찬탄했다. 자신의 강력한 도기에도 불구하고 진자운은 전혀 웅크리거나 도망치려는 기색을 보이지 않았다. 그 대단한 파미륵조차 보이지 못했던 모습이다.

귀미태의 혈음도가 천천히 진자운을 향했다. 어서 승부를 가름하자는 뜻이었다.

그건 진자운 역시 바라던 바였다. 귀미태의 상처가 심해져서 전력을 다 발휘할 수 없게 된 채 싸우는 건 탐탁지 않은 일이었다.

그는 수중의 귀아검으로 자신의 주변에 세 개의 원을 그려 보였다. 처음부터 원원도도를 펼쳐 몸 주변에 검기의 장벽을 친 것이다.

그에 얇은 입술을 한차례 꿈틀거린 귀미태가 바로 진자운을 직격해 들어왔다. 혈음도를 앞세우고서.

스팟!

혈음도의 쌍두가 쾌속한 변화를 보이더니, 곧바로 진자운의 풍부혈을 노렸다.

잔영이 여섯 개나 보일 정도의 빠르기.

진자운은 이를 중후하게 받아넘겼다. 원원도도의 끈적거리는 검기로 혈음도의 쾌속한 도기를 감싸곤 사량발천근을 발휘해 튕겨냈다.

티팅!

결국 혈음도는 노리던 풍부혈 앞에 이르렀을 때 처음의 속도 중 상당 부분을 잃어버렸다. 쾌도가 속도를 잃자 그건 스스로 허점을 드러낸 것이나 다름없었다.

파팟!

진자운은 혈음도를 귀밑으로 스쳐 가게 한 후 귀아검을 곧게 찔러 들어갔다. 목표는 귀미태의 훤히 드러난 목젖이었다.

그러자 귀미태는 혈음도를 거둬 자신을 방어해야만 했다. 그만큼 예리한 진자운의 찌르기였다.

그사이를 빌어 진자운은 뒤로 몇 보 물러서는 데 성공했다. 귀미태의 쾌도로부터 벗어난 것이다.

귀미태의 굵은 눈썹이 꿈틀거렸다.

'내 쾌도에 반격을 가하다니!'

누구에게도 지지 않으리라 자신하던 속도였다. 그런 자신의 쾌도가 진자운의 원원도도에 깨지자 귀미태가 느끼는 놀라움은 대단했다. 절대 인정하고 싶지 않은 심정이었다.

그는 다시 혈음도를 진자운에게 찔러 들어갔다. 이번에는 잔영이 열두 개에 이르렀다. 최고 속도를 발휘한 것이다.

'노인네가 쓸데없는 고집은!'

진자운은 다시 원원도도를 펼치며 혀를 찼다. 아무리 빠르다 한들 속도 자체를 죽이는 원원도도의 면면부절한 검기의 움직임을 뚫을 순 없다는 걸 알고 있기 때문이다.

과연 이번에도 귀미태의 쾌도는 최후의 순간 속도를 잃었다.

진자운은 어렵지 않게 그 사이를 뚫었다.

이번에는 인사에 불과했던 지난번과는 달랐다.

그의 귀아검이 중검무봉을 펼쳤다.

번쩍!

귀아검을 떠난 한 가닥 강력한 역도를 귀미태의 혈음도가 다시 막아 냈다. 그러나 처음과 달리 이번에 그는 몇 걸음이나 뒤로 물러서야만 했다. 중검무봉에 담긴 힘이 계속 회오리치며 밀려들었기 때문이다.

'중검!'

귀미태의 눈에서 섬광이 일었다.

터텅!

귀미태가 진각을 일으킨 순간, 연속적으로 중검무봉을 펼쳐 내던 진자운의 신형이 뒤로 주춤 물러섰다. 그의 중검무봉이 귀미태의 중도에 무산됐기 때문이다.

'과연 초절정고수!'

진자운은 일시 들끓어 오르기 시작한 기혈을 억눌렀다. 또한 거칠어진 숨결 역시 토해내지 않았다. 그는 다시 귀아검을 찔러갔다. 이번에도 역시 중검무봉이었다.

'건방진!'

귀미태는 이미 몇 차례 경험한 중검무봉을 향해 똑바로 혈음도를 부딪쳐 갔다. 자신의 중도가 충분히 중검무봉을 제압할 수 있다는 자신감의 발로였다.

그러나 진자운에겐 숨겨진 꼼수가 있었다.

귀미태는 다시 중도로 중검무봉을 받은 후 일이 잘못됐음을 눈치챘다. 자신의 혈음도를 타고 한 가닥 벼락과 같은 기운이 폭발하듯 역류해 들어오기 시작한 것이다.

'검경(劍勁) 속에 강기를 집어넣다니!'

그렇다. 진자운은 중검인 중검무봉을 펼치며 단천뢰심강을 몰래 운기해 혈음도와 맞부딪치는 순간 검경을 폭발시켰다. 그야말로 검신 밖으로만 발현되는 검강만을 경험해 온 사람들에겐 신경지나 다름없는 일격!

쾌쾅!

귀미태의 혈음도가 폭발했다.

그와 함께 귀미태의 노구 역시 폭풍에 휩쓸린 낙엽처럼 뒤로 튕겨져 날아갔다.

놀라운 반전!

바닥에 쓰러진 그의 입에서 검붉은 핏물이 꾸역꾸역 솟아올랐다. 생명이 경각에 이른 모습.

"이런……."

진자운은 잠시 멍청한 표정이 됐다.

그가 방금 사용한 일검은 단천뢰심강에 대한 깨달음을 얻은 후 귀미태와 싸우던 중 우연찮게 생각해 낸 것이었다. 첫 번째 시전에 초절정 고수를 날려 버리리라곤 꿈에도 생각하지 못한 일이었다.

재빨리 귀미태에게 다가간 진자운이 그의 맥혈에 손가락을 가져다 댔다. 상태가 어떤지를 살피기 위함이었다.

그때 반쯤 눈을 까뒤집고 있던 귀미태의 입에서 연달아 기침이 터져 나왔다. 그와 함께 실낱같이 가는 목소리가 띄엄띄엄 흘러나왔다.

"쿨럭! 쿨럭! 파미륵이… 만독문을 배신한 건 자네… 때문이로… 군?"

맥을 짚어본 결과, 귀미태의 기경팔맥이 이미 모조리 박살났음을 눈치챈 진자운이 눈살을 가볍게 찌푸려 보였다.

"파미륵은 처음부터 만독문에 그다지 충성심이 깊지 않았소이다."

"그, 그렇긴 했지. 하지만… 배신을 한 후 자신에게 닥칠 위험을 모를… 정도의 바보… 역시 아니야……."

"그렇구려."

진자운은 귀미태의 말에 토를 달지 않았다. 그의 생명이 이젠 얼마 남지 않았음을 알고 있었기 때문이다.

그때 귀미태가 흰자위를 억지로 희번덕거렸다. 뭔가 간절히 원하는 게 있는 모습이었다.

"자, 자네가 마… 마지막에 펼친 검… 은 무엇이지?"

"그건……."

진자운은 뭔가 꺼리는 게 있어 말끝을 흐린 게 아니다. 그 역시 얼떨결에 성공시킨 일검이었기에 뭐라 특별히 설명할 방도가 없었기 때문이다.

'하지만 그런 걸 죽어가는 노인네한테 말해 실망시킬 필요는 없겠지!'

잠시 염두를 굴린 진자운이 바로 작명한 초식 이름을 말했다.

"단천일검(斷天一劍). 내가 독창해 낸 일초식의 검법이오."

"다, 단천… 일검……."

문득 귀미태의 입가에 가느다란 미소가 떠올랐다.

"조, 좋은 검법에 좋은 이름… 이다!"

그 말을 끝으로 잠시 화색이 돌아왔던 귀미태의 노안이 창백하게 질리더니, 곧 잿빛으로 변했다. 회광반조가 끝나자 몸 안에서 생명력이 급속도로 빠져나가기 시작한 것이다.

귀미태가 눈을 감았다.

만독문 서열 삼위 고수답지 않은 쓸쓸한 최후였다.

진자운은 귀미태를 간단히 묻어줬다. 만독문의 고수임에도 끝까지 독을 사용하지 않은 진정한 무인에 대한 예의였다.

그때 용문석굴 쪽에서 일단의 도사들이 달려왔다. 육노당과 서금 진인을 필두로 한 서산파의 제자들이었다.

"진 소협!"

육노당은 진자운을 발견하자마자 만면에 웃음을 담고 달려왔다. 어느새 진자운을 부르는 그의 호칭은 깍듯하게 바뀌어 있었다.

'역시 투자한 만큼 돌아오는 법이지!'

진자운은 내심 중얼거리곤 육노당에게 히죽 웃어 보였다.

"육 도장과 서금 진인께서 무사하신 걸 보니, 만독문의 독인들은 모두 일망타진된 게 분명하군요?"

"육 도장이라니……."

육노당은 한 번도 들어본 적이 없는 도장이란 칭호에 뒤통수를 벅벅 긁었다.

그는 서산파의 제자이긴 하나 어렸을 때부터 도통 도가 쪽 공부와는 인연이 없었다. 성격이 하도 지랄 맞아 도관을 불태우고 깽판이나 치지 않으면 다행일 정도였다.

그래도 백 년 내 서산파가 받아들인 제일의 무골(武骨)이었다.

어떻게든 육노당을 서산파 제자로 만들어볼 생각에 그의 사부이자 전대 장문인인 도엽 진인(桃葉眞人)은 고민하고 또 고민했다. 그리고 그런 고민 끝에 나온 게 도명이 없는 도사가 되게 하는 것이었다.

해서 육노당은 타고난 무공으로 운남 무림에 이름을 드높인 후 괴선이란 별호를 얻게 됐다. 도사 같지 않은 도사가 서산파에 있다는 뜻이었다.

그런 저간의 사정을 파미륵에게 들어 알고 있는 진자운은 어색해하는 육노당의 모습에 내심 고소했다.

서산에 와 잔뜩 고생했지만, 무공에 대한 깨달음을 얻고 서산파 제일 고수의 마음을 얻었다. 전혀 손해를 본 건 아니었다.

"그런데 포대화상, 아니, 파미륵 대사는 무사하신지요?"

"아, 그분은……."

잠시 말끝을 흐린 육노당이 시선을 사형인 서금 진인에게 던졌다. 대신 설명하란 뜻이다.

서금 진인이 그런 사제를 향해 눈살을 한차례 찌푸려 보이곤 말했다.

"진 소협, 파미륵 대사는 중상을 입고 운기조식 중입니다. 빈도와 제자들이 만독문의 독인들과 사투를 벌이느라 시간을 지체한 탓이니, 진소협은 너그럽게 용서해 주시기 바랍니다."

서금 진인이 정중히 허리를 숙여 보이자 육노당과 서산파 제자 전부가 역시 크게 허리를 숙여 보였다. 눈앞의 진자운과 파미륵이 없었다면 오늘 서산파는 만독문의 독인들에게 큰 혈겁을 당했으리란 걸 그들은 모두 알고 있었다.

"하하, 이거……."

이번에는 진자운이 뒤통수를 긁적였다. 귀미태와 시독귀가 오늘 서산을 침공한 까닭이 자신과 파미륵의 제거에 있다는 걸 알고 있는 그로선 현 상황이 쑥스러울 뿐이었다.

적어도 석 달에서 여섯 달은 치료를 요하리라 생각됐던 파미륵의 상세는 놀라울 정도로 빨리 회복됐다.

진자운은 이를 보고 진정한 불사지체(不死之體)이자 토룡(土龍:지렁이)보다 더 질긴 생명력이라 칭했다.

그렇게 닷새가 지났다.

파미륵의 외상이 감쪽같이 나았을뿐더러 내공의 팔 할을 되찾자 진자운은 곤명을 떠날 때가 됐다고 생각했다. 서산에 더 오래 머문다는 건 만독문과의 전면전을 기다리는 것이나 다름없었기 때문이다.

새벽 무렵 진자운은 도관을 나서 산책을 하다 멀리서 들려오는 소리에 걸음을 멈췄다. 딱히 귀를 기울이지 않더라도 망치와 정으로 돌을 쪼는 소리임을 알 수 있었다.

'새벽부터 열심이군.'

진자운의 발길은 자연스레 용문석굴로 향했다. 충동적으로 새벽부터 작업에 열중하고 있는 사람이 누군지 알고 싶었기 때문이다.

쩡쩡쩡!

바위 벽을 망치와 정으로 부수고 있는 사람은 육노당이었다.

그의 주변에는 몇 명의 도사들이 있었는데, 그중 영하의 모습을 발견한 진자운의 눈에 이채가 떠올랐다.

'아무리 제자가 부족하기로 사문과 사형제들을 타 문파에 팔아먹은 배신자를 용서해 주다니……'

내심 눈살을 찌푸려 보인 진자운이 다가가자 영하의 옆에 서 있던 영생이 얼른 반색을 하고 맞았다.

"진 소협, 어찌 이런 곳까지 오셨습니까?"

진자운이 담담히 웃어 보였다.

"산책을 하던 중 범상치 않은 소리가 들리기에 오게 됐습니다."

"아아, 새벽부터 귀를 귀찮게 해드렸습니다."

진자운을 대하는 영생의 태도는 사숙인 육노당을 대하는 것보다 극진했다. 그는 진자운의 활약상을 듣고 마음속 깊이 흠모하게 된 것이다.

진자운은 다시 웃음으로 영생의 선망에 찬 눈길을 흘리고 여전히 작업을 멈추지 않고 있는 육노당을 바라봤다. 그의 고집스레 다물어져 있는 입술을 보자니, 현재의 마음이 손에 잡힐 듯 느껴졌다.

'화났군.'

진자운이 내심 중얼거린 순간 육노당이 망치질을 멈췄다.

우르르!

앞을 막고 있던 암반 한 덩이가 힘없이 무너져 내렸다. 육노당의 작업 능력을 보여주는 장관이다.

그러나 육노당은 자신의 작업의 성취물을 바라보지 않았다.

아예 볼 필요도 없다는 뜻일까?

육노당은 손을 내밀어 냉소 어린 표정을 한 영하의 멱살을 잡아당겼다. 느닷없이 벌어진 일이다.

"육 사숙!"

영생이 놀라 소리친 순간, 육노당이 손에 들고 있던 망치를 영하의 얼굴에 가져다 댔다. 당장에라도 머리를 바숴 버릴 듯한 기세다.

순간 영하의 얼굴에 깃든 냉소가 더욱 짙어졌다.

"천하의 괴선이 망치를 든 손을 떨다니. 서산파의 역대 열조가 통탄할 노릇이군요."

"이놈!"

과연 망치를 든 손을 가늘게 떨고 있던 육노당의 입에서 노성이 터져 나왔다.

영하가 서산파의 열조를 들먹인 건 명백한 조롱이었다. 그에게 어떻게든 갱생의 기회를 주고자 했던 육노당으로선 분노하지 않을 수 없는 상황이었다.

그때 영생이 영하를 향해 울부짖듯 소리쳤다.

"영하! 영하! 너와 한솥밥을 먹은 지가 십수 년이다! 너는 그동안의 정리마저 모두 저버리려 하는 것이냐!"

"그건……."

영하의 안색이 조금 변했다. 분노한 육노당 앞에선 자신만만할 수 있었던 그가 울부짖는 영생에게까지 냉정할 순 없었다.

"영생 사형, 아니, 영생 형! 나 역시 사람인데 어찌 형과 동생들과 보낸 지난 십수 년을 잊을 수 있겠소. 이번에 내가 용문석굴과 서산파 전부를 날려 버리려 했으나 마음속에 괴로움은 있었소이다."

"그런데 너는 어째서……."

"서산파가 미웠소이다! 용문석굴이 미웠소이다! 그래서 다 부숴 버리려 했소이다!"

영하는 얼굴에 쓰고 있던 가면을 벗고 증오를 있는 대로 드러냈다. 보는 이의 가슴조차 써늘하게 얼려 버릴 듯한 본심을 처음으로 다른 사람 앞에 내놓은 것이다.

영생은 문득 입이 얼어붙는 걸 느꼈다.

그뿐 아니다. 다른 사형제들과 육노당조차 일시 영하의 증오에 입을 다물었다. 그의 증오는 서산파 제자라면 누구나 가슴속 한 켠에 조금

씩은 품고 있는 것이었기 때문이다.

그때 서늘하게 식은 주변의 분위기를 무시하고 진자운이 나직하게 웃었다.

"하하. 우습군, 우스워."

영하의 시선이 진자운을 향했다.

"뭐가 우습다는 거요?"

진자운이 웃음을 멈추고 말했다.

"서산파에서 오십 년 전에 벌어진 일에 대해선 나 역시 들어 알고 있소이다. 당신이 자신의 사문을 증오하고 용문석굴을 부수고 싶은 건 그 때문일 테지요?"

"반드시 그것만은 아니나, 아주 관계가 없다곤 할 수 없소."

"그러니 우습다는 거요!"

진자운이 단호히 말하자 영하의 얼굴에 의혹의 기색이 떠올랐다. 이미 죽음을 각오하고 있던 그이나 진자운이 증오해 마지않던 서산파의 치부를 들먹이자 궁금증을 참을 수 없었다.

진자운이 말을 이었다.

"나는 운남이나 서산파에 대해선 잘 모르오. 하지만 운남에 오기 전에 사천을 주유했는데, 낙산에 잠시 들른 일이 있소."

"낙산대불(樂山大佛)!"

영생이 자신도 모르게 사천에서 가장 유명한 거불의 이름을 내뱉자 진자운이 고개를 끄덕였다.

"그렇소. 나는 낙산에서 낙산대불을 봤소. 정말 엄청난 규모더구려. 서산파에서 만들고 있는 용문석굴 역시 대단한 규모지만, 낙산대불에 비할 바는 아닐 것이오."

"그건 믿을 수 없는 일이군!"

영하는 입가에 냉소를 담았다. 평생 운남을 떠나본 적이 없어 낙산대불을 보지 못한 그의 얼굴에는 진자운이 허풍을 치고 있다는 표정이 여실했다.

그러나 진자운은 그를 탓하지 않았다. 대신 설명을 계속했다.

"그 거대한 역사를 보지 않은 사람한테 설명해 봤자 무용한 일이니 논쟁을 벌일 일은 아니오. 다만, 내가 그 낙산대불이 만들어진 배경에 대해 설명할 테니 들어보시오."

"……."

"낙산 앞에는 세 개의 하천이 만나는데, 물살이 급하고 툭하면 범람하여 지나가는 배들의 안전을 기약할 수 없었소. 그래서 한 무명승이 낙산대불을 만들어 사고를 방지하려 하였소. 하지만 그 엄청난 역사를 일으키려면 얼마나 많은 돈이 필요하고 인력과 세월이 필요하겠소? 무명승은 평생을 탁발하여 모은 돈으로 공사를 시작했으나, 곧 부패한 관리에게 협박을 받게 되었소. 돈을 내놓든지 공사를 중단하든지 양자택일을 강요받은 것이오. 그러자 무명승은 곧바로 자신의 눈을 손가락으로 찔러 한 쌍의 눈알을 파내 부패한 관리에게 던져 줬소. 이거나 먹고 떨어지란 뜻이었지요. 결국 부패한 관리는 더 이상 돈을 강탈할 생각을 버렸고, 무명승과 그의 제자들의 손에 의해 낙산대불은 완공되었소. 그 뒤 주변에서 불교가 크게 흥성했음은 물론이거니와 낙산 앞의 하천에서 사고도 잦아들게 되었다고 하더구려."

"그건… 그건……."

영하는 잠시 말을 더듬거렸다. 진자운이 이토록 긴 이야기를 한 까닭을 눈치챘기 때문이다.

진자운이 말했다.

"오십 년 전 용문석굴 공사를 추진한 서산파의 오허 진인은 관부의 조사를 받자 그 자리에서 자신의 두 눈을 파냈다고 들었소. 낙산대불의 대역사를 이룩한 무명승의 전례를 따른 게 아닌가 사료되오만, 당신은 어찌 생각하시오?"

"……."

영하는 더 이상 더듬거리지 않았다. 입을 꽉 다물고 침묵을 선택한 것이다.

어느새 두 눈 가득 눈물을 그득 담고 있던 영생이 울먹이는 목소리로 육노당에게 말했다.

"육 사숙, 진 소협이 한 말이 모두 사실인 겁니까?"

육노당이 묵묵히 고개를 끄덕였다.

"확실히 사부님께 들은 바론 오허 조사님께서는 관부의 조사를 받던 중 자신의 눈을 찔러 자해를 하셨다. 여태까지 나는 그걸 세상 보기가 부끄러워 그런 거라 생각했는데……."

"서산파의 장문인께서 물욕에 눈이 어두워지셨을 리가 없잖습니까!"

"분명 그렇긴 하다만, 어째서 조사님께서는 자신의 무죄를 밝히려 노력하지 않으셨는지……."

"으흐흑!"

결국 영생이 울음을 터뜨리자 영하를 제외한 사형제 모두가 대성통곡하기 시작했다.

그들의 뇌리 속에서 당당한 서산파를 오욕 속에 빠뜨린 오허 진인은 이제 모든 세상의 더러움에 당당히 맞서며 낙산대불이란 대역사의 주춧돌을 놓은 무명승과 같은 반열에 올라 있었다. 서산파 제자들은 진자운의 한마디에 오랫동안 잃어버렸던 사문에 대한 자부심을 되찾은 것이다.

그때 홀로 넋을 놓고 있는 영하에게 다가간 진자운이 드물게 진지한 표정으로 말했다.

"틀렸으면 고치면 되는 것이오. 잘못된 길을 갔으면 되돌아 나오면 되는 것이고."

"하지만 이제 와서 어찌 내가……."

"용문석굴만 완성할 수 있다면 오늘날의 작은 실수 정도야 큰 허물이 되진 않을 것이오."

"……."

여전히 대답하기를 망설이는 영하에게 육노당이 다가갔다.

퍽!

그의 큼지막한 주먹이 영하의 얼굴을 뭉갰다. 단번에 영하의 얼굴을 피투성이로 만들 정도의 일격이었다. 그러나 그의 구타는 거기서 멈추지 않았다.

퍽! 퍽퍽퍽!

한동안 그는 영하를 반쯤 죽도록 팼다. 주먹으로 때리고 발로 밟았다. 그리고 다시 때린 데를 또 때렸다. 영하는 거의 묵사발이 되어 바닥에 대자로 뻗었다.

이젠 손가락 하나 까딱하지 못하게 된 상황.

그런 영하를 바라보며 육노당이 말했다.

"이 육시랄 녀석아! 영생은 이제 한 팔이 없다! 더 이상 망치와 정을 동시에 쓸 수 없게 됐단 말이다! 그러니 이젠 네 녀석이 영생의 한쪽

팔이 되어야 하지 않겠느냐!"

"우욱!"

영하가 결국 두 눈에서 눈물을 쏟아내기 시작했다.

그 모습을 보며 영생도 울고 사제들 역시 훌쩍거렸다. 하물며 영하를 반 죽도록 두들겨 팬 육노당조차 눈이 벌겋게 변해 있었다.

'하하, 역시 거짓말은 이런 데 쓰는 거란 말이지!'

진자운은 속으로 웃었다.

사실 그가 오십 년 전 오허 진인이 어떤 사람이었는지 알 턱이 없다. 그는 사천의 낙산대불에 얽힌 이야기로 적당한 구실을 만들어줬을 뿐이다. 서산과 위아래가 바라 마지않았던 용문석굴과 조사 오허 진인을 용서할 수 있는 구실 말이다.

거기에 몇 마디 거짓말이 포함되었다손 치더라도 나쁠 건 없었다. 적어도 진자운의 입장에선 그랬다.

어느새 멀리 여명이 밝아오고 있었다.

날이 완전히 밝은 것이다.

서금 진인에게 한동안 서산과 문하 전부를 이끌고 사천정의련으로 피하는 걸 권고한 진자운은 육노당과 파미륵을 이끌고 서산을 떠났다. 목표는 담화연이 감금되어 있는 여강의 목왕부였다.

*   *   *

깊은 밤.

목왕부의 내원 중 하나의 별원에는 불빛이 아직 어른거리고 있었다.

보통 왕부의 비빈이나 군주들이 기거하는 곳이 내원임을 감안하면 한 밤중까지 불빛이 꺼지지 않는 건 꽤나 드문 일이었다.

미인은 잠꾸러기라 하지 않은가.

하나같이 미인이고 미인이고자 하는 왕부의 여인들에게 이 말은 금과옥조(金科玉條)나 다름없었다.

어디의 누가 한 말인지는 모르나 중요한 건 그런 게 아니다. 미용에 관계되었다는 자체만으로 유념해야 할 가치는 충분하다. 물론 규방의 여인들에 한한 말이다.

깜빡이는 촛불의 눈물을 외면하고서 담화연은 열심히 책장을 넘기고 있었다.

마교에 있을 때만 해도 넌더리를 냈던 게 경서이고 무공서인데, 이제는 하루라도 책을 보지 않고선 쉬이 잠을 이룰 수 없게 됐다. 남녀의 연애담이 담긴 이야기 책 말이다.

키득!

담화연은 한참 여인을 꼬시기 위해 작업을 거는 임풍옥수(臨風玉樹)의 바람둥이가 읊는 연가를 읽다 작게 발버둥을 쳤다. 아무도 보는 사람이 없는 가운데 보는 거지만, 사내의 작업이 너무 뻔하고 유치했다. 이런 거에 진짜 여인이 넘어가는지 의심스러울 정도다.

그러나 여태까지 담화연이 봐왔던 책의 여주인공들처럼 여인은 사내의 시구에 혹한 기색이다. 아무래도 바람둥이의 서른다섯 번째 첩이 되는 건 시간문제인 것 같다.

탁!

담화연은 자신도 모르게 화가 치밀어 손바닥으로 탁자를 내려쳤다.

갑자기 글 속의 바람둥이와 진자운의 능글맞은 얼굴이 겹쳐 보였다.

'죽일 바람둥이 녀석! 어째서 이렇게 오랫동안 내가 얌전하게 있어 줬는데도 찾아오지 않는 거야!'

담화연의 앙증맞은 두 발이 다시 발버둥을 쳐댔다. 그동안 그녀가 마음을 완전히 구워삶는 데 성공한 왕부의 여러 비빈이나 두 군주가 보면 경악을 금치 못할 모습이다.

그때 담화연이 발버둥을 멈췄다. 그녀의 귓속을 모기 소리처럼 파고 든 전음 때문이다.

[아가씨, 속하 설향입니다.]

담화연이 도톰한 입술이 살짝 앞으로 튀어나왔다.

"어디죠?"

[아가씨의 머리 위입니다.]

담화연은 시선을 천장으로 던지는 바보 같은 짓은 하지 않았다. 그 녀는 입가에 매혹적인 미소를 띤 채 전음을 발휘했다.

[설향 언니가 목왕부 곳곳에 남겨놓은 신교의 암호는 잘 봤어요. 생 각보다 빨리 이곳까지 왔군요.]

[모두 아가씨의 덕분입니다. 아가씨께서 목왕부의 지리와 요처, 경 비 체계에 대해 정확하게 알려주시지 않았다면 저 혼자 이곳에 침투하 긴 쉽지 않았을 겁니다.]

담화연의 예쁜 눈가에 작은 주름이 생겼다.

[혼자? 설마 설향 언니 혼자서 온 건 아닐 테지요?]

[아가씨께서는 걱정하실 필요가 없습니다. 이곳에는 저와 폭풍마검 여율량 선배의 제자인 남희명 외에 열다섯 명의 신교 고수가 함께 왔 습니다.]

[남희명?]

[그는 얼마 전에 여율량 선배를 만나 폭류마검의 비전 절초를 전수받고 정식으로 신교의 제자가 되었습니다. 지금은 절 따라다니며 수련 중이지요.]

픽!

담화연의 입술을 뚫고 가벼운 미소가 번져 나왔다. 소설향을 쫓아다니며 수련 중이라니, 남희명이 어떤 꼴을 당하고 있을지 눈에 환했기 때문이다.

[그럼 남희명은 지금 칠독마수 구양수를 끌고 다니는 역할을 맡았겠군요?]

[적어도 한 식경 정도는 버틸 수 있을 거라 생각합니다.]

[설향 언니와 밀렸던 회포를 풀 시간은 충분하단 뜻이군요?]

[그렇습니다.]

담화연은 소설향의 전음 속에 담겨 있는 축축한 물기를 느끼고 입가에 작은 한숨을 담았다. 항주에서 갑자기 자신이 납치당한 이래 소설향이 어떤 고생을 했을지 대충 짐작이 갔기 때문이다.

그때 소설향이 담화연이 가장 궁금해하는 사항을 언급했다.

[진 공자는 아가씨가 납치됐다는 사실을 듣자마자 항주의 정파 무림맹에서 모습을 감췄습니다. 아가씨를 구하기 위해 보장된 명성과 무림맹 오단의 총단주 직을 포기한 겁니다.]

[그래서요?]

[서 단주의 죽음과 관계가 있는 것까진 파악됐습니다만, 그 뒤의 행적이 묘연합니다. 사천 쪽 정의련의 결성에 영향을 미쳤다는 말도 있고, 아미파에서 모습을 봤다는 보고도 있긴 합니다만, 정확한 행적이

파악되진 않았습니다.]

　[흥, 바로 운남으로 오지 않고 그동안 사천에서 놀고 있었단 말이군요!]

　담화연은 얼굴에 크게 화가 난 표정을 지었다.

　그러나 천장에 바늘 귀 크기의 구멍을 뚫고 담화연의 모습을 살피던 소설향은 지금 그녀가 꽤나 기뻐하고 있다고 생각했다. 진자운에 대한 얘기가 나왔을 때부터 안색이 도화빛으로 상기됐을뿐더러, 흑백이 또렷하고 아름다운 눈이 맑은 빛을 뿜어내고 있었기 때문이다.

　'아가씨는 정말 자운을 좋아하는구나!'

　소설향의 입가에 가벼운 한숨이 서렸다. 뭔지 알 수 없는 아쉬움이 담긴 한숨이었다.

　그때 그녀의 귓전으로 담화연의 것이 아닌 전음이 파고들었다.

　[일비(一秘)님께 알립니다. 삼비(三秘)가 칠독마수에게 궁지에 몰린 것 같습니다.]

　'벌써?'

　소설향은 눈살을 가볍게 찌푸렸다.

　삼비란 남희명을 말한다. 정식으로 폭류마검을 익힌 그라면 적어도 한 식경 이상은 시간을 끌 줄 알았는데 예상외로 빨리 궁지에 몰렸다는 보고가 들어온 걸 보면, 칠독마수 구양수의 무공은 생각보다 강한 게 분명했다.

　'어쩐다! 아직 아가씨와 할 말이 남았는데……'

　잠시 염두를 굴린 소설향이 전령을 맡은 수하에게 전음으로 명했다.

　[너희 은영무사(隱影武士)들은 잠시 동안 삼비를 도와 구양수를 막도록 하라!]

[존명!]

전음으로 복명한 은영무사의 기척이 사라졌다.

마음이 다급해진 소설향이 담화연에게 전음으로 고했다.

[아가씨, 칠독마수 구양수는 어떡하든 저희들이 막을 수 있습니다. 제가 뫼실 테니, 지금 당장 이곳을 떠나심이 어떠신지요?]

[나는 지금 목왕부를 나갈 생각이 없어요.]

[그러면 언제……?]

담화연이 슬쩍 손으로 턱을 괸 채 입가에 미소를 만들어냈다.

[본래 목왕부가 만독문과 손을 잡은 건 어디까지나 고래로부터 원한이 깊은 대리 백족의 점창파를 멸하기 위함이었어요. 이제 점창파가 거의 멸문에 이르게 된 이상 목왕부가 계속 만독문과 손을 잡을 이유는 사라진 셈이에요. 나는 그 점을 알고 그동안 목왕부의 상하 모두를 꾀는 데 성공했어요. 이제 조금만 더 공을 들이면 운남 사강파 중 하나인 목왕부는 신교의 철저한 아군이 될 거예요. 그러니 나는 후일 이곳의 정문을 통해 당당히 떠날 거예요, 천마신교의 성녀로서!]

'아아, 과연……!'

소설향은 내심 담화연의 나이답지 않은 대범함과 심모원려에 감탄했다. 과연 자신이 목숨을 걸고 모시는 성녀답다고 생각했다.

그러나 그녀는 이때 담화연의 입가에 감돌고 있는 즐거운 미소를 보지 못했다. 진자운이 자신을 위해 모든 걸 버리고 운남으로 달려오는 상상에 몸을 가볍게 떠는 담화연의 진정한 흥중을 읽지 못했다, 애석하게도.

'에헤헤, 언제 올까나?'

담화연은 언제 진자운을 욕했냐는 듯 입을 가볍게 벌린 채 콧노래를 홍얼거렸다.

*   *   *

여강 전체가 내려다보이는 옥룡설산.

한때 목왕부와 여강 전체의 패권을 놓고 대결전을 벌였을 정도로 성세가 드높았던 옥룡설부(玉龍雪府)에 한 떼의 불청객들이 방문한 건 사흘 전이다.

불청객들은 다짜고짜 옥룡설부를 접수하겠다고 통보했다.

옥룡설부주 미염공(美髥公) 유일염 이하 백오십 명의 제자는 이에 목숨을 걸고 저항했다. 여강 제이의 무림 세력의 자존심을 지키기 위함이었다.

그러나 자존심을 지키기엔 불청객들의 무위가 너무 강했다. 부주인 유일염이 불청객 중 한 명의 십오 초를 받지 못하고 패하자, 옥룡설부의 목숨을 건 저항은 금세 끝이 났다. 자존심이 밥 먹여주는 게 아닌 것이다.

그렇게 주인이 바뀐 옥룡설부의 부주 집무실.

그곳에는 지금 한 명의 백의미공자와 적포청년 한 명이 자단목으로 된 탁자를 사이에 두고 마주 앉아 있었다.

백의미공자는 천마무적대주 상유하이고, 십오 초 만에 유일염의 팔 하나를 자른 적포청년은 부대주인 대룡대검(大龍大劍) 곤상진이었다.

상유하는 눈앞의 곤상진을 담담한 시선으로 바라보다 먼저 입을 열었다.

"상진, 천마무적대 전원이라면 목왕부를 절멸시키는 데 무리가 없겠지?"

"방금 목왕부를 절멸시키라 하셨습니까?"

곤상진이 상유하에게 절대적인 충성을 맹세한 건 이미 삼 년 전의 일이다. 그동안 단 한 번도 자신의 명에 반문을 한 일이 없는 곤상진의 의문에 찬 시선에 상유하가 미미하게 고개를 끄덕였다.

"표면적으로 목왕부는 만독문과 연합했으나 대리 점창파가 봉문한 이래 독자적인 길을 모색하고 있다."

"그건 저 역시 알고 있습니다. 그거야말로 신교에게 좋은 일이 아닙니까?"

"그렇지 않다. 그들이 삐딱하게 나오면 만독문이 사천무림을 치는데 커다란 부담으로 작용한다."

"그 말씀은 마치 우리 신교가 만독문과 손을 잡은 것처럼 들립니다만?"

"만독문과 일종의 협약을 맺은 건 사실이다."

탕!

곤상진이 탁자를 손으로 힘차게 내려쳤다. 그의 눈이 상유하를 향해 이글거리며 불타올랐다.

"대주, 언제부터 자랑스런 마도의 맹주인 신교가 한낱 잡배에 불과한 만독문 같은 것들과 협약을 맺게 된 것입니까? 저 비천한 것들은 감히 신교의 상징이라 할 수 있는 성녀를 납치하는 만행까지 저질렀지 않습니까? 아무리 대주의 명이라 해도 이번만은 받들 수가 없습니다!"

"결국 상진 너 역시 철부지 성녀가 나보다 더 중요하다는 건가?"

"대주, 성녀와 대주는 비교의 대상이 될 수 없지 않소이까! 성녀는 천하에서 가장 존귀한 분이십니다!"

"그렇겠지. 성녀를 얻는 자가 천하를 제패한다는 소문은 반드시 본 교에만 국한된 게 아닐 테니까. 하지만 나는 그런 성녀조차 본 교의 대업을 위해 희생시킬까 하네."

"그건……."

"자네는 십대마군의 제자답게 성녀를 위해 내 앞을 가로막아 설 생각인가?"

"……."

곤상진은 입을 한일 자로 다물었다. 대신 그의 사 척 대검이 대답을 대신하듯 아래에서 위로 탁자를 양단했다.

쩍!

곤상진 앞에서 시작된 탁자의 균열은 상유하 바로 앞에서 멈췄다. 곤상진이 상유하에게 보내는 마지막 예의였다.

"성녀에게 위해를 가하겠다는 대주의 뜻을 나 곤상진은 절대 따를 수 없소이다! 지금이라도 늦지 않았으니, 대주께서는 방금 전의 불경한 말을 거둬주십시오!"

협상의 여지가 없는 최후 통첩이었다.

그러자 상유하는 자리에서 일어서지도 않고 곤상진의 사 척 대검을 바라봤다.

"상진, 날 따른 지 얼마나 됐지?"

"삼 년입니다."

"그러면 내가 한 번 한 말을 번복하지 않는 성격이란 것을 모르지 않을 텐데?"

"대주, 정녕……."

곤상진은 말끝을 흐린 것과 동시, 대검을 상유하에게 찔러갔다. 지난 삼 년간 상유하의 괴물 같은 능력과 성취를 곁에서 지켜봐 온 그로 선 최선이라 할 수 있는 선택이었다.

보통 검보다 일 척 이상이 더 길고 큰 대검은 단숨에 상유하의 면전 까지 파고들었다. 상유하로선 결코 피할 수 없을 듯한 속도고 위력이 었다.

'성공만 한다면……'

곤상진의 뇌리로 잠시 자신의 대검에 꿰뚫린 상유하의 모습이 그려 졌다. 그만큼 확신에 찬 일검이었다.

그러나 곤상진의 대검은 상유하의 목젖을 반 치가량 남긴 채 멈춰야 만 했다. 그의 옆구리를 꿰뚫은 한 자루의 혈검 때문이다.

푸욱!

혈검은 옆구리에 구멍을 뚫어 놓고도 직성이 풀리지 않았는지, 크게 한차례 비틀어졌다. 곤상진의 내장이 가닥가닥 끊어지는 순간이었다.

"커억!"

곤상진의 입에서 검붉은 핏덩이가 터져 나왔다.

치익!

바닥에 떨어진 핏덩이가 끓어올랐다. 이미 맹독에 중독됐음을 보여 주는 모습이다.

"어, 어떻게……."

곤상진의 무릎에서 힘이 빠졌다. 정신을 잃어버린 것이다.

쿵!

바닥에 쓰러진 곤상진의 옆구리에서 혈검이 천천히 빠져나왔다. 그 리고 모습을 드러낸 강철 가면의 사나이.

"수고했다."

"다음 명을 내려주시오!"

사나이의 재촉에 상유하가 눈을 가늘게 뜨고 명했다.

"상진을 대신해 천마무적대를 이끌고 목왕부를 쳐라!"

"몰살시키면 되는 것이오?"

"그래."

상유하의 말이 떨어진 순간, 사나이의 모습이 서서히 흐려지더니 자취를 감췄다.

"존명!"

점차 몸 전체가 녹기 시작한 곤상진이 뿜어내는 끈적끈적한 독기 사이로 음울한 목소리가 들려왔다. 흡사 사신(死神)의 속삭임처럼.

◆ 第三十九章 ◆

꼬맹아! 내가 간다!

꼬맹아! 내가 간다!

곤명에서 여강까지의 길은 험했다.

제대로 된 관도 대신 산속으로 이어진 샛길이 전부였기에 평지보다 두 배는 힘이 들었다. 그만큼 여행 기간이 길어지는 건 어쩔 수 없는 일이었다.

게다가 여강은 운남의 수많은 고산 지대 중에서도 가장 높은 곳에 속했다. 적어도 사람이 사는 도시 중에선 가장 높다고 보면 된다.

여강으로 이어진 산길을 오르며 진자운은 속으로 몇 번이나 지진이라도 나라고 투덜거렸다. 곤명도 만만찮게 고지대였으나 여강에 비길 바는 아니었다.

여강이 가까워올수록 주변은 민둥산으로 변해갔다. 지대가 너무 높아 웬만큼 깡이 센 식물이 아니면 자라는 것 자체가 불가능하기 때문이다.

그런 진자운의 기원을 천신이 들은 것일까?

진자운 일행이 여강에 도착한 날, 엄청난 강도의 지진이 일어났다.

수백 년 된 건물이 무너지고, 돌을 다듬어 깔아놓은 석로(石路)에 금이 쩍쩍 벌어졌다. 진자운으로선 처음 본 완벽한 천재지변이었다.

여행 내내 진자운의 투덜거림을 들어왔던 파미륵과 육노당이 비난의 눈빛을 던졌다.

"크크크, 진 소협이 무공만 고절한 줄 알았더니 예지력마저 지니고 있는 줄은 본불조차 모르는 사실이었거늘, 오늘 본불이 크게 개안하게 됐구나!"

"대사님, 진 소협이 지닌 건 예지력이 아니라 저주력이라 해야 하는 게 아닐까요?"

"듣고 보니 그렇기도 한 것 같구만."

"제가 이래 뵈도 제법 사리는 분명한 놈입죠."

"과연 본불이 보기엔 분명 그래 보이네."

며칠이나 함께했다고 진자운을 갈구는 데는 죽이 참으로 잘 맞는 두 사람이었다.

그러나 평소 같으면 좀 더 강도 높게 말을 받아쳐 반격하거나 욕을 할 진자운이 이번만은 얌전히 입을 다물고 있었다. 갑작스레 경험한 지진에 놀란 마음이 아직 가시지 않았기 때문이다.

게다가 눈앞에 보이는 지진 피해는 꽤나 심해 보였다.

"심하군."

무너진 건물 터를 바라보며 진자운이 눈살을 찌푸리자 육노당이 언제 이죽거렸냐는 듯 위로의 말을 던졌다.

"진 소협, 본래 운남은 지진이 잦습니다. 이번처럼 큰 지진은 그리 많은 건 아니지만, 자잘한 것들은 한 달에 한두 번은 있을 정도이지요."

"그럼 이번 지진도……."

"보는 것보다 인명 피해는 그다지 많지 않을 겁니다."

육노당의 말이 끝난 순간, 진자운의 눈빛이 매섭게 파미륵을 향했다. 그런 사실을 알고 있으면서 자신을 갈궜냐는 비난의 눈빛이다.

그러나 파미륵은 이때 진자운을 보고 있지 않았다. 그는 주변을 휘휘 둘러보다 빠른 걸음으로 여강의 대표적인 시가지인 사방로가 갈라지는 쪽을 향했다. 흘려봐도 무언가 찾는 게 있는 듯했다.

"어딜 그리 급하게 가는 겁니까?"

진자운과 육노당이 얼른 그 뒤를 따르며 묻자 파미륵이 여상스레 대답한다.

"일단 요기부터 해야 하지 않겠는가?"

"그저 먹는 거라면……."

진자운이 혀를 차면서도 처음보다 조금 걸음을 빨리했다. 그 역시 배가 고픈 건 못 참는 성미였기 때문이다.

"대사님, 진 소협, 같이 갑시다!"

느닷없이 빨라진 두 사람을 좇는 육노당의 걸음 역시 빨라지고 있었다.

잠시 후.

진자운 일행이 도착한 곳은 사방로 중 동방로(東方路)에 위치한 작은 반점이었다. 여강의 대부분을 차지하고 있는 납서족이 아니라 소수의 백족이 차린 반점의 이름은 안빈반점(安貧飯店)이었다.

"참 이름과 잘 어울리는 반점이로군. 가난함을 즐기는 식당이라니."

진자운이 한마디로 자평하자 파미륵이 입가에 실웃음을 흘렸다.

"본시 운남에서는 백족의 미인을 아내로 삼아 평생 그 음식을 대접받으며 사는 게 최고의 즐거움이라는 말이 있네. 실제 다른 일족의 청년이 백족 여인을 쫓아가 삼 년 동안 소처럼 일하고 아내로 삼는 경우도 적지 않지. 진 소협도 지금은 투덜거리지만, 한번 음식 맛을 보면 푹 빠질 것일세."

"백족의 미인이라……."

진자운은 내심이 동하는 듯 웃음으로 말을 받고 먼저 자리를 잡고 앉은 육노당에게 다가갔다. 그 뒤를 파미륵이 따랐다.

세 사람이 자리를 잡자, 맵시 좋게 생긴 몸매에 하얀 털모자를 쓴 젊은 여인 하나가 종종걸음으로 다가왔다.

"이른 시간부터 손님이라니……."

여인의 입가에는 애교 넘치는 미소가 매달려 있었다. 특별히 미인은 아니나 개기름 넘치는 여느 반점의 점소이에게 음식 주문을 시키는 것보다는 월등히 낫다고 할 수 있었다.

"이 가게에서 가장 비싼 음식!"

진자운이 평소와 달리 호기 넘치게 소리치자 파미륵이 경고하듯 말했다.

"그렇게 함부로 음식을 고르는 건 좋은 습관이 아니네."

육노당이 동조한다.

"진 소협, 이 사람의 생각 역시 그렇소이다."

진자운은 이쯤에서 자신이 뭔가 잘못을 범했다는 걸 눈치챘다. 그러나 사나이 자존심이 있다. 이렇게 뒤로 물러서고 싶진 않았다.

"그래도 가장 비싼 음식!"

여인이 진자운에게 묘한 눈웃음을 한차례 흘리곤 허리를 숙여 보였다.

"주문 받았습니다!"

진자운은 일 다경도 지나지 않아 자신의 호기를 후회했다. 정확히 말하자면 여인의 손에 의해 날려져 온 눈앞의 요리를 본 순간부터다.

"…이게 뭐요?"

파미륵이 진자운의 시선을 외면하며 작게 대답했다.

"오공보양탕(蜈蚣保養湯)일세."

"지네를 가지고 보양탕을 끓였단 말이오?"

진자운의 목소리가 날카로워지자 육노당이 대신 설명했다.

"진 소협, 운남에서 독으로 유명한 건 묘족이지만, 다른 민족도 독이나 벌레를 다루는 비법 몇 종류 정도는 알고 있소이다. 장족은 동충하초를 잘 다루고, 백족은 지네로 보양탕을 끓이지요."

"설명 잘 들었소이다."

진자운은 육노당에게 사의를 표하고 바로 손을 들어올렸다. 음식 주문을 다시 하려는 것이다.

그때 파미륵이 경고하듯 말했다.

"오공보양탕은 끓이는 데 꽤나 정성을 요하는 보양식이고, 백족 여인들은 자신의 요리 솜씨에 대한 자부심이 굉장하다네."

"그래서요?"

진자운이 슬며시 손을 절반쯤 내리자 파미륵이 설명을 마저 했다.

"그러니 자네가 주문한 오공보양탕을 먹지도 않고 다른 요리를 시키면, 대단한 모욕을 주는 것이네. 어쩌면 요리를 한 여인은 자살을 할지도 모르지."

협박이었다, 그것도 아주 치사하고 야비한.

진자운은 잠시 파미륵을 바라보다 육노당을 힐끔 바라봤다. 그의 눈치를 살피려는 의도였다.

하지만 앞서 말했다시피 두 사람은 이상하게 진자운을 갈구는 데는 죽이 척척 맞았다.

슬며시 자신의 시선을 회피하는 육노당을 보고 진자운은 내심 한숨을 토했다. 아무 생각 없이 호기를 부린 자신을 탓할 수밖에 없는 상황인 것이다.

'제길, 만약 독기가 있다면… 내력으로 뽑아내거나 단천뢰심강으로 태우면 될 테지.'

진자운의 젓가락이 수상하고 위험한 내음을 풀풀 풍기는 오공보양탕 쪽으로 천천히 움직였다.

이틀이 지났다.

진자운은 독살의 위협으로부터 살아남는 데 성공했고, 파미륵은 매일 이른 아침 시간만 되면 안빈반점으로 가 식사를 했다. 그때마다 그는 먼저 삼도차(三道茶)란 백족 특유의 차를 시켜 마셨는데, 진자운은 금세 독특한 점을 발견했다.

'흠, 오늘도 차를 마시기 전에 찻잔에 새끼손가락을 담갔다가 옆에 세 차례 점을 찍는군.'

진자운의 의심에 가득한 시선을 눈치챈 파미륵이 히죽이 웃어 보였다.

"오늘도 본불이 하루를 공칠지 아닐지에 대해 내기를 하지 않으려나?"

"내기의 조건은 뭐요?"

진자운의 말이 떨어지기가 무섭게 파미륵이 이를 드러내며 자못 수상쩍게 웃었다.

"오공보양탕 한 그릇!"

"진 사람이 사는 겁니까?"

"진 사람이 먹는 것이네."

"관둡시다."

진자운의 간명한 대답에 파미륵이 다시 입가에 미소를 담았다.

그렇게 시간이 흘러갔다.

결국 오늘도 공을 치게 되는가 하고 진자운이 생각할 무렵, 파미륵의 실눈이 조금 크게 뜨였다. 여강에서 심심찮게 보이는 꽃 파는 장족 소녀가 모습을 드러냈을 때였다.

"꽃 사세요! 꽃 사세요!"

다른 장사도 그렇지만 꽃같이 시각적인 즐거움을 주는 물건을 파는 당사자의 미모는 중요하다. 보통 사람들은 꽃처럼 어여쁜 얼굴을 보고 꽃을 사는 것이지, 꽃이 예뻐 사는 게 아니기 때문이다.

그런 점에서 눈앞의 장족 소녀는 꽃장수로는 좀 많이 모자란 미모를 지니고 있었다.

고원의 따가운 햇살에 피부는 시커멓게 타 있었고, 얼굴 역시 평범 이하였다. 어느 모로 보든 꽃을 사주고 싶은 생각이 들지 않는 얼굴이었다.

진자운이 그런 생각을 하고 있을 때, 갑자기 제세구민하여 성불(成

佛)이라도 하고 싶어졌는가!

파미륵이 손을 들어 장족 소녀를 불렀다.

"여시주는 본불한테 헌화하시게나!"

"대라마, 헌화는 안 되옵고 꽃을 사시면 노래는 불러드릴 수 있사옵니다."

"불러보게나!"

파미륵의 허락이 떨어지자 장족 소녀의 입에서 구성진 장족 노래가 흘러나왔다.

후일 들은 바 대충 라마의 공덕이 하늘에 닿아 성불하리란 뜻의 찬불가(讚佛歌)인데, 진자운은 하나도 알아듣지 못했다. 장족어를 모르기 때문이다.

노래가 끝나자 파미륵이 품에서 구리 동전 세 개를 꺼내 장족 소녀에게 건네줬다. 꽃이 아니라 찬불가를 불러준 것에 대한 값이었다.

장족 소녀는 파미륵에게 돈을 받은 후 허리를 살짝 숙여 보이며 들고 있던 꽃 한 송이를 건네줬다. 역시 진자운이 전혀 본 적이 없는 이름 모를 꽃이었다.

물론 중요한 건 그런 게 아니다. 그때 장족 소녀가 꽃을 건네며 전해주는 쪽지 한 장을 진자운의 예리한 눈은 놓치지 않았다.

'역시 이 소녀는 일종의 연락책이었군!'

갑자기 장난기가 발동한 진자운이 갑자기 돌아서 가려는 장족 소녀를 불러 세웠다.

"소낭자, 나도 찬불가를 한번 들어보고 싶은데."

"예?"

"찬불가를 듣고 싶다는 말이오."

"……."

장족 소녀는 진자운을 이상한 표정으로 바라봤다. 당최 영문을 모르겠다는 눈빛이다.

그때 파미륵이 진자운의 옆구리를 손으로 툭 때리고, 장족 소녀에게 말했다.

"본래 불도를 구하러 가는 길은 멀고 험하다네. 여시주는 가는 길마다 조심하고 또 조심해서 가게나."

"……."

장족 소녀는 대답 대신 유난히 하얀 치열을 드러내며 파미륵에게 웃어 보였다.

안빈반점을 벗어난 진자운과 파미륵은 지난 이틀간 묵고 있는 여강객점(麗江客店)으로 향했다.

여강객점에 도착해 바로 객실에 틀어박힌 두 사람 중 먼저 입을 연 사람은 진자운이었다.

"지난 이틀 동안 그 소녀를 기다리고 있었던 거요?"

"그렇다고 할 수도 있고, 아니라고 할 수도 있다네."

파미륵은 알 수 없는 소리와 함께 그의 몸집에 비하면 꽤나 작아 보이는 침상에 몸을 절반쯤 눕혔다. 보는 이의 마음을 불편하게 만드는 자세이나 그는 개의치 않는 듯했다.

"본래 장족들은 모두 서장의 포달랍궁을 마음속의 성지(聖地)로 생각하고 살아가는 라마교의 독실한 신도들이라네. 그러니 본불같이 포달랍궁에서 정식으로 수련한 대라마를 보면 신명을 다 바치는 게 당연하지 않겠나?"

"흠, 그렇소이까?"

진자운은 내심 장족들이 파미륵에게 도움을 주는 데는 다른 까닭이 있으리라 생각했다. 하지만 딱히 지금 그걸 캐물을 필요는 없다는 생각도 했다.

진자운이 수긍하는 표정을 보이자 파미륵이 장족 소녀에게 전해 받은 쪽지를 읽고 입가에 미소를 지었다.

"이로써 마교의 성녀를 구하는 데 필요한 세 가지 중 둘이 갖춰진 셈이구만."

"왕부의 땅을 파고 들어갈 육 도장과 왕부의 상세한 내부 지도를 말하시는 거요?"

"크크크, 역시 본불이 바보와 손을 잡은 건 아니야!"

파미륵이 진심으로 감탄의 기색을 보이자 진자운이 픽 웃어 보였다.

"나는 물론 바보가 아니오. 하지만 나머지 세 번째가 무언지에 대해선 잘 모르겠소이다."

"그건 지금 육가 아해가 구하러 갔다네. 그러니 잠시만 기다리세나."

"육 도장이 올 때까진 계속 궁금해하고 있어라?"

"그런 것이지."

파미륵이 침상에 데굴거리며 누웠다. 침상이 요란한 소리를 내며 비명을 질렀다.

*　　　　　*　　　　　*

육노당은 파미륵의 명을 받고 목왕부를 방문 중이었다. 아직 명목상 운남 사강파 중 하나인 곤명 서산파 제일 고수의 이름을 판 것이다.

한 일족의 왕부답게 웅장한 목왕부의 빈청으로 안내된 육노당은 한동안 쓰디쓴 차 한 잔을 대접받았을 뿐이다.

근처에는 그를 빈청으로 안내한 시위 한 명이 서 있을 뿐이다. 그와 육노당 사이에는 고요만이 내려앉아 있었다.

'아무리 오십 년 동안 문파의 세가 기울었다곤 하나 목왕부 녀석들이 이처럼 본 파를 멸시한단 말인가!'

육노당은 입에서 튀어나오려는 욕설을 꾹 눌러 참았다. 그의 이는 어느새 비취빛 옥으로 만들어진 찻잔을 꽉꽉 깨물고 있었다.

그때 석상처럼 서 있던 호위가 갑자기 자세를 바로 했다. 드디어 오랜 육노당의 기다림이 끝나는 순간이었다.

빈청에 모습을 드러낸 사람은 목왕부의 시위대장인 철마권(鐵魔拳) 반창의였다.

본래 그는 한때 산서 무림에서 권법으로 이름 높은 고수였다.

강철 같은 주먹과 인정에 흔들리지 않는 독심.

무림에서 오래 살아남는 데 반드시 필요한 두 가지를 그는 모두 가지고 있었다. 하지만 호사다마(好事多魔)에, 사람은 잘 나갈 때 조심해야 한다고 했다.

우연찮게 벌어진 시비로 정파 고수 한 명을 살해한 그는 오랜 도주 끝에 현재 운남의 목왕부에 몸을 의탁한 상황이었다.

한눈에 반창의가 꽤나 강한 고수임을 알아본 육노당의 눈에 이채가 떠올랐다.

'목왕부에 고수가 많다는 건 익히 알고 있었지만, 저렇게 강한 기세를 뿜어내는 자가 한낱 시위대장을 하고 있다는 소문은 듣지 못했거

늘······.'

그때 반창의가 육노당에게 걸어와 정중히 포권해 보였다.

"얼마 전 시위대장에 오른 반창의올시다. 곤명의 괴선 육 도장을 만나게 되어 참으로 기쁘게 생각합니다."

'곤명의 괴선이라······.'

서산파의 이름을 뺀 호칭에 육노당의 마음이 조금 더 상했다. 하지만 그에겐 목적이 있었다. 예전처럼 함부로 욕설을 내뱉고 싸움을 걸 순 없었다.

씩!

입가에 웃음을 만들어 보인 육노당이 말했다.

"나는 창평왕(昌平王) 전하를 배알하러 왔는데, 시위대장께서 먼저 맞으러 오셨구려."

"전하께서는 남은 정사가 있어서 당장 육 도장을 알현하긴 힘드실 것 같습니다. 그러니 육 도장께서는 소장과 담소나 나누시는 게 어떻겠습니까?"

꿈틀!

육노당의 굵은 눈썹이 일시 역팔자가 됐다. 좋게 얘기해 알현을 하기가 힘들다는 것이지, 사실은 만나기를 거부당한 것이나 다름없었기 때문이다.

"제기랄, 언제부터 목왕부가 이리 목이 뻣뻣해진 것인가! 말이 좋아 왕이고 전하지, 여강에서만 큰소리칠 수 있는 게 목왕부가 아닌가 말야!"

반창의의 눈살이 찌푸려졌다.

"육 도장, 본 왕부를 얼마나 업수이 여겼기에 그런 망발을 하는 것이오!"

"먼저 나와 서산파를 업수이 여긴 건 목왕부와 창평왕 목극연이 아 닌가! 어찌 같은 사강파에 속한 처지에 목왕부가 이리 본 파를 괄시한 단 말인가!"

"전하의 성명(聖名)까지 거론하다니!"

반창의는 몸을 한차례 부르르 떨더니, 눈빛에서 흉맹한 기운을 뿜어 내며 말했다.

"오늘 소장이 곤명의 괴선 육 도장과 한 수 겨뤄봐야겠소이다!"

"바라던 바!"

육노당이 자리에서 일어섰다. 이제 한차례 싸움은 피할 수 없게 된 것이다.

두 사람은 바로 자리를 옮겼다.

그들이 향한 곳은 목왕부 외원 중 왕부 시위들의 막사가 있는 장소 였다.

시위들의 숙소답게 그 앞에는 널찍한 연무장이 마련되어 있었다. 평 상시 삼 교대로 나뉘어 왕부를 지키는 시위들 중 부지런한 자들이 무 공 연마를 하고 있는 모습이 보였다.

"대장님?"

"대장님!"

연무장에 옹기종기 모여 있던 시위들이 반창의를 보고 얼른 달려와 도열했다. 평소 얼마나 군기가 엄정하게 잡혔는지를 보여주는 모습이 었다.

반창의는 수하들을 눈으로 훑고 몇 가지 명령을 내렸다.

바삐 움직이는 시위들에 의해 십팔반 병기가 날라져 오고, 보통 강호의 무림대회에서 쓰이는 비무대 넓이의 정사각형이 그려졌다. 반창의는 왕부의 호위 대상으로서가 아니라 무림인의 신분으로 육노당과 비무하기를 희망한 것이다.

"본인은 권법가올시다. 육 도장께서는 사양치 마시고 아무 병기나 취해 사용하십시오!"

반창의의 정중한 말속에는 가벼운 조롱의 기색이 담겨 있었다. 그쯤을 못 알아들을 육노당이 아니다.

하지만 그는 그다지 화를 내지 않고 품 안에서 뇌정추와 폭뢰정을 꺼내 들었다.

쩡!

망치와 정을 양손에 나눠 든 육노당의 모습에 시위 몇이 키득거리며 웃었다. 그도 그럴 것이 아무리 봐도 산도적 같은 인상인 육노당이 망치와 정을 든 모습은 쉽사리 볼 수 있는 광경이 아니었다.

'서산파의 정추신공과 타정기 팔백타법이 유명하다더니, 정말 망치와 정을 사용하는 것인가?'

반창의는 웃음을 터뜨린 시위들에게 주의의 시선을 던지고 양 주먹을 절도있게 모아 보였다. 소림의 동자배불(童子拜佛)과 비슷한 이 자세는 누가 보더라도 비무 시작 전 예의를 갖춘 인사였다.

그러나 기세가 달랐다. 이미 반창의는 살벌한 기운을 육노당에게 화살처럼 쏘아 보내고 있었다. 육노당은 이를 비무 시작으로 봤다.

'재수없는 놈! 겉으로만 정중한 척하기는!'

파팟!

폭뢰정이 반쯤 허리를 숙인 반창의를 곧게 찔러갔다. 모양이야 어떻든 흉험하기 이를 데 없는 초식이다.

'윽!'

반창의는 현란한 타정기의 변화에 바로 쌍당장으로 반격하려다 뇌정추의 직격을 어깨에 받았다. 평생 한 번도 보지 못한 기괴한 공격.

파곽!

반창의는 어깨를 좁히며 뇌정추의 직격을 옆으로 흘렸다. 강호의 권법가들이라면 대부분 알고 있는 철산고의 수법을 방어에 사용한 것이다.

물론 반창의쯤 되는 권법가가 그쯤으로 만족할 리 없다.

뇌정추가 빗겨나간 순간, 그는 바로 늦춰졌던 쌍당장을 펼쳤다.

목표는 어느새 근접해 들어온 육노당의 복부.

반창의의 좌우로 펼쳐진 쌍장에서 폭풍과 같은 진기가 폭발했다. 강호의 도의를 모르는 육노당을 일격에 죽여 버릴 심산이었다.

그리고 그 순간 육노당의 망치가 정을 때렸다, 강하게.

따앙!

목왕부를 떠나는 육노당의 뒤에서 시위들의 저주에 찬 목소리가 들려왔다.

오늘 그의 손에 의해 시위대장인 반창의를 비롯한 목왕부 십대고수 중 절반이 부상을 당했다. 당장 포위해서 오체분시를 하지 않는 것만도 육노당에게 커다란 은혜를 베푸는 것이라 그들은 생각했다.

물론 육노당에게도 할 말은 있다.

그는 오늘 본래 자기 능력의 절반도 발휘하지 않았다.

목왕부의 체면을 봐줬다기보다는 파미륵의 의견을 따랐을 뿐이다. 성녀를 구하기 전까진 목왕부를 경동시켜선 곤란했고, 오늘의 목표는 충분히 달성한 터에 무리할 필요는 없는 것이다.

'목왕부의 바닥은 거의 대부분 대리석이나 청석으로 되어 있다. 꽤나 깨부수기 힘든 재질이야. 특히 소리없이 부수긴 거의 불가능하다. 하지만 외원과 내원을 잇는 사이의 정원이라면 사정이 달라진다.'

육노당은 일부러 소란을 일으킨 보람을 느끼며 여강객점을 향해 걸어갔다.

*   *   *

어둠이 여강 전역에 내렸다.

여강인들이 성산으로 여기는 옥룡설산에 푸른 달빛이 떨어져 내리는 시각, 옥룡설부를 출발하는 삼십여 개의 그림자가 있었다.

천마무적대!

과거 정마대전 때 정파연합에 패배한 마교가 아직도 천하제일세일 수 있는 원인인 오 개 부대 중 최정예!

그들의 선두는 며칠 전 주화입마로 인해 폐관수련에 들어간 곤상진을 대신해 새롭게 부대주가 된 철면인이었다. 천마무적대주인 상유하의 측근이란 점 외, 모든 것이 비밀에 붙여진 철면인은 목왕부를 향해 신형을 날리며 생각했다.

'주인은 이번 기회에 성녀조차 죽이려 하는가? 아니, 나는 과연 성녀를 죽일 수 있단 말인가?'

철면인은 가슴이 답답해져 옴을 느꼈다. 상유하를 주인으로 모신 이래 단순명쾌했던 그의 마음이 이처럼 크게 흐트러진 건 처음 있는 일이었다.

그만큼 성녀 담화연이란 존재는 그에겐 특별했다. 여태까진 전혀 그런 생각을 한 적이 없었음에도 불구하고…….

사실 지금과 같은 마음의 변화에 가장 크게 놀란 건 철면인이었다. 그는 어떤 의미에서 담화연을 증오하고 있었다. 그녀가 자신이 가지지 못한 모든 걸 갖고 태어났기 때문이다.

철면인은 자신을 향해 모멸에 찬 눈빛을 던지던 담화연을 떠올렸다. 그녀에 대한 미움을 되살려 내기 위함이었다.

하지만 그녀의 눈빛을 떠올린 순간, 그의 가슴은 더욱 크게 아파왔다. 당장이라도 찢어져 심장이 터져 나올 것만 같았다.

"흡!"

가슴의 통증을 가라앉히기 위해 찬 공기 한 모금을 빨아들인 철면인이 갑자기 나직이 키득거렸다. 느닷없이 자신의 본 마음을 눈치채 버린 것이다.

'설마 나는 그 계집을 마음에 두고 있었던 건가? 기껏해야 두어 번밖엔 보지 못한 그 자그마한 계집을…….'

철면인은 급격히 가슴의 통증이 가라앉는 걸 느꼈다. 원인을 모를 때는 불안감이 컸는데, 이젠 그렇지 않았다. 원인의 소멸에 대한 의지만이 점점 더 커지고 있을 뿐이었다.

"죽인다!"

작지만 단호한 한마디를 내뱉은 철면인이 조금 더 신법의 속도를 올렸다. 차가운 바람이 그의 뺨을 칼날처럼 할퀴고 지나갔다.

그 순간, 이미 준마가 전력으로 달리는 것에 비견될 만한 속도였던 천마무적대가 더욱 빨라졌다.

개개인, 마교의 미래라 불리는 그들의 자존심에 새로운 부단주가 불을 지폈기 때문이다.

*   *   *

"이제 가볼까?"

마치 산보라도 하듯 진자운이 말을 꺼내자 파미특과 육노당이 얼른 자리에서 일어섰다. 그가 이 말을 꺼내기만을 그들은 하루 종일 기다리고 있었다.

"왕부의 내부 지도는 모두 숙지했는가?"

파미특이 평소답지 않게 예리한 질문을 던지자 진자운이 손가락으로 자신의 머리를 가리키며 대답했다.

"이 머리는 바보가 아니라고 몇 번이나 말했소?"

"그 머리는 바보가 아닐지 몰라도 본불이 보기에 머리의 주인은 그다지 믿음직스럽지 못하니 어쩌겠는가?"

진자운이 입술을 일그러뜨렸다.

"제길, 끝까지 갈구는 거요?"

"그래도 성녀 앞에선 체면을 세워줄 테니 염려 마시게."

"아무려나!"

진자운이 객실 문을 열고 밖으로 나섰다. 그 뒤를 파미특과 육노당이 따랐다.

잠시 후.

여강객점을 빠져나온 세 사람은 목왕부로부터 십 장 정도 떨어진 개천 앞에 도착할 때까지 빠르게 달렸다. 말이 달리는 거지, 야조(夜鳥)보다 더욱 빠른 속도였다.

개천 앞에 도착한 세 사람은 미리 준비해 뒀던 야행복으로 갈아입었다.

가장 먼저 야행복을 걸친 육노당은 개천 앞의 풀숲을 이리저리 건들더니, 곧 하나의 굴을 만들어냈다. 그가 이미 한 시진도 전에 만들어놓고 사람들의 눈을 피하기 위해 위장해 놓은 땅굴이었다.

"개울 근처에 굴을 파다니, 이거 안전한 거요?"

진자운이 미심쩍은 시선을 던지자 육노당이 자신의 가슴을 주먹으로 두드려 보였다.

"무공은 진 소협보다 못하지만, 땅 파고 돌 깨는 데 천하에서 나보다 뛰어난 사람은 없소!"

"그거야 직접 봐서 아는 일이긴 한데……."

"염려 마시오, 내가 앞장설 테니까!"

진자운의 안색이 눈에 띌 정도로 밝아졌다.

"육 도장께서 그렇게 해주겠다면야 저로선 믿고 따를 뿐이지요."

"어허, 비굴하도다!"

파미륵이 얄밉게 한마디 끼어들자 진자운이 짐짓 심각한 표정으로 말했다.

"비굴해야 잘사는 법이오!"

"어허!"

파미륵이 다시 혀를 차며 고개를 가로저었다. 그때 진자운이 고개를 옆으로 돌려 외면했음은 물론이다.

두 사람이 그렇게 티격태격하는 사이 육노당은 어느새 굴속으로 기어들어 가고 있었다. 자신이 판 굴의 안전을 확인시켜 주기라도 하려는 듯.

"다음은 내가 들어가야겠군."

진자운이 육노당의 뒤를 좇자 파미륵이 놀란 표정으로 말했다.

"아니, 방금 전까지의 비굴함은 어디로 팔아먹고 두 번째를 택한 것인가?"

"다른 사람은 몰라도 대사의 뒤를 좇고 싶은 생각은 없소이다."

파미륵에게 한마디 톡 쏘아붙인 진자운이 굴속으로 들어갔다.

파미륵은 어째서 진자운이 자신의 뒤를 좇기 싫다고 했는지에 대해 생각하다가 고개를 갸웃거리며 그 뒤를 따랐다.

*   *   *

평소처럼 목왕부 주변을 순찰하고 있던 소설향이 이상한 낌새를 챈 건 초저녁 무렵이다.

그녀가 이번에 천마신교에서 데리고 온 은영무사들은 여태까지 매일각마다 여강 곳곳에서 발생하는 모든 일들을 알려왔다. 성녀 담화연에게 혹시 닥칠지 모를 위험을 사전에 감지하기 위해 고안한 방법이었다.

그런데 오늘은 초저녁 무렵부터 은영무사들이 침묵하기 시작했다. 한두 명이 아니라 아예 은영무사 전체와 연락이 두절됐다. 위기 상황이라 하지 않을 수 없었다.

"뭔가 일어나고 있다!"

소설향이 심각한 표정으로 중얼거리자 남희명이 움찔 어깨를 떨었다. 그는 사부인 폭류마검 여율량이 성녀 담화연을 언급하며 여차하면 목숨을 걸어야 한다고 말했던 것을 잊지 않고 있었다.

자신의 목숨을 걸어야 할 존재!

담화연에게 위기가 닥친다는 건 큰일이었다, 아주 큰일. 하지만 그가 경동한 건 그 때문만은 아니었다.

그가 지금 가장 걱정하고 있는 사람은 하늘 위에 뜬구름과 같은 존재인 담화연이 아니라 눈앞에서 생생한 아름다움을 뿜어내고 있는 소설향이었다.

개인적으론 사저가 되는 그녀.

항상 술만 마시면 주정을 해대고 자신의 어깨에 기대 잠들기 일쑤인 그녀를 그는 온 마음을 다 바쳐 사랑하고 있었다. 그래서 걱정됐다. 그녀가 얼마만큼 담화연에 대한 충성심이 깊은지를 잘 알고 있었기 때문이다.

'만약 성녀에게 진짜 위기가 닥친다면, 그건 사저가 죽은 이후일 것이다.'

내심 중얼거린 남희명이 위로하듯 말했다.

"사저, 은영무사들에게서 연락이 끊긴 건 확실히 문제가 있는 일입니다. 하지만 사저와 제가 있는 이상 성녀의 안전에는 전혀 문제가 없을 겁니다."

소설향이 남희명을 바라봤다.

"네가 제법 쓸 만한 얘기를 할 때도 있구나. 다시 봐야겠어. 하지만 그렇게 느긋한 소리를 할 만큼의 실력이 네게 있는지 모르겠구나."

"사저, 나는……."

"됐다!"

남희명의 말을 자른 소설향이 야천을 힐끔 바라보고 중얼거렸다.

"이렇게 된 이상 아무래도 목왕부로 침투해서 아가씨 근처를 지켜야겠다."

"제가 곁을 지키겠습니다."

"그래, 오늘밤에는 네 힘이 필요할지도 모르겠다. 큰 싸움이 있을 것 같으니까."

"예."

굳은 표정으로 대답하는 남희명을 잠시 바라보던 소설향이 명령하듯 말했다.

"남 사제, 만약 적의 세력이 강해 위급한 상황이 벌어지면, 내가 미끼가 돼서 적의 주력을 유인할 테니까, 너는 그사이 아가씨를 보필하도록 해라!"

"그건……."

"이건 명령이야!"

그 말을 끝으로 소설향이 목왕부를 향해 신형을 날렸다, 붉은색 그림자가 되어.

'사저, 나는 다른 사람이 아닌… 바로 당신을 지키고 싶은 겁니다!'

남희명이 한숨과 함께 소설향의 뒤를 따랐다.

*　　　　　*　　　　　*

육노당이 자신한 대로 굴은 완벽했다, 중간까지는.

열심히 굴속을 기어가던 세 사람은 중간에서 갑자기 무너져 버린 흙더미 때문에 졸지에 귀식대법(龜息大法)을 펼쳐야만 했다.

필사적인 사투!

숨을 참고서 흙더미를 열심히 뒤로 밀어내는 세 사람은 땅속을 기는 두더지와 다름없었다.

결국 한여름 소나기 속에서 흙장난을 한 아이들 같은 꼴을 한 세 사람이 목왕부 안에 모습을 드러낸 건 반 시진이 족히 지났을 때였다. 중간 과정이야 어떻든 여기까지는 계획대로였다.

"퉤!"

입 안을 비집고 들어온 모래 알갱이를 뱉어낸 진자운이 아무런 말도 없이 육노당의 복부를 발로 걷어찼다, 아주 세게.

그 뒤는 파미륵이었다. 그는 복부를 얻어맞고 바닥에 쓰러진 육노당의 몸 위로 살짝 올라탔다.

'마, 만근추!'

육노당은 차마 비명은 지르지 못하고 온몸을 부들부들 떨었다. 지금 당장에라도 죽을 것 같은 표정이었다.

그때 진자운이 파미륵의 어깨를 툭 때렸다.

'벌써?'

파미륵은 아쉽다는 표정을 진자운에게 보냈다. 그러자 진자운이 천천히 고개를 저어 보였다. 나중에 천천히 시간을 갖고 손봐도 된다는 뜻이었다.

결국 파미륵이 입맛을 다시며 만근추를 풀고 비켜주자, 육노당이 비틀거리며 자리에서 일어섰다.

반쯤 죽었다 살아난 그는 진자운에게 진심으로 감사한 눈빛을 던졌다. 애석하게도 그는 진자운과 파미륵 간에 순간적으로 오고 간 눈빛의 교류를 보지 못한 것이다.

그리고 이제부터는 진자운의 차례였다.

그는 묵묵히 주변을 살피곤 손가락으로 한쪽 방향을 가리켰다. 목왕부의 내원 쪽이었다.

'꼬맹아! 내가 간다!'

진자운의 눈빛이 생생하게 빛나기 시작했다.

『태극검해』 5권에 계속…

운남, 사천 취재 여행기 1

여행에 나설 땐 항상 그런 사람들이 있다.

어떤 사람들이냐?

바로 늦는 인간들이다.

이번 사천, 운남행 역시 그러했다.

꼭두새벽부터 인천 공항에 집결한 나와 여덟 좀비—각 개인의 프라이버시를 생각해 익명으로 표현해야만 하는 점을 이해해 달라—는 흐느적거리며 서로를 확인하느라 바빴다. 일단 자신들은 지각하지 않았다는 걸 온몸으로 웅변하며 자랑하는 것이다.

사실 그렇다. 세상에서 가장 게으른 인종과 개념없는 시간을 향유하는 직종의 인간을 고르라면 나는 콕 찝어 '작가'라 하겠다. 평소 규칙적인 생활이란 것과는 완전 담을 쌓고 살기 때문이다.

그런 자들이 이번 여행에는 무려 일곱 명 반이 포함되어 있었다. 물론 한 명 반분 역시 과거 그랬던—이거 중요하다!—사람들이다. 별로 앞의 일곱 명 반과 다르다곤 할 수 없다.

어쨌든 그런 자들이 보통의 평균적인 사고방식과 생활을 향유하는 사람들조차 힘이 드는 꼭두새벽에 집결했다. 일견 시간에 늦지 않은 사람의 경우 자랑스러움을 느끼고, 그렇지 못한 자들의 존재를 확인하며 한없는 우월감을 좀 내보인다 해서 그닥 나쁠 건 없을 것이다.

그리고 당연하게도 별 대수롭지 않은 이유로 지각하는 사람이 있었다.

일명 어디서든 잘 자는 자, 내지는 마이 페이스의 황제로 후일 명명 지어진 K님이다.

K님은 항상 자신이 쓰던 글과 마찬가지로 처음부터 자신의 지각 이유에 대한 구라—안 좋은 말이지만, 현실감을 높이기 위해 그대로 표기한다—를 늘어놨다. 그가 평소 어떤 삶을 살아왔는지를 간명하게 보여주는 모습이다.

그러나 K님이 한 가지 간과한 사실이 있다. 이곳에 모인 나머지 여덟 명의 좀비 군단은 모두 그러한 삶과 매우 근접한 사람들이란 뜻이다.

K님을 향해 내가 한마디를 외쳤다.

— 구라치지 마셈!

잠에 절어 안색들이 안 좋던 좀비 군단 사이로 웃음이 스쳐 갔다. 일명 비웃음이다.

그러나 역시 사기와 마이 페이스의 달인답게 K님은 빙글거리며 웃을 뿐 구라를 거둘 생각을 하지 않았다. 완전 철판에 뻔뻔함의 극치를 드러내며 히죽거릴 뿐이다. 그의 인생관이 보이는 순간이다.

물론 이 대목에서 나는 그다지 K님을 크게 몰아붙이지 않았다. 기력이 없었기 때문이다. 주변의 다른 좀비 군단 역시 마찬가지다.

그렇게 간신히 집결을 완료한 좀비 군단 앞에 이번 여행의 총 가이드를 맡은 스텔스님이 나타나셨다. 왜 이분이 스텔스인지는 차후에 다시 천천히, 세세히, 사례를 들어가며 설명해 보기로 하겠다.

외국에 나가는 거다.

외국에 나갈 경우 가장 중요한 여권과 비행기표 확인, 비자의 전달과 인원 체크가 재빨리 이뤄졌다. 뭐, 당연할지도 모르겠지만, 외국 여행이 처음인 나는 덩치에 안 맞게 부산을 떨 수밖에 없었다. 처음은 다 그런 거다.

그런 후 큼지막한 짐을 짊어진 채 좀비 군단은 게이트를 통과해 비행기에 올랐다. 물론 화사하고 미소가 아름다운 무수리 아가씨—한국의 스튜어디스 아가씨들에게 붙여준 애칭—들이 좀비 군단을 맞았다. 시름거리는 사이에도 몇몇 총각의 눈에서 불꽃이 번뜩였다. 어쨌든 외국 여행은 좋은 것이다. ^^

첫 번째 목적지는 중국 사천성의 성도인 청두(성도)였다. 비행이 계속되는 동안 좁은 자리에 연신 투덜거리던 좀비 군단은 청두공항에 내리자마자 후텁지근한 열기와 코끝을 스치는 이국의 향기—…라 적고 냄새라 읽는다—에 활짝 미소 지었다. 찌든 미소였다. 이미 좀비들은 기진맥진해 있었다.

그 뒤는 기다란, 정말 기다랗기 그지없는 공항에서의 탈출 작전이 감행됐다. 사람도 없는데, 정말 청두공항의 게이트와 공항 로비까지의 길이는 길었다. 마치 여행객들의 다리 근력을 향상시켜 앞으로의 여행 시 체력이 달리는 사태를 미연에 방지하려는 것 같았다.

당연한 말이겠지만, 아직도 잠에서 채 깨어나지 못하고 나온 좀비 군단은 숨을 헐떡였다. 개중 몇 명은 정말 안색이 그리 밝지 못했다. 평소 운동과 담을 쌓고 살아왔던 벌이라고 할까?

공항을 빠져나오자 청두 쪽 현지 가이드가 험악한 인상을 한 채 우리를 맞았다. 스스로도 말했지만, 참 세상 살기 그다지 편하지 못할 것 같은 인상이다.

그러나 이미 기진맥진해 있던 좀비 군단은 공항 앞에 대기된 버스를 보고 모두 기쁨을 감추지 못했다. 일단 자리가 넓어 보였기 때문이다.

버스는 바로 출발했다. 목적지는 청두에서 얼마 떨어지지 않은 낙산의 낙산대불이었다.

영화 '풍운'의 배경으로 유명한 낙산대불은 대략 120년 이상 얌전히 있는 절벽을 쪼아 만들어진 전 세계를 통틀어 가장 거대한 규모의 석불이다.

그 앞에는 세 개의 하천이 만나 소용돌이를 이루는데, 옛날에는 꽤나 빈번하게 사고가 났다고 한다.

그래서 사고나지 말라고 한 명의 무명승이 석불을 조각했는데, 그 크기가 하나의 산만하니 중국인들의 무모함을 간명하게 보여주는 사례가 아닐 수 없겠다.

라는 현지 가이드의 더듬거리는 설명을 들으며, 낙산으로 이동하던 좀비 군단은 서서히 활기를 띠기 시작했다. 슬슬 평소 움직여야 할 시간이 돌아오기 시작한 것이다.

자연 좀비들의 시선을 끈 건 버스에 앉자마자 꼿꼿한 자세로 묵상의 세계에 빠져든 K님이었다.

나름대로 다양한 방법으로 휴식을 취하는 데는 도통해 있는 좀비 군단으로 하여금 감탄을 자아내게 할 만큼 K님의 묵상 수준은 범상치 않았다. 그 심하게 흔들리는 차 속에서도 그는 점심을 위한 식당에 도착할 때까지 자세를 허물어뜨리지 않았다. 가히 득도의 경지에 오른 자만이 보이는 경지라 할 만했다.

―흠, 구라만큼 자는 것도 범상치 않군. 내공이 높아!

누군가 말하자, 대부분 이에 동조했다.

그러는 동안 차가 정차했다. 식당 앞이었다.

처음으로 들어간 중국 식당은 그다지 생경하지 않은 광경이었다. 일반적인 중국 요리집과 그다지 다를 게 없어 보인다는 뜻이다.

물론 그렇다고 아예 똑같은 건 아니다.

음식점의 앞에는 중국 전통 복장인 한쪽 옆이 터진 붉은 옷을 입은 꾸냥들이 안내를 보고 있었다. 음식점 안의 서빙하는 꾸냥들도 그랬고.

우리 좀비 군단은 신기한 듯 꾸냥들을 바라보면서도 나름의 존엄을 지켜가며 지정된 자리에 앉았다. 가이드를 낀 덕분인지 이미 음식을 먹을 자리는 지정되어 있었다.

그 점만은 정말 그레이트했다. 김 빠진 맥주와 콜라—중국어로는 가구가락이라 써져 있다. 입 안을 즐겁게 한다는 뜻이려나?—에 진저리치기 전까진 분명 그랬다.

보기만 해도 느끼해지는 기름에 범벅된 요리들과 야채들, 이름 모를 차를 음미하며—결단코 한 모금 맛을 본 이후 콜라와 맥주에 손을 대는 사람은 한 명도 없었다—우리는 중국에서의 첫 식사에 열중했다.

나 역시 가구가락에 희생된 한 사람이었다. 당연히 그다지 식욕이 당기진 않았으나 억지로 음식을 입 안에 쑤셔 넣었다. 원활한 자료 수집—…이라 쓰고 논다고 읽는다—을 위해선 적절한 영양 섭취는 필수였다.

아, 여기서 한 가지 말하자면, 좀비 군단은 중국에 도착하기 직전 모두 정로환을 챙겼다. 그리고 물의 경우 반드시 준비되어 있던 식수만을 음용했다. 음식을 먹고 탈이 날 경우에 대비하기 위함이었다.

그렇게 한동안 식사가 진행되고 있을 때였다. 갑자기 뒤에서 웅성웅성하는 소리가 들려왔다. 좀비 군단 중 부지불식간에 결성된 원 헌드레드(?) 클럽의 주축인 나는 오랜 경험을 통해 이것이 싸우는 소리임을 직감했다.

휘익!

재빨리 고개를 뒤로 돌린 나의 눈이 반짝거린 건 당연하다. 자고로 싸움 구경과 불 구경 이상 가는 구경거리는 없다는 통설이 있지 않은가.

물론 이런 갑작스런 사태에 눈이 반짝이기 시작한 게 나뿐일 까닭이 없다. 아직 잠에서 깨지도 못한 주제에 나머지 좀비들은 모두 썩은 눈빛을 번쩍이며 소란이 일어난 쪽으로 고개를 돌렸다. 그들에겐 이미 김 빠진 콜라나 이상한 맛이 나는 중국 음식 따윈 아예 관심 밖이었다.

그때 내 눈앞에서 진짜 액션이 벌어졌다.

두 명의 건장한 몸집의 사내가 서로의 멱살을 잡고 우당탕거리기 시작한 것이다.

나는 입가에 득의의 미소를 매달고 재빨리 앞으로 튀어나갔다. 결코 이런 별로 구경 못할 일을 놓칠 순 없었다. 평소의 두 배쯤 빨라진 내 앞을 막아줄 좀비는 아무도 없었다. 그들 역시 흥분한 표정으로 싸움터가 된 장소의 좌우로 늘어섰기 때문이다.

이때 원 헌드레드 클럽의 좌장 격인 무적유모전기—…라 쓰고 도X수라 읽는다—의 저자 포대화상님은 실실거리고 있었고, K님은 아직 잠이 덜 깨 있었으며, 궁X검X2의 저자인 총관군은 놀랍게도 나보다 훨씬 날랜 움직임을 보였다. 그들의 손에는 이미 디카가 플래시를 번뜩이고 있었던 것이다.

그러나 소문난 잔치에 먹을 거 없다던가?

마치 중국의 높은 치안력을 보여주듯—정말?—곧바로 공안들이 달려왔다. 누군가 전화로 신고를 한 것이다.

물론 그사이 싸움터는 식당을 벗어나 바깥의 주차장까지 확장됐다.

맨 대 맨.

일 대 일의 진검승부인 줄 알았던 싸움은 어느새 패싸움의 양상으로 발전해 있었던 것이다.

나는 재빨리 주차장까지 따라가 괜스레 산책하는 척하며 디카를 눌러

됐다. 절대로 산책하는 척, 눈앞의 싸움과는 전혀 별개의 행동인 척하며 도촬을 감행한 것이다.

하지만 대충 액션이 끝난 뒤였다. 일은 그야말로 싱겁게 끝나고 말았다. 그리고 우리 좀비 군단은 무사히 버스에 올랐다. 후일담을 들어보니, 성의 경계에 타 여행사의 운전사가 들어왔기 때문에 벌어진 일종의 구역 싸움이었단다.

그렇게 우리는 낙산으로 향했다.

낙산대불의 명성만큼 낙산 부근엔 꽤나 많은 위락 시설이 들어서 있었다. 그래 봤자 그다지 좋은 곳은 없고, 세 개의 하천이 만나는 강의 모습이 나름대로 풍취가 있었다. 특히 묘한 안개가 끼어 있는 모습은 자못 그럴듯해 보이기도 했다.

하지만 설렁설렁한 첫날이 지나고 둘쨋날이 되자 일정은 꽤나 빡빡해졌다. 낙산대불을 훑어본 후 바로 부근의 아미산으로 이동해 그곳의 호텔에 짐을 풀어야만 했다. 느긋하게 낙산 구석구석을 구경할 시간 따윈 없었다.

현지 가이드의 듬성듬성한 설명을 들으며 좀비 군단은 선착장으로 향했다. 배를 타고 낙산대불 바로 앞을 그냥 스윽 지나치는 게 일정의 전부였기 때문이다.

—이런 건 별 도움이 안 되지 않을까?

누군가 한마디 했으나, 그냥 씹혔다. 이미 피곤에 절어 있던 좀비 군단에겐 배를 타고 편하게 강을 따라 이동하는 게 최고였던 것이다.

어쨌든 꽤나 너저분한 느낌의 배에 오른 좀비 군단은 선 내에 모여 앉아 서로 재미없는 농담을 던지며 놀았다. 배가 좀체 출발할 생각을 하지 않았기 때문이다.

이때 이미 몇 차례에 걸쳐 중국 각지를 여행한 총관군이 피식 웃으며 한마디를 던졌다.

―이 배, 다 차기 전엔 절대 움직이지 않을 거야.

그렇다. 그게 바로 중국의 방식이었다. 사람이 차지 않으면 배든 비행기든 움직이지 않는다!! 일행 중 중국 여행이 처음인 몇 명이 설마? 하며 웃었으나, 총관군의 얼굴에는 절대적인 확신이 떠올라 있었다.

이 대목에서 미리니름을 하자면, 총관군의 말은 옳았다!

배는 그 후로도 한참을 더 기다리다 미적거리며 출발했다. 물론 우리 좀비 군단이 환호성을 질렀음은 당연하다.

하지만 막 선착장을 떠났던 배가 멈칫했다. 느닷없이 멈춰 선 것이다. 뭐, 뭐지? 뭐야! 좀비 군단이 불안의 기색을 선착장 쪽으로 던질 때다. 선착장 쪽에 한 떼의 서양인 관광객들이 모여들었다. 선착장을 출발했던 배가 갑자기 멈춘 이유였다.

배는 뱃머리를 당연하다는 듯 돌리곤 다시 선착장으로 돌아갔다. 중국의 방식을 확실하게 우리 좀비 군단에게 각인시켜 주는 사건이었다.

어쨌든 그 뒤 낙산대불 구경은 삼십여 분 만에 끝이 났다. 어마어마한 크기에 우와! 하고 사진 몇 장을 찍었을 때 뱃머리가 돌려졌기 때문이다.

그 후 버스에 오른 우리는 아미산으로 향했다.